文學研究叢書·古典詩學叢刊

杜律五言補註校注

〔明〕汪瑗　原著

蔡志超　校注

前言

　　汪瑗（？-1565），字玉卿，新安（即今安徽省歙縣）人。據《安徽省歙縣志》所載，汪瑗博雅工詩，與王世貞（弇州山人）、李攀龍（滄溟）相友善。著有《巽麓艸堂詩集》、《楚辭註解》與《李杜合注》等書。[1]

　　明世宗嘉靖二十一年壬寅（1542）重九，汪瑗曾參與王寅所倡天都詩社，《黃山志定本·王寅傳》說：「嘉靖壬寅重九，倡社天都峰下。踐約者為：程自邑誥，汝南應軫；陳達甫有守；江廷瑩瓘，民璞珍；佘元復震啟；汪玉卿瑗；王子容尚德；方際明大治，子瞻霓，定之弘靜；鄭思祈玄撫，子金銑，文仲懋坊，思道默；合仲房為十六子。乃効靈運鄴中七子、顏延年五君詠，作十六子詩。」[2]汪瑗詩作，苦學杜甫，時嘗為天都詩社舊友所推崇。[3]此外，焦竑曾於〈楚

1　清·靳治荊、吳苑等纂修《安徽省歙縣志·人物·汪瑗傳》（臺北：成文出版社有限公司，1985年）曾說：「汪瑗，字玉卿，叢睦人。邑諸生，博雅工詩，見服于弇州、歷下。著有《巽麓草堂詩集》、《李杜合注》、《楚辭註解》諸書。」見《中國方志叢書·華中地方·第713號》，據清·康熙年間刊本影印，卷九，頁967。此外，清·張佩芳修、劉大櫆纂《安徽省歙縣志·詩林·汪瑗傳》（臺北：成文出版社有限公司，1975年）也說：「汪瑗，字玉卿，叢睦坊人。為諸生，博雅工詩，與弇州、滄溟友善。所著有《巽麓艸堂詩集》、《楚辭註解》。」見《中國方志叢書·華中地方·第232號》，據清·乾隆三十六年刊本影印，卷十四，頁1016。

2　清·閔麟嗣：《黃山志定本》，見《續修四庫全書》（上海：上海古籍出版社，2003年），第723冊，卷二，頁782。

3　潘之恒於《杜律五言補註·杜詩補註序》說：「玉卿之詩，苦心學杜，為天都舊社所推者。」

辭集解序〉說：「君既逝之五十年，子文英欲梓行之，以公同好，而
屬余為弁。」[4]此弁言又作於明神宗萬曆四十三年乙卯（1615），
〈序〉末有「萬曆乙卯春日澹園老人焦竑書」諸字。[5]今〈序〉云
「既逝之五十年」，若以萬曆四十三年乙卯（1615）逆算，則「五
十」當為嘉靖四十四年乙丑（1565）。據此，汪瑗當棄世於明世宗嘉
靖四十四年。[6]

　　汪瑗的《杜律五言補註》主要是針對元人趙汸《杜律趙註》「未
有會其全」而有所補註。因此，基本上此書乃植基於《杜律趙註》而
進行增註。在補註的過程中，汪瑗有時將趙語鎔裁嫁接入其註文之
中，有時亦直接標明「趙云」（或「趙謂」）而多所援引，[7]甚至進一
步更對杜律之陳說舊注辨訛匡謬。

4　明・汪瑗：《楚辭集解》，明萬曆四十三年汪文英刻本，見《四庫全書存目叢書》
　　（臺南：莊嚴文化事業有限公司，1997年），集部第1冊，頁2。
5　《楚辭集解》，見《四庫全書存目叢書》，集部第1冊，頁2。
6　關於汪瑗卒年可參張忠綱等編著之《杜集敘錄》（濟南：齊魯書社，2008年），是書
　　已有詳細說明（明代編，頁168）。
7　《杜律五言補註》中的「趙云」（或「趙謂」）不全然是指趙汸注文，有時援引者實
　　乃趙次公注語，或其源頭實為趙次公注解。譬如，汪瑗於〈東樓〉「萬里流沙道，
　　征西過此門」下註說：「趙謂：『征西』，泛言西行之人。」（卷一）然查考《杜律趙
　　註》並無是詩。汪瑗所云「趙謂」當指趙次公，《杜詩趙次公先後解輯校》（上海：
　　上海古籍出版社，1994年）即曾說：「蓋泛言西行之人出此西門耳。」（乙帙卷之
　　八，頁346）又如，汪瑗於〈玉臺觀〉「綵雲蕭史駐，文字魯恭留」下註說：「趙
　　云：以詩意推之，必有文書遺跡在焉。」（卷二）考查《杜律趙註》，雖有是詩，卻
　　無此語（卷下，頁145）。汪瑗所言「趙云」亦指趙次公而言，《杜詩趙次公先後解
　　輯校》即曾說：「以詩意推之，滕王必有文書遺跡在焉。」（丙帙卷之十，頁607）
　　最後，汪瑗於〈遊子〉詩題下嘗說：「趙云：公時欲南下，而尚在巴蜀，故是篇有
　　留滯之歎。」（卷二）然查考《杜律趙註》亦無是詩。汪瑗此處所言「趙云」亦指
　　趙次公，《杜詩趙次公先後解輯校》即曾言：「公時欲南下，而尚在巴蜀，故是篇有
　　留滯之歎。」（丙帙卷之九，頁586）

　　趙汸是休寧人，[8]汪瑗乃歙縣人，他們都是徽州人。[9]徽州府古亦名新安郡。[10]元朝以來，徽州人有一路即是以章、句、字法來解讀杜詩。譬如，汪瑗補註杜詩五言律不僅多所採擷趙汸註語，汪瑗對杜詩的詮釋進路，基本上亦承襲趙注以章、句、字法作為視角來解讀杜詩。[11]又如，清歙縣黃生註杜力作乃為《杜工部詩說》，[12]此書亦以章

8　譬如，明・李賢等撰《大明一統志》（西安：三秦出版社，1990年）「徽州府」「人物」下曾說：「趙汸，休寧人。」（卷十六，頁262）此外，清・穆彰阿等纂修《大清一統志》「徽州府」「人物」下亦曾云：「趙汸，休寧人。」見《續修四庫全書》（上海：上海古籍出版社，2008年），卷一一三，頁70。最後，《黃山志定本》亦曾云：「趙汸，字子常，休寧人。」見《續修四庫全書》，第723冊，卷二，頁779。

9　歙、休寧皆為徽州府屬縣，譬如，元・劉應李《大元混一方輿勝覽》（成都：四川大學出版社，2003年）「徽州路」下有：歙縣、休寧、績溪、祁門、黟縣等五縣（卷下，頁527）。此外，《大明一統志》「徽州府」「建置沿革」下有：歙縣、休寧縣、婺源縣、祁門縣、黟縣、績溪縣等六縣（卷十六，頁253-254）。最後，清・顧祖禹《讀史方輿紀要》（北京：中華書局，2005年）「徽州府」下亦有：歙縣、休寧縣、婺源縣、祁門縣、黟縣、績溪縣等六縣（卷二十八，頁1364-1384）。

10　譬如，《大元混一方輿勝覽》「徽州路」「沿革」下說：「揚州之域。漢丹陽郡，分治歙。吳置新都郡。晉改新安郡。隋置歙州。宋改徽州。」又「郡名」下云：「古歙。新安。〔別名〕。」（卷下，頁527-528）此外，《讀史方輿紀要》「徽州府」下更詳云：「秦屬鄣郡，漢屬丹陽郡。三國吳分置新都郡，晉改新安郡。宋、齊因之。梁承聖中析置新寧郡，陳復并入新安郡。隋廢郡置歙州，大業初改為新安郡。唐復曰歙州，天寶初曰新安郡，乾元初復故。宋宣和三年改曰徽州。元為徽州路。明初曰興安府，吳元年復曰徽州府。」（卷二十八，頁1364-1365）另亦可參《大明一統志》「徽州府」「建置沿革」（卷十六，頁253）。

11　首先以趙汸為例：就章法而言譬如，趙汸於《杜律趙註・陪鄭廣文遊何將軍山林》詩尾說：「凡一題賦數詩者，須首尾布置，有起有結；每章各有主意，無繁複不倫之失，乃是家數。觀此及〈重遊〉諸篇可見。」（卷上，頁36）就句法而言譬如，趙汸於〈遣懷〉「天風隨斷柳，客淚墮清笳」下說：「三，下因上；四，上因下。」又於「水淨樓陰直，山昏塞日斜」下云：「五，下因上；六，上因下。」（卷上，頁57）就字法而言譬如，趙汸於〈奉陪鄭駙馬韋曲二首〉其二「城郭終何事，風塵豈駐顏。誰能共公子，薄暮欲俱還」下說：「『終』字、『豈』字、『誰能』字皆用虛字斡旋法。」（卷上，頁40）其次以汪瑗為例：就章法而言譬如，汪瑗於《杜律五言補註・登兗州城樓》詩尾嘗說：「昔人謂：善作文者，如常山蛇勢，擊首則尾應，

句字法來詮釋杜詩，其曾於杜甫〈洞房〉詩尾云：「此詩以前半意翻敘於後，顛倒互易成篇。只一『應』字屬虛字，筋骨全然不露。如此起，如此承，如此轉，如此結，章法、句法、字法，皆極渾淪無迹。」[13]最後，與黃生為友的歙人吳瞻泰，[14]更直接標幟以章句字法作為其箋解杜詩的方法之一，《杜詩提要·自序》說：「吾特抉剔其章法、句法、字法，使為學者執要以求，以與史法相證，則有從入之門，而亦可漸窺其堂奧，是不為淺也。遂書之以序其箋註之意焉。歙人吳瞻泰識。」[15]亦即：趙汸、汪瑗、黃生與吳瞻泰等皆以章句字法來詮解杜詩。歸納而言，在杜詩學中，徽州人詮釋杜詩乃以章、句、字法為其特色之一。此中，汪瑗實具有承先中繼的作用。最重要的是他們開啟以句法詮釋杜詩一路，此尤以黃生的杜詩句法理論最具代表性。

為何徽州人會以章句字法為進路來詮解杜詩呢？除了是根柢於其先進趙汸以章句字法為詮釋進路這個因素外，這主要也是受李夢陽

撃尾則首應，撃其中則首尾俱應。嗚呼！豈獨文也哉？詩亦宜然。若少陵此篇是已，他多類此，不能盡出，讀者以意會之可也。」就句法而言譬如，汪瑗於〈對雨書懷走邀許主簿〉「震雷翻幕燕，驟雨落河魚」兩句下說：「二句下因上。『翻』從『震』生；『落』從『驟』生，四字皆所謂句中眼。舊獨以『翻』『落』二字為眼。非是。後多倣此。」就字法而言譬如，汪瑗於〈奉酬李都督表文早春作〉詩尾曾說：「『愁伴客』、『老隨人』，庸俗常談也。『紅』對『青』，『桃花』對『柳葉』，童兒對語也。曰『轉添』，曰『更覺』，曰『入』，曰『嫩』，曰『青』，曰『新』，下數虛字為句中眼，而幹旋之、撐拄之，便覺清新俊逸，可謂臭腐化為神奇者矣。」依此，趙、汪兩人基本上皆以章句字法詮解杜甫五言律詩。

12 清·張佩芳修、劉大櫆纂《安徽省歙縣志·遺佚》下有「黃生傳」，見《中國方志叢書·華中地方·第232號》，卷十四，頁1011。

13 清·黃生《杜工部詩說》（京都：中文出版社，1976年），卷五，頁270-271。

14 清·吳瞻泰《杜詩提要·評杜詩略例》（臺北：臺灣大通書局，1974年）即有「老友黃白山生、汪于鼎洪度、王名友棠、余弟瀞堂瞻淇，晨夕析疑」諸字，見《杜詩叢刊》，頁22。

15 清·吳瞻泰：《杜詩提要》，見《杜詩叢刊》，頁8。

（空同子）的影響。李夢陽勤力耕耘杜詩，詳密核審杜甫的章句字法，並將其嚴覈探析的成果，應用於詩歌創作之上，務使其苦心孤詣能臻至出神入化境域。明潘之恆《杜律五言補註・杜詩補註序》曾說：「新安先輩——為詩宗李空同先生，專肆力于杜，莫不精覈嚴審章句字法，務詣于神化之域。」亦即：李夢陽戮力鑽研杜詩，精研其章句字法，並以其在章句字法上所獲取的成績來詮釋其他杜詩（或其他詩人的詩作），甚至進一步運用於詩歌創作上。而徽州人從李夢陽交遊問學的有程誥、鄭作等等詩人（引證參見下〈杜詩補註序〉註）。他們承習李夢陽讀杜（或讀詩）的章句字法等技巧並影響徽州詩界，此中，程誥又於世宗嘉靖二十一年與汪瑗等人加入王寅所倡的天都詩社。因此，一方面潘之恆稱李夢陽為「新安先輩」；另一方面，這使得徽州人具有能以章句字法讀杜的法眼。

汪瑗撰作的《杜律五言補註》目前的版本主要有三：

一、臺北國家圖書館所藏明萬曆四十二年新安汪文英刊本，是書於目錄後有汪文英之記，其云「《杜律補註》四冊，失沒多年。近於姻親之處，獲前二冊，癸丑春乃授梓。既而業成，其姻復出後二冊，俱先君親筆稿也。但獲而有先後之異，故校而重刊之，庶無遺珠之嘆云爾。旹萬曆甲寅年次泰東書院不肖汪文英百拜謹刻」諸字。據此，明神宗萬曆四十一年癸丑（1613），汪文英刊刻是書前二冊，其後又得其父汪瑗後二冊之親筆稿，並加以校訂，而於萬曆四十二年甲寅（1614）重刊完成。

二、臺灣大通書局於1974年出版標有「明萬曆四十二年新安汪氏刊本」之《杜律五言補註》，是書乃影印本。此本有若干處疑因影印未清而有筆描改動痕跡，譬如，〈數陪李梓州泛江，有女樂在諸舫，戲為豔曲二首〉其二「迴舟」句下有「二向壯而麗」之語，然其義實難解，若據國家圖書館本，其「向」字當為「句」字。又如，是詩

「使君」兩句下，諸多文字亦模糊難辨，然若據國圖本，其文字當為「前結兼戲眾客，此結獨戲李梓州也。《室中語》云：一日有坐客問公曰：余用古人一句可乎？公曰：然，如少陵『使君自有婦』、『而無車馬喧』之類是也」。又如，〈惠義寺送王少尹赴成都分得峯字〉第三句「欄杆上處」下之字不易辨識，若據國圖本其當為「遠」字。餘不一一盡舉於此。

三、北京大學數字圖書館古文獻資源庫下分別有二筆資料：《杜律五言補註》，四卷，汪瑗補註，明萬曆三十一年（1603）與萬曆四十一年（1613）刻本。[16]然兩書無緣得見，殊為遺憾。

由於汪瑗《杜律五言補註》在杜詩學上甚有特色與價值，他標誌以章句字法詮釋杜詩一路，既承襲趙汸的解讀技法，又加以深化發展，具有承先接續的作用；尤其在杜詩句法的解讀與探索上，更具特殊與重要性。由於目前學界尚未點校、注釋此書，[17]因此筆者嘗試著手梳理。今本編以臺北國家圖書館之《杜律五言補註》為底本，並以臺灣大通書局出版之《杜律五言補註》作為參考，依杜詩與汪註之間的詮釋脈絡，嘗試推敲其標點，並對較為重要的句詞略為疏解，以求能適切地呈顯作者的原意，使便於讀者的閱覽。此外，筆者亦試圖將《杜律五言補註》援引的若干杜甫詩歌、杜詩舊注、古人詩詞、前賢詩話、史書筆記等等與原書進行對校，希冀能有助於讀者理解汪瑗注解的原意。校注記亦寫於頁底。

---

16 鄭慶篤等編著《杜集書目提要》（濟南：齊魯書社，1986年）曾說：「馬同儷、姜炳炘《杜詩版本目錄》著錄『《杜律五言補注》四卷，〔明〕汪瑗補注，明萬曆三十年（1603）刻本，四冊（北京大學圖書館藏）。』或另有所據。」（頁105）此條資料當指北京大學圖書館所藏明萬曆三十一年（1603）刻本。此外，西元1603年當是明萬曆三十一年。

17 蕭滌非主編之《杜甫全集校注》（北京：人民文學出版社，2013年），其若干杜詩注解嘗引及汪瑗之《杜律五言補註》，並對汪注標點，讀者亦可酌參。

　　最後，凡文字增補則標以〔　〕號；原書缺字則標以□號，或敘以「下缺」（下缺不全）諸字；全書之末增錄兩則〈汪瑗傳〉，此為原書所無，僅供讀者參酌。此書點校，恐多錯訛與不足，尚祈海量。

　　　　　　　　　　　　　　2016年2月蔡志超謹記於後山花蓮

杜詩補註序

　　五言律至唐始工，目為近體。然惟杜工部子美獨擅長城，唐人無敢為鴈行者。今世行本，有公自註、千家註、劉須溪註；[1]而五言律單行趙註，[2]未有會其全而獨斷其是以歸于定論。

　　新安先輩——為詩宗李空同先生，專肆力于杜，莫不精覈嚴審章句字法，務詣于神化之域。[3]而里中方少司徒，尤津津談說不置，載

---

1. 劉辰翁，字會孟，號須溪。「劉須溪註」可參宋・劉辰翁批點、元・高楚芳編：《集千家註批點補遺杜詩集》，明嘉靖己丑靖江王府刊本，見《杜詩叢刊》，臺北：臺灣大通書局，1974年。

2. 趙汸，字子常。「五言律單行趙註」可參元・趙汸註：《杜律趙註》，明萬曆十六年新安吳氏七松居藏本，見《杜詩叢刊》，臺北：臺灣大通書局，1974年。

3. 「新安先輩——為詩宗李空同先生」此當指新安（徽州）詩家的前輩乃李夢陽（空同子）先生。李夢陽，字獻吉，慶陽人，著有《空同子集》，錢謙益《列朝詩集小傳・李副使夢陽》（明文書局）說：「夢陽，字獻吉，慶陽人，徙大梁。……獻吉詩《弘德集》三十三卷、《空同子集》又若干卷。」見《明代傳記叢刊・學林類》，丙集，頁350-352。李夢陽雖非新安人（或徽州人），然影響徽州詩歌甚深遠。徽州人向李夢陽學習詩歌者，譬如，歙縣人程誥嘗從李空同交遊，《列朝詩集小傳・程山人誥》說：「誥，字自邑，歙縣人。……杖策游華山，從李獻吉遊，酬和於繁吹兩台之間。」（丙集，頁361）此外，方弘靜《素園存稿・自序》也曾說：「邑人程自邑遊北地李先生之門，言李先生教人：『文自西京以上，詩自開元以上，餘不足覽也。』」見《四庫全書存目叢書》（臺南：莊嚴文化事業有限公司，1997年），明萬曆刻本，集部第121冊，頁13。程誥之詩亦因李空同而得名，《列朝詩集小傳・程布衣玄輔》說：「自邑游梁，其詩以李獻吉名。」（丙集，頁376）又如，歙縣人鄭作亦嘗入李空同門下，《列朝詩集小傳・方山子鄭作》說：「作，字宜述，歙人。……李空同流寓汴中，招致門下，論詩較射，過從無虛日。」（丙集，頁362）時李夢陽名氣頗大，徽州人欲問詩於李夢陽者尚有王寅，《列朝詩集小傳・十岳山人王寅》說：「寅，字仲房，歙縣人。……少年倜儻自負，具文武才，以高

《千一錄》最多，[4]故其詩摹倣皆臻妙境，為學杜獨優。其同時稱詩，則汪公玉卿尤著，嘗為序其詩行之。而季君文英，又搜公補註五言律詩，請質不慧。余受而卒業，知公之苦心于杜，往往獨觀其微，千載隱衷，一朝得暴，可謂杜之忠臣。九原有知，亦當心服。如贈太白詩，用庾信、鮑照、陰鏗為比，[5]人以為譏貶之舛；[6]至掇拾其句相同者為證，王荊公且不免信之。[7]惟公獨以少陵推許太白，必將怒叱

才為諸生祭酒，輒棄去不顧，北走大梁，問詩于李獻吉，不遇。」（丁集中，頁550-551）雖惜未遇，然王寅後倡天都詩社。由此可見，徽州人欲向李夢陽學習詩歌者甚夥，他們頗受李夢陽詩學影響。

4 明・方弘靜，歙縣人，曾任少司徒等官，著有《千一錄》諸書。《明神宗實錄》曾說：「原任南京戶部右侍郎方弘靜卒。弘靜，歙縣人。……。十年起撫鄖陽，擢南少司徒，請老歸，至是卒。……著……《素園稿》、《千一錄》諸書。」見《明實錄附校勘記》（臺北：中央研究院歷史語言研究所校印，1964-1966年），卷四八七，頁9169。此外，清・靳治荊、吳苑等纂修《安徽省歙縣志・人物・方弘靜傳》也曾說：「字定之，巖鎮人。……。所著有《家譜》、《千一錄》、《素園稿》行于世。」見《中國方志叢書・華中地方・第713號》，據清・康熙年間刊本影印，卷九，頁903。最後，潘之恆《亘史・期頤・方少司徒九十壽序》也曾云：「湯賓尹曰：江東南有二大老曰：大司徒石埭畢公；少司徒歙方公。……常著《千一錄》……。」見《四庫全書存目叢書》（臺南：莊嚴文化事業有限公司，1995年），子部193，卷三，頁253與255。

5 〈春日憶李白〉有「清新庾開府，俊逸鮑參軍」之句，見《杜工部集》（臺北：臺灣學生書局，1967年）（影宋本），卷九，頁382；〈與李十二白同尋范十隱居〉有「李侯有佳句，往往似陰鏗」之句（卷九，頁380）。

6 譬如，宋・葛立方《韻語陽秋》說：「杜集中言李白詩處甚多，如『李白一斗詩百篇』，如『清新庾開府，俊逸鮑參軍』，『何時一尊酒，重與細論文』之句，似譏其太俊快。」見《歷代詩話》（北京：中華書局，2001年），卷一，頁486。

7 或可參《諸家老杜詩評》，是書曾云：「或問王荊公云：『編四家詩，以杜甫為第一，李白為第四，豈白之才格詞致不逮甫耶？』公曰：『白之詩歌，豪放飄逸，人固莫及；然其格止于此而已，不知變也。至于甫，則悲歡窮泰，發歛抑揚，疾徐縱橫，無施不可，故其詩有平淡簡易者，有綿麗精確者，有嚴重威武若三軍之帥者，有奮迅馳驟若泛駕之馬者，有寂泊閑靜若山谷隱士者，有風流醞藉若貴公子者，蓋其詩緒密而思深，觀者苟不能臻其閫奧，未易識其妙處，夫豈淺近者所能窺哉！此甫之所以光掩前人，而後來無繼也。元稹以為兼人人所獨專，斯言信矣。』……。

此言。[8]又如序〈何氏山林〉、〈秦州雜詩〉次第分合節奏；辨趙註〈重過何氏〉為「春」；[9]〈秦州〉為「秋」；[10]及「薰風啜茗」、「仇池十九」之非，[11]皆鑿鑿可據。昔人稱杜為詩之史、為律之祖，得公而後傳信克肖。為後學指南之益非淺，宜亟之梓而行之。在武廟時，朝

<hr />

或者又曰：『評詩者謂甫期白太過，反為白所誚？』公曰：『不然。甫贈白詩云：『清新庾開府，俊逸鮑參軍。』但比之庾信、鮑照而已。又云：『李侯有佳句，往往似陰鏗。』鏗之詩又在庾、鮑下矣。『飯顆山頭』之嘲，雖一時戲劇之談，然二人者名既相逼，亦不能無相忌也。』」見《杜甫詩話六種校注》（濟南：齊魯書社，2002年），卷五，頁86-87。

8 汪瑗於〈春日懷李白〉詩尾說：「子美嘗苦學陰鏗而不至，太白則往往似之，此子美所以見太白而心醉。子美蓋具法眼者，故能知詩之高下。又以其嘗試者稱太白，太白能兼昔人獨專之妙，所以無敵於天下。而少陵每思之，欲細與論文以求教也。荊公曾不考少陵之言，而徒以己論少陵，疎哉！豈非拾元稹之涕唾也乎？嗚呼！荊公之沉思潛心者，尚如此，其他羣兒之浪言譏語，又何足據哉？夫太白之才，為少陵推服如此，後世乃躋少陵於九天之上，擠太白于九地之下，若當時有以荊公之語告少陵者，少陵烏得不怒而叱之、鄙而哂之也哉？使少陵有知，當不平於九泉之下！瑗為此辨，非獨為太白，蓋為少陵也。」見《杜詩五言補註》，卷一。

9 《杜律趙註‧重過何氏》其三「春風啜茗時」下說：「按：兩遊皆當夏月，『春』必『薰』字之悞。」（卷上，頁37）汪瑗《杜律五言補註‧重過何氏五首》其三「春風啜茗時」下說：「瑗按：前乃夏遊，後乃春遊。趙說非。」（卷一）依此，趙汸認為〈重過何氏五首〉乃夏月作，汪瑗認為當乃春遊時作，故曰「辨趙註〈重過何氏〉為『春』」。

10 汪瑗《杜律五言補註‧秦州雜詩二十首》組詩詩尾說：「按公乾元二年七月，自華州棄官入秦。此二十首，皆是秋所作者。」（卷一）此外，趙汸《杜律趙註‧秦州雜詩》也曾說：「《年譜》謂：公七月客秦州，卜置草堂未成。十月往同谷縣。十二月入蜀。今以此三詩攷之，良是。」（卷中，頁81）

11 首先「薰風啜茗」，見註九。其次「仇池十九」，《集千家註批點補遺杜詩集‧秦州雜詩二十首》「近接西南境，長懷十九泉」下說：「此名十九，隨意彷彿，記其一二。」（卷五，頁469）汪瑗認為劉說為非，《杜律五言補註‧秦州雜詩二十首》說：「東坡言王仲至嘗奉使至仇池，有九十九泉，萬山環之，可以避世，如桃源。……瑗按：既有九十九泉，不應署之曰『十九』，疑當作『九十』，舉成數也。作『十九』者，或傳寫之誤。」（卷一）

邑韓少參汝慶之女名異，[12]母屈安人，有詩才，孀居而亡，無子，其詩集未刻，不得與少參同傳。異私傷之，作書與康太史德涵之女張氏，[13]為乞序。太史喜曰：有女如是，足嗣矣。[14]余作《亘史》，列之孝女部中。[15]嗟乎！茲季君者，既刻玉卿公遺帥，又搜刻《補註》，公諸同好，雖謂之孝子，可矣。屈氏詩未必極工，且因孝女以傳；而況玉卿之詩，苦心學杜，為天都舊社所推者，得孝子而名益彰矣。

萬曆甲寅上巳邑子潘之恆景升譔

---

12 明‧韓邦靖，字汝慶，號五泉，朝邑人。其妻為屈安人，有女韓異。《朝邑縣志‧提要》說：「《朝邑縣志》二卷，明‧韓邦靖撰，邦靖字汝慶，號五泉，朝邑人。正德戊辰進士，官至工部員外郎。」見《文淵閣四庫全書》，第494冊，頁47。其兄韓邦奇撰有〈韓邦靖傳〉，見《苑洛集》，參《文淵閣四庫全書》，第1269冊，卷八，頁479-488。

13 明‧康海，字德涵，武功人。《武功縣志‧提要》說：「《武功縣志》三卷，明‧康海撰，海字德涵，武功人。」見《文淵閣四庫全書》，第494冊，頁1。

14 《亘史‧閨懿‧韓安人屈氏》說：「康海序曰：五泉子既卒之十又四年，其內子安人屈氏亦卒，五泉子無子，有女異痛其父母繼亡，身為女子不能發揚休光，以書貽余張氏女，荼毒匍匐之狀，殆不忍聞。謂父集已刻，而母有遺詩若干首，企余序之，自刻焉。……。有女如異，五泉子未為無子也。」見《四庫全書存目叢書》，子部193，卷二，頁269。另外，錢謙益《列朝詩集小傳‧韓安人屈氏》也說：「安人，朝邑韓邦靖汝慶之妻，華陰都御史屈□之仲女也。……。汝慶早夭，安人後十四年而歿。有女異，痛其父母繼亡，父集既梓，而母詩不傳，以書詒滸西康太史之女，為母詩乞序。其詞酸楚，願籍皮為楮，削骨代穎，以傳母集。太史感而為之序，謂有女如異，五泉子未為無子也。」見《明代傳記叢刊‧學林類》，閨集，頁769-770。

15 潘之恆《亘史‧貞感‧韓異》說：「異產朝邑，韓少參汝慶女，母屈氏封安人，俱有詩才，積成集矣。父未強而卒，屈氏孀居十四年始克從地下。獨異一女，安人蓋傷之，有詩云：『弱女傾天恨，余貞在未亡。尤堪悲痛處，無嗣更先傷。』異每誦輒掩卷悲不自勝，念父母不亡者惟是。手澤父集，幸梓傳；而母集散失未梓，以為大摵。書貽康德涵太史之女張氏為乞序。……。太史感其誠，慨為作序，表揚之且曰：『有女如異，足嗣矣。何必生男哉？』余故進之孝女籍中。」見《四庫全書存目叢書》，子部193，卷二，頁123。

目次

卷之二

卷之四

《杜律補註》四冊，失沒多年。近於姻親之處，獲前二冊，癸丑春乃授梓。既而業成，其姻復出後二冊，俱先君親筆稿也。但獲而有先後之異，故校而重刊之，庶無遺珠之嘆云爾。

　　　　　　　時萬曆甲寅年次泰東書院不肖汪文英百拜謹刻

杜律五言補註　卷之一

新安　汪瑗　玉卿　補註

劉法曹、鄭瑕丘石門宴集

秋水清無底，蕭然淨客心言石門秋景可愛。「客」字，自謂。下句因上句。

掾曹乘逸興，鞍馬到荒林此獨指「劉」。

能吏逢雙璧兼稱「劉」、「鄭」，華筵直一金言筵之盛。

晚來橫吹好，泓下亦龍吟「泓下」，應起句。「龍吟」，形容橫吹之妙。

　　○劉云：此詩無可取。[1]蓋亦求之太過，大家豈必首首好、句句好、字字好？然亦未嘗不好，此惟可與李、杜言之，他人蓋不知也。

題張氏隱居

之子時相見相見之數，邀人晚興留留客之久。

霽潭鱣發發，春草鹿呦呦「霽」，一作「濟」。瑗按：「霽」字勝，不惟與下「春」字切對，且與「鱣發發」相應，謂魚因晴霽而出遊也。「發發」，音「潑潑」。此言隱居所有之物，時景亦在其中。

杜酒偏勞勸，張梨不外求杜康造酒，故曰「杜酒」。洛陽有張公夏梨甚甘，故曰「張梨不外求」，猶言此是爾家果也。此言張氏歟己之物，情興亦在其中。

前村山路險，歸醉每無愁「醉」字，貼勸酒，謂醉歸而忘其險，故曰「無愁」。

　　○黃常明《詩話》：子美多用經語，如「車轔轔」「馬蕭蕭」、「鱣發發」「鹿呦呦」皆渾成嚴重，法度森然。後人不敢用者，豈非造語膚淺不類邪？[2]

1　《集千家註批點補遺杜詩集》作「無可取」（卷一，頁82）。

2　《苕溪詩話》曾說：「杜《集》多用經書語，如『車轔轔』『馬蕭蕭』，未嘗外入一字。……。『霽潭鱣發發，春草鹿呦呦』，皆渾然嚴重，如天陛赤墀，植璧鳴玉，法度森鏘。然後人不敢用者，豈所造語膚淺不類耶。」見《歷代詩話續編》（北京：中華書局，2001年），卷七，頁378；另亦可參宋・阮閱《詩話總龜・後集》，見《文淵閣四庫全書》，第1478冊，卷二十四，頁775。或參仇兆鰲《杜詩詳註》（臺北：里仁書局，1980年），是書作「黃常明《詩話》曰：杜詩多用經語，如『車轔轔』

登兗州城樓

東郡趨庭日，南樓縱目初時公父為兗州司馬，故曰「趨庭」。起言初來兗之由，中兩聯皆「縱目」所見者。³

浮雲連海岱，平野入青徐言兗之形勝，縱目所見之遠者。此聯宏潤，俯仰千里。⁴

孤嶂秦碑在，荒城魯殿餘言兗之古跡，縱目所見之近者。此聯微婉，上下千年。⁵

從來多古意，臨眺獨躊躇結總上文。「臨眺」應「縱目」。

　　昔人謂：善作文者，如常山蛇勢，擊首則尾應，擊尾則首應，擊其中則首尾俱應。嗚呼！豈獨文也哉？⁶詩亦宜然。若少陵此篇是已，他多類此，不能盡出，讀者以意會之可也。

　　○舊說：公詩法實出於其祖審言，審言〈登襄城〉詩云：「旅客三秋至，層城四望開。楚山橫地出，漢水接天迴。冠蓋非新里，章華只舊臺。習池風景異，歸路滿塵埃。」陳后山又學公詩者也，其〈登鵲山〉詩云：「小試登山腳，今年不用扶。微微交濟灤，歷歷數青徐。朴俗猶虞力，安流尚禹謨。終年聊一快，吾病失醫盧。」看此二詩，則其源流可槩見矣。⁷

　　『馬蕭蕭』、『鱣發發』『鹿呦呦』皆渾然嚴重，如入天陛赤墀，植璧鳴玉，法度森然。然後人不敢用者，豈非造語膚淺不類耶」（卷一，頁12）。

3　《杜律趙註》於「東郡」兩句下曾云：「中二聯皆縱目所見。」（卷下，頁137）由此可見，汪瑗某些注語實以趙汸注文為根柢，那麼，其「補註」者當乃趙注。此下，除汪瑗直接標舉「趙云」（或「趙謂」）外，本文援引《杜律趙註》注語皆為汪瑗注文與其相同或相似者。

4　《杜律趙註》於「浮雲」兩句下曾云：「此聯宏潤，俯仰千里。」（卷下，頁137）

5　《杜律趙註》於「孤嶂」兩句下曾云：「此聯微婉，上下千年。」（卷下，頁137）

6　陳善《捫蝨新話》「作文貴首尾相應」說：「桓溫見八陣圖曰：『此常山蛇勢也。擊其首則尾應，擊其尾則首應，擊其中則首尾俱應。』予謂此非特兵法，亦文章法也。」見《全宋筆記》（鄭州：大象出版社，2012年），第五編，第十冊，卷五，頁42。

7　《杜律趙註》作「公詩法實出於其祖審言，審言〈登襄陽城〉詩云：『旅客三秋

對雨書懷走邀許主簿

對雨書懷走邀許主簿公後有〈與任城許主簿遊南池〉詩

東嶽雲峰起，溶溶滿太虛「東嶽」，泰山。〈公羊傳〉曰：觸石而出，膚寸而
合，不崇朝而遍雨乎天下者，其泰山之雲乎！[8]此暗用其意。

震雷翻幕燕，驟雨落河魚二句下因上。「翻」從「震」生；「落」從「驟」生，
四字皆所謂句中眼。舊獨以「翻」「落」二字為眼，非是。後多倣此。

座對賢人酒，門聽長者車酒清者曰聖人，濁者曰賢人。言己置酒而候其來。

相邀愧泥濘，騎馬到堦除邀其冒雨而必來也。總結上文。

　　○前四句，「對雨」；後四句，「書懷走邀」之意也。

巳上人茅屋

巳上人茅屋僧齊己也，善吟詩，知名於唐，有「春深遊寺客，花落閉門僧」
之句，[9]為世稱賞

巳公茅屋下，可以賦新詩公〈春日江村〉詩曰：「茅屋還堪賦，桃源自可
尋。」[10]此聯即〈江村〉上句之意。

枕簟入林僻，茶瓜留客遲上言茅屋幽深，下言巳公情好。枕簟之供，茶瓜之
獻，不失僧家風味。

至，層城四望開。楚山橫地出，漢水接天迴。冠蓋非新里，章華只舊臺。習池風景
異，歸路滿塵埃。』陳後山又學公詩者也。其〈登鵲山〉詩云：『小試登山腳，今
年不用扶。微微交濟濼，歷歷數青徐。朴俗猶虞力，安流尚禹謨。終年聊一快，吾
病失醫盧。』看此二詩，則其源流槩可見矣」（卷下，頁137-138）。依此，「舊說」
當指趙汸註言。此外，「迴」，《御定全唐詩·登襄陽城》作「回」；「只」《御定全唐
詩·登襄陽城》作「即」，見《文淵閣四庫全書》，第1423冊，卷六十二，頁610。

8　《春秋公羊傳·僖公三十一年》說：「觸石而出，膚寸而合，不崇朝而遍雨乎天下
　　者，唯泰山爾。」見清·阮元校勘：《十三經注疏附校勘記》（臺北：大化書局，
　　1982年），卷十二，頁2263。

9　宋·何谿汶《竹莊詩話》「警句上·五言」下曾說：「『春深遊寺客，花落閉門
　　僧』——齊己。」見《文淵閣四庫全書》，第1481冊，卷二十三，頁796。

10　《杜工部集》作〈春日江村五首〉（卷十三，頁576）。

江蓮搖白羽，天棘蔓青絲「白羽」，謂扇，比江蓮；「天棘」，即顛棘，天門冬
也。或曰柳也。¹¹「蔓」，一作「夢」；一作「弄」。俱非是。「青絲」，比天棘。此聯
賦茅齋之景物。四句見茅屋之趣，「可以賦新詩」者，此也。

空忝許詢輩，難酬支遁詞晉·支遁講《維摩經》，許詢常設問難。「許詢」，公
自況。「支遁」，況巳公。酬詞，貼前賦詩，詩詞通稱耳。然可見巳公之善吟，亦可
見巳公當時必有贈公之詩。

　　○《室中語》曰：少陵作八句近體詩，卒章有時而對，然語意皆卒章之詞。今
人效之，臨了却作一頸聯，一篇之意無所屬，大可笑也。¹²璦按：少陵五七言律，
首尾多對，《室中》之語甚善，學者不可不知。若此結本是對偶，讀之初不覺其為
對偶也，後多倣此。

房兵曹胡馬

胡馬大宛名起言所產，鋒稜瘦骨成。

11　宋·惠洪《冷齋夜話》「天棘」下說：「『天棘』，蓋柳也。」見《文淵閣四庫全書》，
　　第863冊，卷四，頁254；亦可參《諸家老杜詩評》「僧惠洪《冷齋夜話》十二事」，
　　見《杜甫詩話六種校注》，卷五，頁81。另外，宋·王十朋集註《王狀元集百家註
　　編年杜陵詩史》「天棘夢青絲」下亦曾云：「近有《冷齋話》謂之柳，而不著所
　　出。」見《杜詩又叢》（京都：中文出版社，1977年），卷一，頁67。最後，《杜詩
　　趙次公先後解輯校》也曾說：「或以天棘為柳，妄引近傳《東坡事〔實〕》載王逸少
　　詩『湖上春風舞天棘』，非有奧義，疑非坡說。以余考之，《本草圖經》云：天門
　　冬，春生，藤蔓高至丈餘，其葉如絲而散。則天棘為天門冬，明矣。」（甲帙卷之
　　一，頁9）
12　宋·魏慶之《詩人玉屑》「又讀少陵詩學古人詩」作「杜少陵作八句近體詩，卒章
　　有時而對，然語意皆卒章之辭。今人效之，臨了却作一景聯，一篇之意無所歸，大
　　可笑也。《室中語》」，見《文淵閣四庫全書》，第1481冊，卷五，頁96。又清·吳景
　　旭《歷代詩話》（北京：京華出版社，1998年）作「《室中語》云：老杜作八句近體
　　詩，卒章有時而對，然語意皆卒章之辭。今人效之，臨了却作一景聯，一篇之意無
　　所歸，大可笑也」（卷四十七，頁529）。

竹批雙耳峻二、三言骨格之美，**風入四蹄輕。**

所向無空闊四、五言其健走，**真堪託死生**賦馬及此，始為妙手，此句為篇中警語。

驍騰有如此，萬里可橫行「驍騰」總上文。「萬里」應「空闊」。[13]

　　趙云：前輩言詠物之詩，或粘皮著骨。公此詩，前言胡馬骨相之異，後言其驍騰無比，而詞語矯健豪縱、飛行萬里之勢，如在目中，所謂索之於驪黃牝牡之外者。區區模寫體貼以為詠物，何足語此？[14]瑗按：蘇東坡曰：論畫以形似，見與兒童隣。作詩必此詩，定知非詩人。[15]《禁臠》深取其說。[16]其說固是，然使指鹿為馬，畫虎類狗，亦大可笑也。故詠物之作，雖不可粘皮著骨，亦不可隔靴搔癢，初學者不可不知。

13　《杜律趙註》於「驍騰」兩句下說：「『驍騰』總上文。『萬里』應『空闊』。」（卷下，頁176）

14　「前輩言詠物之詩」，《杜律趙註》作「前輩言詠物詩」（卷下，頁176）。

15　宋・葛立方《韻語陽秋》說：「歐陽文忠公詩云：『古畫畫意不畫形，梅詩詠物無隱情。忘形得意知者寡，不若見詩如見畫。』東坡詩云：『論畫以形似，見與兒童鄰。賦詩必此詩，定知非詩人。』」見《文淵閣四庫全書》，第1479冊，卷十四，頁169。

16　宋・釋惠洪《石門洪覺範天廚禁臠》說：「東坡曰：『善畫者畫意不畫形，善詩者道意不道名。』故其詩曰：『論畫以形似，見比兒童隣。作詩必如此，定非知詩人。』借如賦山中之境，居人清曠，不過稱山之深，稱住山之久，稱其閒逸，稱其寂默，稱其高遠。能道其意者，不直言其深，而意中見其深也。如文靚詩曰：『松陰行不盡，踈雨下無時。世事幾興廢，山中人未知。』又不直言其住山之久，而意中見其久，如賈島詩曰：『頭髮梳千下，休粮帶病容。養雛成大鶴，種子作高松。白石通宵煮，寒泉盡日舂。不曾離隱處，那得世人逢。』又不直言其閒逸，而意中見其閒逸，如王維詩曰：『中歲頗好道，晚家南山陲。興來每獨往，勝事心自知。行到水窮處，坐看雲起峕。偶然值林叟，談嘯無還期。』又不直言其寂默，而意中見其寂默，如畫公詩曰：『月色靜中見，泉聲幽處聞。影孤長不出，行道在深雲。』又不直言其高遠，而意中見其高遠，如王維詩曰：『山中多濃侶，禪誦自成群。城郭遙相望，唯應見白雲。』」見《四庫全書存目叢書》，集部415冊，卷中，頁121-122。

畫鷹

素練風霜起絹素之佳，蒼鷹畫作殊圖寫之妙。[17]中兩聯見畫作之殊。

攫身思狡兔，側目似愁胡形容俯仰顧盼之態，彷彿可想，所謂「勢可呼」者以此。

絛鏃光堪摘「絛」，鷹繫；「鏃」，絛環。「光堪摘」，言絛鏃之色鮮明可愛，猶言「秀色若可飡」、[18]「翠色若可攬」之類。舊註謂猶言「可解」也，[19]非是。此言鷹飾之美，軒楹勢可呼「軒楹」，謂鷹立于軒楹之間。「勢可呼」，謂飛動如生，可呼以獵也。[20]此句為篇中警語。

何當擊凡鳥，毛血灑平蕪緊承上「勢可呼」而言。趙云「有疾惡意」。[21]瑗按：公賦〈王兵馬使二角鷹〉云：「杉雞竹兔不自惜，孩虎野牛俱辟易。」[22]又云：「惡鳥飛飛啄金屋，安得爾輩開其羣，驅出六合梟鸞分。」即此結之意。

詠畫而及此，所謂「以畫為真」者也。詠畫則以真言，詠真則以畫言；猶詠美人則以花比，詠花則以美人比。此抑揚借重之意也。

冬日有懷李白

寂寞書齋裏離索之苦，終朝獨爾思懷仰之切，下皆申言此意。

更尋嘉樹傳，不忘角弓詩此用一事翻為兩句法。《左傳》：晉使韓宣子聘魯，魯公享之。韓子賦〈角弓〉，義取兄弟婚姻，無胥遠矣之意。既享，復宴於季氏。季

---

17 《杜律趙註》「蒼鷹」句下曾云：「言圖寫之妙。」（卷下，頁182）

18 陸機〈日出東南隅行〉有「鮮膚一何潤，秀色若可餐」之句，見《文選》（北京：中華書局，2005年），卷二十八，頁400。

19 譬如，《杜律趙註》「絛鏃」句下曾云：「『堪摘』，猶言可解也。」（卷下，頁182）

20 《杜律趙註》「軒楹」句下曾云：「言飛動如生，可呼以獵也。」（卷下，頁182）

21 《杜律趙註》，卷下，頁183。

22 「孩」，《杜工部集‧王兵馬使二角鷹》作「溪」；「牛」，《杜工部集‧王兵馬使二角鷹》作「羊」（卷七，頁260）。

氏之庭，有嘉樹焉，宣子譽之，武子曰：「敢不封殖此樹，以無忘〈角弓〉。」遂賦
〈甘棠〉。義取庭樹曾為宣子所愛，故封殖之，猶南國之愛甘棠，不敢忘召公之德
也。[23]此聯正用其意。言己之不忘李白，如季武子之不忘韓宣子也。劉註，[24]非
是。又按：公詩云：「余亦東蒙客，憐君如弟兄。醉眠秋共被，攜手日同行。」[25]則
所謂「不忘角弓詩」者，真有如兄弟婚姻無相遠矣之義，非特如今人之泛用其語，
以虛示情好者比。

短褐風霜入，還丹日月遲此聯嘆老嗟卑之意。

未因乘興去冬日懷李白，故用訪戴事，應三、四，言雖不忘其好，未能乘興而相
訪也，**空有鹿門期**用龐公事，應五、六，言事業未成，故不能相將而共隱也，結
聯相應，本是如此，然二句亦自相呼喚。

龍門

龍門橫野斷，驛樹出城來。

氣色皇居近，金銀佛寺開公自註：山有佛寺，金碧照耀，最為勝槩。[26]○四句
題龍門之景。

往來時屢改，川陸日悠哉。

相閱征途上，生涯盡幾回四句過龍門之情。

---

23 《左傳·昭公二年》說：「晉侯使韓宣子來聘，……。公享之。……。韓子賦〈角
弓〉。……。既享，宴于季氏，有嘉樹焉，宣子譽之。武子曰：『宿敢不封殖此樹，
以無忘〈角弓〉。』遂賦〈甘棠〉。」見清·阮元校勘：《十三經注疏附校勘記》，卷
四十二，頁2029。

24 《集千家註批點補遺杜詩集》說：「此與出處別。謂他種樹為隱者之計，我之不忘
如〈角弓〉，以其詩故也。」（卷一，頁92）

25 〈與李十二白同尋范十隱居〉，見《杜工部集》，卷九，頁379。

26 《九家集註杜詩》（臺北：臺灣大通書局，1974年）有「山有佛寺，金碧照耀，最
為勝槩」諸字（卷十七，頁1229）。另外，《集千家註批點補遺杜詩集》有此自註語
（卷一，頁93）。《杜工部集》則無此諸字（卷九，頁376）。

天寶初，南曹小司寇舅，於我太夫人堂下累土為山，一
匱盈尺，以代彼朽木，承諸焚香瓷甌，甌甚安矣。旁植
慈竹，蓋茲數峰，嶔岑嬋娟，宛有塵外數致。乃不知興
之所至，而作是詩「嶔岑」，謂山；「嬋娟」，謂竹

一匱功盈尺，三峰意出羣言形勢小而意趣長，所以不知興之所至，而作是詩。
望中疑在野，幽處欲生雲所謂「宛有塵外數致」是也。
慈竹春陰覆所謂「旁植慈竹，蓋茲數峯」是也，香爐曉勢分所謂「承諸焚香瓷
甌，甌甚安矣」是也。
維南將獻壽，佳氣日氛氳《詩》：「如南山之壽。」[27]稱山為「維南」，猶稱兄弟
為「友于」，歇後語也。[28]結因借山而致祝頌之意。

春日懷李白

白也詩無敵，飄然思不羣詩之無敵，由思不羣。[29]
清新庾開府，俊逸鮑參軍才兼庾、鮑，所以無敵而不羣也。[30]或曰：庾清新而
不俊逸，鮑俊逸而不清新。太白兼之，故曰無敵。[31]亦不必如此看。吾未見能清新

---

27 《詩·小雅·天保》有「如南山之壽，不騫不崩」之句，見清·阮元校勘：《十三
經注疏附校勘記》，卷九之三，頁412。

28 《洪駒父詩話》曾說：「世謂兄弟為友于，謂子孫為貽厥者，歇後語也。」見郭紹
虞《宋詩話輯佚》（臺北：華正書局，1981年），卷下，頁424。

29 《杜律趙註》「白也」兩句下曾說：「言其詩之無敵，由思之不群。」（卷中，頁113）

30 《杜律趙註》「清新」兩句下曾說：「言其詩兼庾、鮑之長，可見真簡無敵。」（卷
中，頁113）

31 宋·洪邁《容齋四筆》「老杜寒山詩」則說：「老杜〈春日憶李白〉詩云：『白也詩
無敵，飄然思不羣。清新庾開府，俊逸鮑參軍。』嘗有武弁議其失曰：『既是無
敵，又卻似庾、鮑。』或折之曰：『庾清新而不能俊逸，鮑俊逸而不能清新。太白
兼之，所以為無敵也。』」見《容齋隨筆》（上海：上海古籍出版社，1998年），卷
四，頁661。

而不俊逸，能俊逸而不清新，只言太白兼其所長便是。

渭北春天樹，江東日暮雲「渭北」，子美所居。「江東」，太白所在，白時遊會稽，故曰江東。此紀地與時景，見相距之遠，懷之所由起也。趙云：不明言懷，而懷在其中。[32]

何時一樽酒，重與細論文緊承上聯，所懷在此。「文」貼「詩」字，詩文通稱耳。曰「重」，可見昔日曾論此事；[33]曰「細」，蓋欲請教之詳。因詩之無敵，思之不羣，故不覺傾倒敬服如此，此見少陵之高。

或者謂：「細」之一辭，蓋譏太白之才疎，[34]此詩乃先揚後抑之意。失其旨矣。太白別少陵詩曰：「何時石門路，重有金樽開。」[35]以此言之，則太白期少陵，不過飲酒而已。故說詩者，不以文害詞，不以詞害意。[36]以「細」字為譏太白，豈非高叟之固乎？[37]

《邏齋閒覽》：或問王荊公：「編四家詩，以子美為第一，太白為第四，豈白才格詞致不逮子美邪？」公曰：「白之歌詩，豪放飄逸，人固莫及，然其格止此而

---

32 《杜律趙註》「渭北」兩句下曾說：「此言彼我所寓所見，寫相望之情，不明言懷，而懷在其中矣。」（卷中，頁114）

33 《杜律趙註》「何時」兩句下曾說：「曰『重』，則舊常論此事矣。」（卷中，頁114）

34 或可參《鶴林玉露》（北京：中華書局，2005年），是書「作文遲速」曾云：「李太白一斗百篇，援筆立成。杜子美改罷長吟，一字不苟。二公蓋亦互相譏嘲，太白贈子美云：『借問因何太瘦生，只為從前作詩苦。』『苦』之一辭，譏其困琱鐫也。子美寄太白云：『何時一樽酒，重與細論文。』『細』之一字，譏其欠縝密也。」（卷六，甲編，頁99-100）

35 〈魯郡東石門送杜二甫〉，見《李太白全集》（北京：中華書局，1999年），中冊，卷十七，頁794。

36 《孟子‧萬章上》說：「故說詩者，不以文害辭，不以辭害志。以意逆志，是為得之。」見清‧阮元：《十三經注疏附校勘記》，卷九上，頁2735。

37 《孟子‧告子下》說：「公孫丑問曰：『高子曰：「〈小弁〉，小人之詩也。」』孟子曰：『何以言之？』曰：『怨。』曰：『固哉，高叟之為詩也！有人於此，越人關弓而射之，則己談笑而道之；無他，疏之也。其兄關弓而射之，則己垂涕泣而道之；無他，戚之也。〈小弁〉之怨，親親也。親親，仁也。固矣夫，高叟之為詩也！』」見《四書章句集註》（臺北：鵝湖月刊社，2010年），卷十二，頁340。

已，不知變也。至於子美，則悲歡窮泰，發斂抑揚，疾徐縱橫，無施不可，有平淡簡易者，有綺麗精確者，有嚴重威武若三軍之帥者，有奮迅馳驟若泛駕之馬者，有淡泊閒靜若山谷隱士者，有風流醞藉若貴介公子者。故其詩緒密而思深，觀者苟不能臻其閫奧，未識其妙，豈淺近者所能窺哉？此子美所以光掩前人，而後來無繼也。元稹謂：兼昔人所獨專，信矣。」或又曰：「評詩者謂子美期白太過，反為白誚。」公曰：「不然。子美贈白詩曰：『清新庾開府，俊逸鮑參軍。』但比之庾信、鮑照而已。又曰：『李侯有佳句，往往似陰鏗。』鏗詩又在鮑、庾下矣。」[38]

瑗謂：荊公此說，不惟不知太白、庾、鮑、陰鏗，亦不知子美甚矣。子美〈解悶〉絕句曰：「陶冶性靈存底物，新詩改罷自長吟。熟知二謝將能事，頗學陰何苦用心。」[39]此子美自道也。子美嘗苦學陰鏗而不至，太白則往往似之，此子美所以見太白而心醉。子美蓋具法眼者，故能知詩之高下。又以其嘗試者稱太白，太白能兼昔人獨專之妙，所以無敵於天下。而少陵每思之，欲細與論文以求教也。荊公曾不考少陵之言，而徒以己論少陵，疏哉！豈非拾元稹之涕唾也乎？嗚呼！荊公之沉思潛心者，尚如此，其他輩兒之浪言謾語，又何足據哉？夫太白之才，為少陵推服如此，後世乃躋少陵於九天之上，擠太白于九地之下，若當時有以荊公之語告少陵者，少陵烏得不怒而叱之、鄙而哂之也哉？使少陵有知，當不平於九泉之下！瑗為此辨，非獨為太白，蓋為少陵也。

李監宅二首

尚覺王孫貴，豪家意頗濃起言李之豪貴，中兩聯皆豪貴之事。

屏開金孔雀，褥隱繡芙蓉此言豪貴之見於器用者。

---

38 《遯齋閒覽》諸語，見宋・胡仔《漁隱叢話》（臺北：廣文書局，1967年），第1冊，卷六，頁124-125。另外，元稹〈唐故檢校工部員外郎杜君墓係銘〉說：「盡得古今之體勢，而兼人人之所獨專矣。」見《杜工部集》，卷二十，頁892。

39 「存底物」，〈解悶十二首〉其七作「在底物」，見《杜工部集》，卷十五，頁679。

且食雙魚美，誰看異味重此言豪貴之見於飲食者。

門闌多喜氣，女壻近乘龍詳結時必有納壻之事，故第三句暗用射雀中目事，然亦必是豪貴之家，方得此乘龍之壻。

華館春風起，高城煙霧開起言宅之所在，時景亦在其中。

雜花分戶映，嬌燕入簷迴此聯貼「華館」。曰「分」，見房櫳之盛；曰「入」，見室家之深。

一見能傾座，虛懷只愛才。

鹽車雖絆驥，名是漢庭來結承「才」字言。驥絆鹽車，事出《戰國策》；「漢庭」，是用天馬事。

　　○前四句，稱李之豪貴。後四句，述己之才名，觀公自負如此。及前「且食雙魚美，誰看異味重」之句，有孟子「我得志弗為也」之氣象。[40]

與任城許主簿遊南池

秋水通溝洫，城隅集小船下句因上句。

晚涼看洗馬，森木亂鳴蟬「晚涼」「森木」欠對。或曰：「涼」借「梁」音，與「木」對。

菱熟經時雨，蒲荒八月天。

晨朝降白露，遙憶舊青氈起言泛舟南池之樂。中兩聯「洗馬」「菱」「蒲」，詠池中事物；「森木」「鳴蟬」，詠池上景物。結蓋觸景悲秋而思故鄉也。

---

40 《孟子・盡心下》說：「孟子曰：說大人，則藐之，勿視其巍巍然。堂高數仞，榱題數尺，我得志弗為也。食前方丈，侍妾數百人，我得志弗為也。般樂飲酒，驅騁田獵，後車千乘，我得志弗為也。」見清・阮元校勘：《十三經注疏附校勘記》，卷十四下，頁2779。

過宋員外之問舊莊_{公自註：員外季弟執金吾見知於代，故有下句}[41]

宋公舊池館，零落首陽阿_{見宋莊所在。}[42]_{下皆申言「零落」之意。山曲曰}
「阿」，故下言枉道而入。

枉道祇從入，吟詩許更過_{下一「從」字，見莊無主，從人入也可，不入也可。}
必迂路而訪者，故舊之情也。「吟詩」，謂己過宋莊而題詩。「許更過」，設言再過，
而宋必不拒己。「枉道」「吟詩」，字要輕看；「祇從入」「許更過」，字要活看。上言
今日之過訪，下言他日之再來。二句甚淺近明白，舊註紛紛，殊為牽強可厭。

淹留問耆老，寂寞向山河。

更識將軍樹，悲風日暮多_{「將軍樹」，指「執金吾」。下句承「樹」字，古詩}
「蕭蕭白楊樹，日暮多悲風」。

　　○首聯言舊莊所在，頷聯言過舊莊，頸聯言不忍去舊莊，尾聯見哀生弔死之意。

夜宴左氏莊

風林纖月落，衣露淨琴張。

暗水流花徑，春星帶草堂_{「月落」，故水暗。「帶」字，見星低。○月落露下，}
水暗星低，固是敘時景，亦言夜宴之久，不待下「燒燭短」、「引盃長」而後可見。

檢書燒燭短，看劍引盃長_{此見夜宴從容盡興。句法下因上。}[43]

詩罷聞吳詠_{「詩罷」，謂詩成，即指此篇。唐人宴集，每於席上賦詩。「聞吳}
詠」，蓋座中有吳人，或有善吳歌者。○鼓琴看劍，檢書賦詩，此見夜宴之樂事。

扁舟意不忘_{公嘗遊吳越，故有此結。「聞吳詠」而思昔遊，是攏開說。}[44]

41　《杜工部集》有此諸字（卷九，頁381）。

42　《杜律趙註》「零落」句下曾說：「見莊所在。」（卷下，頁147）

43　《杜律趙註》「檢書」兩句下曾說：「此見夜宴之從容盡興。句法下因乎上。」（卷
　　上，頁41）

44　《杜律趙註》「詩罷」兩句下曾說：「末謂『聞吳詠』而思昔遊，是攏開說。」（卷
　　上，頁41）

重題鄭氏東亭

華亭入翠微見亭幽深，據山之勝，秋日亂晴暉時日之美。

崩石欹山樹，清漣曳水衣「水衣」，萍苔之類。二句登亭所見。

紫鱗衝岸躍貼「水」，蒼隼護巢歸貼「樹」。

向晚尋征路，殘雲傍馬飛晚歸之景。

暫如臨邑，至㟏山湖亭，奉懷李員外，率爾成興

野亭逼湖水見亭近湖，湖上有亭，歇馬高林間言駐馬登亭。

鼉吼風吹浪，魚跳日映山鼉吼則風生浪起，句法下因上。日映山而返照於湖，
故魚樂而躍，句法上因下。二句言湖中所有、亭上所見。

暫遊阻詞伯，却望懷青關「詞伯」，指「李」，李在青關，故曰「却望」，言奉
懷不得與李同遊之意。

藹藹生雲霧，唯應促駕還「促駕」應「歇馬」，言日將暮而欲歸也。與前結
同，前先言歸而後言景，此先言景而後言歸。

故武衛將軍挽詞三首

嚴警當寒夜，前軍落大星見死之地與時。

壯夫思敢決，哀詔惜精靈言其勇志，有美有恨。[45]

王者今無戰，書生已勒銘時方太平，故曰「無戰」。「書生」，用班超事。

封侯意疎濶，編簡為誰青結緊承上聯，言因遭盛世，不得如古人立功封侯——
勒鍾鼎，垂竹帛——以顯其勇志也。

---

45 《杜律趙註》「壯夫」兩句下曾說：「此稱其勇忠。劉云：三、四上下含蓄，有美有
恨。」（卷下，頁133）

舞劍過人絕，鳴弓射獸能稱其藝妙。

銛鋒行愜順貼「舞劍」，猛噬失蹻騰貼「鳴弓」。

赤羽千夫膳舊註：「赤羽」，為炙鴻鴈；[46]「千夫膳」，言所膳者千兵，[47]見其愛士。瑗按：亦費解。「赤羽」，似謂箭耳。「膳」字，疑誤。黃河十月冰見其勤王敢戰，無所畏難。

橫行沙漠外，神速至今稱總結上文。

　　○此篇全是頌美之辭；而哀挽之意，觀末句「至今稱」三字自見。

哀挽青門去言柩所經，[48]又見卒於長安，新阡絳水遙言葬之處，[49]又見故鄉所在。

路人紛雨泣，天意颯風飄言哀惜者眾、感動者深也。「雨泣」「風飄」，假對。

部曲精仍銳，匈奴氣不驕部曲如此，將軍可知。

無由覩雄略，大樹日蕭蕭結比前〈過宋莊〉用事稱題。[50]劉云：頓放得是。[51]

　　○前四句挽其死，後四句頌其功，而惜其人品之不多見也。瑗按：本謂泣如雨，倒「雨」字在上，與「風飄」作對；本謂仍精銳，析「精」字在上，與「氣不驕」作對，語意穩順，不見牽強支離之病。

杜位宅守歲

守歲阿咸家「咸」，一作「戎」，非是。東坡詩曰「頭上銀幡笑阿咸」，[52]又曰「欲

---

46 《集千家註批點補遺杜詩集》說：「指鴟為炙。」（卷一，頁136）

47 《杜詩趙次公先後解輯校》說：「千夫膳，言所膳者，千兵也。」（甲帙卷之五，頁151）

48 《杜律趙註》「哀挽」句下曾說：「言柩所經。」（卷下，頁134）

49 《杜律趙註》「新阡」句下曾說：「此言葬處。」（卷下，頁134）

50 〈過宋員外之問舊莊〉。

51 《集千家註批點補遺杜詩集》作「順放得是」（卷一，頁137）。

52 《東坡全集・和子由除夜元日省宿致齋三首》其二，見《文淵閣四庫全書》，第1107

喚阿咸來守歲，林鴉櫪馬鬥誻誻」，[53]正用此詩。詳此詩結聯，其所引阮咸，不過取其為人之曠達，以稱杜位，別無他旨。若王戎乃儉嗇算計之徒，非所當引。或者謂：杜位乃公之從弟，不應用王戎父子事。[54]殊不知阮咸亦叔姪事也，覽者無泥，

椒盤已頌花晉．劉蓁妻元日獻〈椒花頌〉。此借言設宴。[55]

盍簪喧櫪馬，列炬散林鴉上見朋友宴集之眾，下見主人張筵之盛。承設宴言。

四十明朝事，飛騰暮景斜因守歲而嘆老嗟卑，與題適稱。上二字就對。

誰能更拘束，爛醉是生涯緊承上聯。「爛醉」，應設宴。劉云：接得慨慷。[56]趙云：後四句感慨，可想公之為人。[57]

瑗謂：亦是怨調。

送韋書記赴安西

夫子欻音忽**通貴，雲泥相望懸**言己與韋通塞之異，下皆申言此意。

白頭無藉在「藉在」，猶言聊賴。以為通藉殊舛，言己之塞，**朱紱有哀憐**言韋之通。二句串講，言己無聊賴，惟有韋哀憐己也。

書記赴三捷言韋，**公車留二年**言己。

欲浮江海去，此別意茫然結有悄然自失、黯然銷魂之意，通篇之旨見於言外。

冊，卷十七，頁261。

53 「鴉」，《東坡全集．章錢二君見和，復次韻荅之》作「烏」，見《文淵閣四庫全書》，第1107冊，卷十四，頁229。

54 《補註杜詩》說：「杜位乃公之從弟，……，不應用父子事。」見《文淵閣四庫全書》，第1069冊，卷十八，頁352。

55 《杜律趙註》「椒盤」句下曾說：「言其設宴。」（卷下，頁150）

56 《集千家註批點補遺杜詩集》作「接得慷慨」（卷一，頁144）。汪引劉註疑為倒文。

57 《杜律趙註》說：「劉云：接得慷慨。」又云：「後四句感慨豪縱，讀之可想公之為人。」（卷下，頁150）

陪鄭廣文遊何將軍山林十首

不識南塘路山林所經，**今知第五橋**山林所在。二句參錯成文，本謂：昔日不識南塘路、第五橋，而今始知之也。見初過何氏，今却翻作兩句。《玉林補遺》謂以兩句道一事格也。曾茶山「再從江北路，重到竹西亭」，句法倣此。[58]

名園依綠水，野竹上青霄山林之勝。

谷口舊相得，濠梁同見招漢·鄭子真隱居谷口；莊子與惠子同游濠梁之上。[59] 二句見陪鄭廣文遊。趙云：此言何於鄭有舊好，而已乃鄭之友，是以同見招於何。[60]

平生為幽興，未惜馬蹄遙結總上文。

　　趙云：已之來遊，以素有山林幽意耳，非輕赴武人未交者之招。[61]瑗謂：亦不必如此看。大抵首聯紀地，頷聯紀景，頸聯紀同遊之人，尾聯紀來遊之興耳。

百頃風潭上，千章夏木清「千章」字，見《史記·貨殖傳》。此十字句，本謂：百頃風潭之上，而有千章夏木之清耳。紀地紀物，有景有時，眼界可想。

卑枝低結子，接葉暗巢鸎貼「夏木」。趙云：「低」「暗」二字是眼。[62]不知「卑」「接」二字亦是眼，「低」「暗」二字，正從「卑」「接」二字生來，下因上法。

鮮鯽銀絲膾，香芹碧澗羹貼「風潭」。「銀絲膾」，可；「碧澗羹」，不可。

翻疑柂樓底，晚飯越中行結總上文。「晚飯」字，從五六生來。「柂樓」「越中」，從前四句生來。「越」，水國也。今在百頃潭上，因羹膾而思越，猶前聞吳詠

58　《玉林詩話》「曾茶山」則說：「唐人詩喜以兩句道一事，曾茶山詩中多用此體，如『界從江北路，重到竹西亭』……。」見《宋詩話輯佚》，卷下，頁511。「界」，《茶山集》作「又」，見《文淵閣四庫全書》，第1136冊，卷四，頁503。

59　《杜律趙註》「谷口」句下曾說「漢·高士鄭子真居襃邪谷口」；「濠梁」句下曾說「莊子與惠子遊濠梁觀魚」（卷上，頁33）。

60　《杜律趙註》，卷上，頁33。

61　《杜律趙註》，卷上，頁33。

62　《杜律趙註》於「百頃」四句下曾說：「三、四承『夏木』而言，『低』『暗』二字是眼。」（卷上，頁34）

而思吳也。趙云：以「翻疑」二字幹開，含不盡意，乃倒挑法也。[63]

　　○此篇言泛舟之樂。

萬里戎王子，何年別月氏「氏」，音支。上二字見花流入中國之遠且久，下三字見花之名與所產之地。

異花開絕域承上聯，見本為外國之物，**滋蔓匝青池**承上句，見今為何園所有。

趙云：「謂之異者，以此花本絕域所生，而中國今有之。」其說得矣。又曰：「久而滋蔓，士大夫家之園池，則人不復以為異矣。」[64]「滋蔓」句，不必如此看。

漢使徒空到，神農竟不知言張騫出使，雖到西域，得石榴；神農聖人，雖著《本草》，皆不知有此花，[65]見其異也。上句既曰「徒」，又曰「空」，雖無大害，亦不甚佳。

露翻兼雨打，開坼漸離披[66]言此異花真堪賞翫，惜其將殘而不得遇其盛時也。因其異而惜之之詞，又可見開謝之候。

　　○何氏園林花木多矣，獨賦此者，以其花非中國所有，故特紀之，別無他意。趙以為為安祿山而發，[67]太迂遠矣。

旁舍連高竹，疎籬帶晚花言旁舍之景物。

碾渦深沒馬，藤蔓曲藏蛇「碾渦」，碾磑間水渦漩也；「沒馬」「藏蛇」，形容其深曲耳，見旁舍極其幽僻。

63　「翻」，《杜律趙註》作「飜」；「幹」，《杜律趙註》作「幹」（卷上，頁34）。

64　《杜律趙註》於「異方」兩句下曾說：「謂之異者，以此花本絕域所生，而中國今有之也。然久而滋蔓，遍於士大夫家之園池，則人亦不復以為異矣。」（卷下，頁155）

65　《杜律趙註》於「漢使」兩句下曾說：「言張騫雖到西域得石榴；神農雖著《本草》，皆未嘗知有此花。」（卷下，頁155）

66　「坼」，《杜工部集》作「拆」（卷九，頁386）。

67　《杜律趙註》詩尾說：「詳其言外之意，殆為安祿山而發。」（卷下，頁155）

詞賦工無益「盡捻書藉賣」者為此。亦是怨謂，**山林跡未賒**「來問爾東家」者
為此。

盡捻書藉賣「捻」「拈」同。欲賣書以為買舍之資，固見其興高，亦見其貧甚，
來問爾東家。「東家」應「旁舍」。

　　○此篇言卜隣之意。劉云：子美因羨何林之趣，至欲賣書結茅，甚形容其志願
也。[68]其說是矣。若果爾，則亦燒琴煮鶴之流，不亦俗乎？後曰「何日霑微祿，歸
山買薄田」，此則實心也。

剩水滄江破，殘山碣石開謂鑿池蓄水，乃滄江之剩水耳；累石為山，乃碣石之
殘山耳。「剩」、「殘」，猶餘也。本言園中山水之小，而借滄江、碣石以形容之，翻
為壯麗。

綠垂風折笋，紅綻雨肥梅上二聯，皆倒文法，[69]如讀作「殘山開碣石，剩水破滄
江」，亦可；讀作「笋折風垂綠，梅肥雨綻紅」、「梅肥紅綻雨，笋折綠垂風」，亦可。

銀甲彈箏用，金魚換酒來以所披之銀甲賞妓、所佩之金魚換酒，如賀知章之
解金龜、阮遙集之解金貂，皆見興豪耳，不必皆貧也。舊註皆以好客而貧解之，[70]
非是。

興移無灑掃，隨意坐莓苔見賓主相忘之樂。

　　○此詩舊只以結為足五、六之意，不知其結一篇之意也。「無灑掃」、「坐莓
苔」正應前「山」「水」字。首言山水之勝，次言菜果之美，次言彈箏換酒。蓋謂
摘梅烹笋、酌酒聽箏，而隨意興之所至，周旋於山水之間也，其樂可知矣。前三

68 　《集千家註批點補遺杜詩集》有此諸字（卷二，頁174）。

69 　《杜律趙註》「綠垂」兩句下說：「此即所見以紀時，乃倒裝句法。」（卷上，頁34）
　　　另外，《杜詩趙次公先後解輯校》曾說：「上句義言『風折笋垂綠』，下言『雨肥梅
　　　綻紅』。句法以倒言為老健。」（甲帙卷之二，頁45）

70 　《集千家註批點補遺杜詩集》說：「五字足以狀其好事，而貧亦可見，以客故貧。」
　　　（卷二，頁174）又，《杜律趙註》於「銀甲」兩句下曾說：「此見『何』以好客而
　　　貧。」（卷上，頁34）

聯，雖若散漫，而卒以結聯總括之，少陵往往有此格，讀者不可不知。趙云：此與第一篇結句含不盡意。[71]

　　○《碧溪》云：世俗喜綺麗，知文者輕之；後生好風花，老大則厭之。然文章論當理與不當理耳。苟當於理，則綺麗風花，同入於妙；苟不當理，則一切皆為長語。上自齊、梁諸公，下至劉夢得、溫飛卿輩，往往綺麗風花，累其正氣，其過在於理不勝而詞有餘也。老杜「綠垂風折筍，紅綻雨肥梅」、「岸花飛送客，檣燕語留人」，亦極綺麗，其模寫景物，意自親切，所以絕妙古今。[72]

風磴吹陰雪，雲門吼瀑泉言地高寒。[73]「吹陰雪」，貼「風」字。「吼瀑泉」，無關「雲」字。

酒醒思臥簟，衣冷欲裝綿上句起下句，言酒方醒正思臥簟取涼，及入風磴雲門之間，反覺衣冷而欲裝綿。遊當夏月而言此，見其地高寒之甚。

野老來看客，河魚不取錢所以為「淳朴」。

只疑淳朴處，自有一山川「山川」貼前四句，結總上文，不獨承五六。趙云：此與第二篇結句，不厭相類。[74]

棘樹寒雲色，茵蔯春藕香「寒雲」，比棘樹之色；「春藕」，比茵蔯之香。「茵

71　《杜律趙註》作「二詩結句，皆含不盡意」（卷上，頁34）。

72　《潛溪詩眼》作「世俗喜綺麗，知文者能輕之。後生好風花，老大即厭之。然文章論當理與不當理耳，苟當於理，則綺麗風花，同入於妙；苟不當理，則一切皆為長語。上自齊、梁諸公，下至劉夢得〔溫飛卿〕輩，往往以綺麗風花，累其正氣，其過在於理不勝而詞有餘也。老杜云『綠垂風折筍，紅綻雨肥梅』、『岸花飛送客，檣燕語留人』，亦極綺麗，其模寫景物，意自親切，所以妙絕古今」，見《宋詩話輯佚》，卷上，頁326。此外，「岸花飛送客，檣燕語留人」，見《杜工部集・發潭州》，卷十八，頁784。

73　《杜律趙註》「風磴」兩句下曾說：「言其地之高寒。」（卷上，頁35）

74　《杜律趙註》於詩尾作「二詩結句，不厭相類」（卷上，頁35）。

蔯」，藥名，見《本草》，能療大熱、黃疸等症，氣極氛香，可作菜，生食之亦宜人。[75]

脆添生菜美貼「茵蔯」，謂生菜得茵蔯之脆，愈添其美，**陰益食簞凉**貼「棘樹」，句法與後「陰過酒樽凉」同。[76]趙謂：食簞鋪於棘樹之下，陰益其凉。[77]「簞」，小筐，盛飯食者，方曰笥，圓曰簞。

野鶴清晨出，山精白日藏好鳥出，妖怪藏，見風日之美。「山精」，魍魎之類。或曰此聯兼比興。

石林蟠水府，百里獨蒼蒼結言遠景。「水府」指「百頃風潭」。

憶過楊柳渚，走馬定昆池追往日邀遊之地。

醉把青荷葉酒杯也。今世有燒瓷為荷葉杯，其來遠矣。或謂即摘荷葉為杯；或謂即「醉把茱萸」之意，[78]俱非是。**狂遺白接䍦**巾也。二句言往日邀遊之興，與後「醉客拈鸚鵡，佳人指鳳凰」句法相類，[79]言其物而不言其名也。

刺船思郢客，解水乞吳兒「刺」，音㧢；「解」，音獬；「乞」，音氣。言欲得吳楚之善操舟與泳水者，資之遠適江湖也，為尾句張本。

坐對吳山晚，江湖興頗隨此篇因何林之樂而感往日之邀遊，以起今日江湖之興耳。

75 《本草綱目》（北京：人民衛生出版社，2005年）「茵蔯蒿」說：「【附方】……。茵蔯羹除大熱黃疸，……。以茵蔯細切，煮羹食之。生食亦宜。」（卷十五，頁774）

76 〈嚴鄭公宅同詠竹得香字〉，見《杜工部集》，卷十三，頁574。

77 《杜詩趙次公先後解輯校》說：「言鋪食簞於棘樹之下，陰益其凉也。」（甲帙卷之二，頁46）

78 《杜工部集·九日藍田崔氏莊》有「明年此會知誰健，醉把茱萸子細看」之句（卷九，頁395）。

79 《杜工部集·陪栢中丞觀宴將士二首》有「醉客霑鸚鵡，佳人指鳳皇」之句（卷十六，頁715）。

牀上書連屋_{積書之多}，**階前樹拂雲**_{書屋之景}。

將軍不好武，稚子總能文_{既不好武，好文可知；稚子能文，將軍可知；積書聽}
_{詩，則不好武可知。此與六，貼第一句。}

醒酒微風入，聽詩靜夜分_{「微風」「夜分」，是相連字。「入」「靜」二字是眼，}
_{倒裝作對，亦自妥帖，使人讀之，初不覺牽強，非老手不能。瑗按：公〈納涼〉結}
_{句「片雲頭上黑，應是雨催詩」，[80]與此上句可作詩料，「催詩雨」「醒酒風」，自是}
_{的對。}

絺衣挂蘿薜，凉月白紛紛_{結與五，貼第二句。「白紛紛」，謂月色與苧色相映}
_{也。趙云：微風凉月，不作對偶，轉換開闔，意態無窮，此所謂大家數也。劉云：}
_{此章言外亦具世變。蓋開元承平時，雖武人家，亦牀書連屋，稚子能文，又能招致}
_{佳客，盡飲酒談詩之適也。[81]}

　　○與後首皆言夜宴。

幽意忽不愜，歸期無奈何_{「幽意」，蓋因何林之感。所以「忽不愜」者，由未}
_{有歸期也。[82]}

出門流水住_{劉云：水本無住，但出何林，便覺境別，最是妙意，[83]}**回首白雲多**_此
_{聯言何林之勝，為結聯張本。或曰：因遊何林而起故鄉之思，故曰「回首」，亦通。}

---

80 〈陪諸貴公子丈八溝携妓納涼晚際遇雨二首〉其一，見《杜工部集》，卷九，頁
　　391。
81 「月」與「也」兩字，大通版難辨不清（卷一，頁65），國圖版作「月」與「也」。
　　此外，《杜律趙註》也作「微風凉月，不作對偶，轉換開闔，意態無窮，此所謂大
　　家數詩也。劉云：此章言外亦具世变。蓋開元承平時，雖武人家，亦裝書連屋，稚
　　子能文，又能招致佳客，盡飲酒談詩之適也」（卷上，頁35）。最後，「此章言外亦
　　具世變」，《集千家註批點補遺杜詩集》作「言外亦具世變」（卷二，頁176）。
82 《杜律趙註》於「幽意」兩句下曾說：「自敘客懷。謂所以『忽不愜』者，由未有
　　歸期也。」（卷上，頁35）
83 或參《集千家註批點補遺杜詩集》，卷二，頁177。

自笑燈前舞，誰憐醉後歌首聯之意，於是乎極。曰「自咲」，曰「誰憐」，其心事又非他人所能知者。

祇應與朋好，風雨亦來過朋友泛言，不獨指「鄭」。言風雨，則晴霽可知；則平生幽興之極、何氏山林之勝、好客不倦之情，俱可見矣。

〇此篇言因何林而思歸，歸既不遂，故只應與朋友來遊以遣悶也。

〇趙云：凡一題而賦數詩者，須首尾布置，有起有結；每章各有主意，無繁復不倫之失，乃是家數。觀此及〈重遊〉諸篇可見。[84] 瑗嘗考其旨趣：一章言陪鄭初遊何林，二章言泛舟潭上，三章獨詠異花，四章言卜隣之興，五章言疎散之懷，六章言山川之勝，七章言畫宴，八章言往事，九章、十章言夜宴。而何之文雅、己之淹泊，亦於是乎寓之，此其大畧也。其餘委曲已見各章之下，讀者當自得之。

重過何氏五首

問訊東橋竹，將軍有報書「東橋」，即第五橋。趙云：見不輕往，[85] 非是。曰「問訊」，見昔日曾過何園，今通問以敘舊好也。下句見何好客不厭。

倒衣還命駕，高枕乃吾廬「倒衣」，見速往。「還」字，見重過。既得報書而即往，既至則高卧如吾廬，可見意象真率、賓主相忘。

花妥鶯捎蝶，溪喧獺趁魚此聯即景，上因乎下。上句動中求靜，下句靜中求動。

重來休沐地直說「重過」，**真作野人居**「野人」，公自謂，應「吾廬」。[86]

山雨樽仍在，沙沉榻未移「仍在」「未移」，見「重過」，亦見何之好客，不以時久而變。

---

84 「凡一題而賦數詩者」，《杜律趙註》作「凡一題賦數詩者」；「復」，《杜律趙註》作「複」（卷上，頁36）。〈重遊〉諸篇即下〈重過何氏五首〉。

85 《杜律趙註》，卷上，頁36。

86 《杜律趙註》於「重來」句下曾說「直說『重過』」；「真作」句下曾說「應『吾廬』」（卷上，頁37）。

犬迎曾宿客，鴉護落巢兒上明言「重過」，下偶賦所見，與前「蒼隼護巢歸」同意。[87]趙云：前三句，以「樽」「榻」「犬」三物，見再遊意。第四句，乃即所見以紀時，而鴉護兒，因犬迎客也。三、四乃晚唐所尚。[88]

雲薄翠微寺，天清皇子陂假「皇」對「翠」，此聯拓開說。「寺」「陂」，山林近地之勝境。[89]

向來幽興極，步屧過東籬思向日之遊，應前三句，總結重來意。[90]

落日平臺上，春風啜茗時時景俱見，風味悠然。趙云：按：兩遊皆當夏月，「春」必「薰」字之誤。[91]瑗按：前乃夏遊；後乃春遊。趙說非。[92]

石欄斜點筆，桐葉坐題詩謂倚欄點筆，題詩桐葉之上。趙云：寓趣蕭散。[93]

翡翠鳴衣桁，蜻蜓立釣絲劉云：閒趣畫景，兩極自然。[94]趙云：寓景精麗。[95]

自今幽興熟，來往亦無期登臺啜茗，倚欄題詩，而觀蟲鳥之樂，幽興可知。趙云：曰「熟」，則見重遊。前六句，皆今日「幽興」，故末直以二字總之。[96]

　　○瑗按：前結，追述既往；此結，豫言將來。

87　〈重題鄭氏東亭在新安界〉，見《杜工部集》，卷九，頁374。

88　《杜律趙註》，卷上，頁37。

89　《杜律趙註》於「雲薄」兩句下曾說「此聯拓開說。『寺』與『陂』皆何氏山林近地之勝景」（卷上，頁37）。

90　《杜律趙註》於「向來」兩句下曾說「結思向日之遊，應前三句，總見重來意」（卷上，頁37）。

91　《杜律趙註》，卷上，頁37。

92　蔣瑞藻《續杜工部詩話》曾說：「〈重過何氏山莊〉詩『薰風啜茗時』，今別本或作『春風』，非。此五首皆一時作。其曰『千章夏木清』，又曰『紅綻雨肥梅』，皆是夏景可證。」見《杜甫詩話六種校注》，卷下，頁407。

93　《杜律趙註》，卷上，頁37。

94　《集千家註批點補遺杜詩集·重過何氏五首》其一「花妥」兩句下說：「此與『蜻蜓立釣絲』閒趣畫景，兩極自然。」（卷二，頁186）《杜律趙註》於「翡翠」兩句下曾說：「劉所謂『閒趣畫景，兩極自然』者也。」（卷上，頁37）

95　《杜律趙註》，卷上，頁37。

96　《杜律趙註》，卷上，頁37-38。

頗怪朝參懶，應耽野趣長趙云：二句總喝起，中聯分應之。[97]瑗按：此格少陵甚多，但二句亦相叫喚，非截然平講，後不盡出，讀者詳之。

雨拋金鎖甲，苔臥綠沈槍貼「朝參懶」。[98]夢弼曰「槍言綠沈，謂以綠色之物，沈洙其柄」，[99]近是。陸放翁以為筆，[100]非也。

手自移蒲柳，家纔足稻粱貼「野趣長」。[101]

看君用幽意，白日到羲皇「幽意」，緊承上聯。下句，又極言「幽意」之妙耳。趙云：美其有古意，異於時流。[102]

○瑗按：前篇言己之幽興，此篇言何之幽意。

到此應常宿，相留可判年「可判年」，猶言「可卒歲」也，暗貼下「好林泉」。「判」與「拚」通。師曰：「判年」，謂半年；[103]趙謂：雖拚一年亦可，[104]俱非。起見己之重過、何之好客。

蹉跎暮容色，悵望好林泉林泉之好，人所同愛，而當蹉跎遲暮之際，宜尤所鍾情，語意悽惋。

何日霑微祿，歸山買薄田承上言，欲效何氏之所為。苟得遂此願，則不必悵望他人之所有矣。

---

97 「中聯」，《杜律趙註》作「中二聯」（卷上，38）。

98 《杜律趙註》於「雨拋」兩句下曾說「見『朝參懶』」（卷上，頁38）。

99 「沈洙」，《草堂詩箋》作「沉沬」（卷三，頁62）；另外，《杜詩趙次公先後解輯校》則說：「槍言綠沉，以綠色之物，沉抹其柄也。」（甲帙卷之二，頁50）

100 宋‧陸游《老學庵筆記》（北京：中華書局，2005年）說：「王逸少《筆經》曰：『有人以綠沉漆竹管及鏤管見遺。』老杜所謂『苔臥綠沉槍』，蓋謂是也。」（卷四，頁51）

101 《杜律趙註》於「手自」兩句下曾說「見『野趣長』」（卷上，頁38）。

102 《杜律趙註》說：「末美其有古意，異於時流。」（卷上，頁38）

103 《王狀元集百家註編年杜陵詩史》說「師曰『判年』，半年也」（卷二，頁123）。另外，《集千家註批點補遺杜詩集》作「師曰『判年』，謂半年也」（卷二，頁188）。

104 《杜律趙註》作「謂雖拚一年亦可」（卷上，頁38）。

斯遊恐不遂，把酒意茫然緊承上聯，言己此來遊長安，恐不遂功名之心，而得霑微祿，歸買薄田，故把酒而意茫然。趙謂：旅次京華，不無得祿求田之望，但恐一遂所願，則斯遊不可復繼，故把酒而意茫然，[105]失其旨矣。

　　○第四首獨稱「何」，餘四首皆有「重過」之意。

送張參軍赴蜀州，因呈楊侍御

好去張公子不言所去之處，下聯自見，通家別恨添恨別者，常情。曰「添」，見世契也。[106]「別恨添」，貼「好去」；「通家」，貼「張公子」。

兩行秦樹直，萬點蜀山尖上見道路所經，下見幕府所在。[107]劉云：隨意點染，愁絕如畫。[108]

御史新驄馬漢・桓典為御史，常乘驄馬，此以稱「楊」，[109]參軍舊紫髯晉・郗超為桓溫參軍，超有髯，號髯參軍，此以稱「張」。[110]二句平看。下，方見楊與己善、託張於楊之意。

皇華吾善處，於汝定無嫌「皇華」，《詩》篇名，亦指楊也。「吾」，公自謂。「汝」，謂張也。

　　○前四句，「送張」。後四句，「呈楊」意也。

105　《杜律趙註》作「此謂旅次京華，不無得祿求枯之望，但恐一遂所願，則斯遊不可復繼，故方把酒而意為茫然」（卷上，頁38）。

106　《杜律趙註》於「通家」句下曾說「見有世契」（卷中，頁126）。

107　《杜律趙註》於「兩行」兩句下曾說「見幕府所在」（卷中，頁126）。

108　《集千家註批點補遺杜詩集》，卷二，頁193。

109　《杜律趙註》於「御史」句下曾說「漢・桓典為御史，常乘驄馬，此以屬『楊』」（卷中，頁126）。

110　《杜律趙註》於「參軍」句下曾說「郗超為桓溫參軍，號髯參軍，此以屬『張』」（卷中，頁126）。

寄高書記

歎息高生老歎其老，新詩日又多稱其才，可見老而好學不倦。趙云：《史》
言：高適五十始學為詩，遂有詩名。公詩即史也。[111]

美名人不及才名之高，佳句法如何詩法之妙。二句貼「新詩」。觀此可見：詩
必有法，非可謾作。少陵之才，獨步當時；少陵詩法，該括前代，而猶借問於高，
此所以集大成也。故曰「晚節漸於詩律細」，[112]其妙非獨悟之於己者深，蓋亦得之
於人者多也。今之學者未能押韻，便自足自傲，以為人莫及己，何哉？

主將收才子「才子」，承上，崆峒足凱歌「才子」「凱歌」，借對，與後「驥子」
「鶯歌」同。[113]哥舒翰表高為掌書記，公嘗有詩送之曰「崆峒小麥熟，且願休王
師」。[114]今又願其足凱歌，意各有所屬。

聞君已朱紱，且得慰蹉跎結喜其宦達，以此才名之美、奏凱之功，固其宜也。
然在老年，尤可喜耳。「蹉跎」，貼「老」字。

白水明府舅宅喜雨得過字白水縣，屬左馮翊同州

吾舅政如此，古人誰復過起得質樸。

碧山晴又濕，白水雨偏多「白水」，縣名，與「碧山」借對。正晴又濕，所以
見此邑雨偏多，以其精禱故也。

精禱既不昧，歡娛將謂何意承上聯。

111　《杜律趙註》，卷中，頁117。

112　〈遣悶戲呈路十九曹長〉，見《集千家註批點補遺杜詩集》，卷十四，頁1129。

113　汪瑗於《杜律五言補註・憶幼子》「驥子」兩句下云：「『驥子』『鶯歌』，借對。」
　　　（卷一）

114　〈送高三十五書記〉，見《杜工部集》，卷一，頁11。

湯年頗旱甚，今日醉弦歌《史》言：湯有七年之旱。[115]「弦歌」，貼「歡娛」。結承上聯。

〇五，言求雨之誠。三、四，言雨之多。六、八，言喜雨之至，見吾舅之政如此也。七，借湯以形容其政之感天動人，所謂「古人誰復過」也。

陪諸貴公子丈八溝携伎納凉，晚際遇雨

落日放船好，輕風生浪遲言出遊時風日之美。[116]

竹深留客處，荷淨納涼時狀所遊處花木之景。[117]四句，下因上法。[118]

公子調冰水，佳人雪藕絲見同遊者敬愛乎己。

片雲頭上黑，應是雨催詩此結言將雨；後詩言既雨。趙云：擺脫新異，古無人道，雨至詩成，遂為嘉話。[119]王從周〈將雨〉詩云：「雲學催詩黑，風仍作誦清。」世稱為警句，[120]蓋取諸此。

〇此詩應題。首聯，謂泛舟「丈八溝」。頷聯，謂「納凉」。頸聯，謂陪諸貴公子携伎。尾聯，謂「晚際遇雨」。後篇格調同，但此詩言出遊之樂，後詩言敗興而歸，意相反。

---

115 《漢書・食貨志》（北京：中華書局，2002年）有「湯有七年之旱」之句（卷二十四上，頁1130）。

116 《杜律趙註》於「落日」兩句下曾說「言出遊之時」（卷上，頁39）。

117 《杜律趙註》於「竹深」兩句下曾說「狀所遊之處」（卷上，頁39）。

118 汪瑗諸語本出於趙汸，然趙汸作「四字」，《杜律趙註》說：「狀所遊之處，工在『深』『淨』二字。四字皆下因上法。」（卷上，頁39）依此，當以汪瑗之「四句，下因上法」之說為佳。

119 《杜律趙註》，卷上，頁39。

120 宋・趙與虤《娛書堂詩話》說：「王從周鎬，吉之永豐人，仕至忠州守。喜為詩，亦有警句。……〈將雨〉云：『雲學催詩黑，風仍作頌清。』」見《歷代詩話續編》（北京：中華書局，2001年），卷下，頁502。

雨來霑席上，風急打船頭_{言風雨之惡，與前風日之美異。}

越女紅裙濕，燕姬翠黛愁_{貼雨霑席，與前第三聯異。趙云：與貴公子遊，舟中}兼南北伎，北伎不慣乘船，且值風雨，故愁。₁₂₁瑗按：越女、燕姬，不必如此看。

纜侵堤柳繫，幔卷浪花浮_{貼風打船，與前第二聯異。}

歸路翻蕭颯，陂塘五月秋「_{五月」，紀時。以風雨罷遊，而歸路蕭颯如秋，與}初納涼時異矣。₁₂₂

送裴虬作尉永嘉

孤嶼亭何處，天涯水氣中_{二句自相問答，荒凉可見。}

故人官就此，絕境與誰同_{此又與上聯相叫喚，繾綣可知。}

隱吏逢梅福，遊山憶謝公_{漢‧梅福為南昌尉，後隱去；晉‧謝靈運為永嘉守，}好遊山水。以二古人比裴之宦卑而興高。

扁舟吾已就，把釣待秋風_{言己欲待秋而訪裴。}

贈陳補闕_{諫官}

世儒多汩沒，夫子獨聲名_{見陳自奮，異於世儒。}

獻納開東觀，君王問長卿_{見不汩沒，而獨聲名。}

皂鵰寒始_{音試}急，天馬老能行_{見諫諍不憚，而才力不衰。}

自到青冥裏，休看白髮生_{見職高近君，而不必愁老。上貼三、四；下貼五、六。}

　　○言世儒汩沒者多矣，陳獨能以聲名而致顯達如此，不當更以老為念也，所謂「功名到手敢嫌遲」之意是已。

121 《杜律趙註》作「三、四應『雨霑席』。與貴公子遊，故舟中兼有南北之妓，而北婦不慣乘舟，且值風雨，故愁」（卷上，頁39）。

122 《杜律趙註》於「歸路」兩句下曾說「言以風雨罷遊而歸，歸路蕭颯如秋，與初納涼時異矣」（卷上，頁39）。

崔附馬山亭宴集[123]

蕭史幽棲地，林間踏鳳毛秦穆公以女弄玉妻蕭史，後吹簫引鳳而去，借以比崔，下句承上句。

洑流何處入，亂石閉門高上句因下句，貼「幽棲地」。

客醉揮金椀「揮金椀」，謂行酒也，非揮斥之揮，可見興豪，上因乎下，**詩成得繡袍**自負楚楚，非誇非傲，風致悠然，不必事實，下因乎上。

清秋多宴會，終日困香醪下句因上句，時在其中，應第五句。

　　○前四句，言「崔附馬山亭」；後四句，言「宴集」。

九日楊奉先會白水崔明府奉先縣，屬京兆府。崔白水，公之舅也，前有〈喜雨〉詩[124]

今日潘懷縣，同時陸浚儀以潘岳、陸雲為縣令事，比楊、崔。

坐開桑落酒，來把菊花枝見九日宴會。

天宇清霜淨，公堂宿霧披見九日之景、宴會之處。

晚酣留客舞，鳧舄共差池「客」，公自謂。「鳧舄」，用王喬事，寓失所之嘆。

結總上文。

陪李金吾花下飲

勝地初相引見李邀己，**徐行得自娛**見己陪李。

見輕吹鳥毳音脆，細毛也，**隨意數花鬚**。

123　「附」當作「駙」，〈目錄〉「卷之一」即作「崔駙馬山亭宴集」。
124　〈白水明府舅宅喜雨得過字〉，見《杜工部集》，卷九，頁391。

細草稱偏坐，香醪懶再沽中兩聯，見飲於花下，情景俱備，王荊公「細數落花因坐久，緩尋芳草得歸遲」，[125]意出四、五。

醉歸應犯夜，可怕李金吾「金吾」，巡警之官，故因及之。

與鄠縣源少府宴渼陂得寒字「鄠縣」，屬京兆，陂在其境

應為西陂好言地之勝，**金錢罄一餐**言宴之盛。下句因上句。

飯抄雲子白，瓜嚼水精寒《漢武內傳》：太上之藥，有風實、雲子。「雲子」比飯色白；「水精」比瓜味寒，貼「一餐」。

無計迴船下，空愁避酒難見主人留勸之盛情。

主人情爛熳緊承上聯，**持荅翠琅玕**比己作詩，以荅主人盛情，是推開說。

九日曲江

綴席茱萸好，浮舟菡萏衰即二物之盛衰，見九日之景。上二字，見開筵泛舟於江中。

百年秋已半，九日意兼悲秋已堪悲，又當老年值佳節，故曰「兼悲」。「兼」字有無限之情。

江水清源曲指曲江，**荊門此路疑**桓溫九日宴龍山，地在荊州，此借以形容曲江之勝。

晚年高興盡，搖蕩菊花期既曰「百年」，又曰「晚年」，亦不佳，少陵四韻詩多有此獎，意猶第二聯。

　　○聯聯有九日意，雖不著題，亦不離題，初學當以為法。

---

125 宋・王安石：《臨川文集・北山》，見《文淵閣四庫全書》，第1105冊，卷二十八，頁203。

官定後戲贈公自注：時免河西尉，為右衛率府兵曹。[126]瑗按《年譜》，時年已四十四。[127]公七歲能文，弱冠應試，驅馳長安，數載始得一官，豈天豐其才而嗇其位邪

不作河西尉，淒涼為折腰見辭河西尉之故。

老夫怕趨走，率府且逍遙見喜改率府之故。

耽酒須微祿，狂歌託聖朝二句見家貧欲仕、聖朝不當隱。劉云：諷刺得體。[128]

故山歸興盡，回首向風飆前此因不得進，屢欲歸山，故有此結。

贈高式顏高適族姪。下三首，挈家避地三川縣作

昔別是何處，相逢皆老夫以「昔別」「相逢」對起。

故人還寂寞，削迹共艱虞上獨歎高，下兼歎己。

自失論文友，空知賣酒壚兩聯申言「昔別」之懷。

平生飛動意，見爾不能無此聯申言「相逢」之興。

得舍弟消息二首

近有平陰信得信之自，遙憐舍弟存得信之喜，有吾以汝為死矣意。[129]

126　《杜工部集》有此諸語（卷九，頁393）。

127　《補注杜詩・年譜辨疑》「天寶十四載乙未」下說：「是年，先生授河西尉，不樂，改授率府冑曹，故〈官定戲贈〉曰『不作河西尉，淒涼為折腰。老夫怕奔走，率府且逍遙』，而〈夔府書懷〉云『昔罷河西尉，初興薊北師』，則改授率府冑曹，當在是年之冬。蓋是年十一月祿山反也。」（頁23-24）杜甫出生於先天元年（712），至天寶十四載（755）授為右衛率府兵曹，時四十四歲，故有「按《年譜》，時年已四十四」諸字。

128　《集千家註批點補遺杜詩集》作「風刺得體」（卷二，頁237）。

129　《杜律趙註》於「遙憐」句下曾說「有吾以汝為死矣之意」（卷中，頁107）。

側身千里道，寄食一家村言己遙望於他鄉之孤村。

烽舉新酣戰，啼垂舊血痕曰「新」，則舊戰可知；曰「舊」，則新痕可知。二句
互言，以見離亂之久、兄弟相失之由。[130]

不知臨老日，招得幾時魂謂恐老死離亂，而終不得見太平耳。

汝懦歸無計，吾衰往未期二句下因上，言兄弟相見之難。

浪傳烏鵲喜應第一句，[131]深負鶺鴒詩應弟二句。[132]

生理何顏面謀身之拙，有自慚意，[133]憂端且歲時憂時之久，有自寬意。二句見
不能收骨肉之故。[134]

兩京三十口，雖在命如絲因得弟信，憂及通家。

月夜下六首，又還京作

今夜鄜州月紀地，閨中只獨看紀情。

遙憐小兒女，未解憶長安。

香霧雲鬟溼貼「夜」字，清輝玉臂寒貼「月」字。「雲鬟」「玉臂」，兒女之
飾。〇中兩聯皆申言第二句。

何時倚虛幌，雙照淚痕乾結聯又預以歸與兒女相見對月之情，而用以自慰也。

---

130 《杜律趙註》於「寄食」三句下曾說「曰『新』，見殺伐未休；曰『舊』，見離亂之
久，此述兄弟相失之由」（卷中，頁108）。

131 《杜律趙註》於「浪傳」句下曾說「應第一句」（卷中，頁108）。

132 《杜律趙註》於「深負」句下曾說「應第二句」（卷中，頁108）。

133 《杜律趙註》於「生理」句下曾說「有自慚意」（卷中，頁108）。

134 《杜律趙註》於「憂端」句下曾說「有自寬意。此言所以不能收骨肉之故」（卷
中，頁108）。

對雪

戰哭多新鬼，愁吟獨老翁下句因上句。

亂雲低薄暮，急雪舞回風。

瓢棄樽無綠，爐存火似紅「似紅」，謂無火。[135]下聯承上聯。

數州消息斷，愁坐正書空應起聯。晉・殷浩被黜，終日書空，作「咄咄怪事」四字。[136]

　　○趙云：此章首、尾皆說時事，見對雪所感；中二聯乃敘雪景及寂寞之情，自是一體。是時房琯討安祿山，大敗於陳陶，即公詩所謂「四萬義軍同日死」者也。[137]

　　瑗按：既曰「愁吟」，又曰「愁坐」，猶前既曰「百年」，又曰「晚年」，此乃重疊之弊。趙云「琯賢相，且與公善，故既曰『愁吟』，又曰『愁坐』，又以為怪」，[138]非是。

元日寄韋氏妹

近聞韋氏妹，迎在漢鍾離紀妹所寓。

郎伯殊方鎮謂妹夫韋氏也，京華舊國移二句見妹往鍾離之由。

秦城迴北斗貼「京華」，郳樹發南枝貼「鍾離」。「迴北斗」、「發南枝」皆應「元日」。「秦」，一作「春」，非。

不見朝正使亦應「元日」，啼痕滿面垂結言不見韋氏有使來京，而致離別之嘆。

135　《杜律趙註》於「瓢棄」兩句下曾說「有爐無火」（卷下，頁170）。

136　《杜律趙註》於「數州」兩句下曾說「晉・殷浩被黜，終日書空，作『咄咄怪事』四字」（卷下，頁170）。

137　《杜律趙註》於詩尾說：「此章首、尾皆說時事，見對雪所感；中二聯乃敘雪景及寂寞之情，自是一體。是時房琯兵敗，即公詩所謂『四萬義軍同日死』者也。」（卷下，頁170）「四萬義軍同日死」，見《杜工部集・悲陳陶》（卷一，頁48）。

138　《杜律趙註》，卷下，頁170。

春望

國破山河在「山河」獨在，無主可知，[139]**城春草木深**「草木」既深，無民可知。[140]

感時花濺淚所見，**恨別鳥驚心**所聞。二句貼「春」字。○上四句，皆下因乎上。上二字、下三字句法。「曉鶯工迸淚，秋月解傷神」意與此類。[141]

烽火連三月應「感時」，[142]**家書抵萬金**應「恨別」。此聯下句因上句，[143]貼「國破」。太白有「相思千萬里，一書直百金」之句，[144]而不為世所誦者。蓋少陵是律詩，音韻鏗鏘，且兼時事，有感慨之意故也。

白頭搔更短，渾欲不勝簪下句承「更短」，髮白而短，固言其老，亦見「感時」「恨別」之所致。

　　○司馬溫公曰：「『牂羊墳首，三星在罶』，言不可久也。古人為詩，貴於意在言外，使人思而得之，故言之者無罪，聞之者足以戒也。近世唯杜子美，最得詩人之體，如云『山河在』，明無餘物矣；『草木深』，明無人矣。花、鳥平時可娛之物，見之而泣，聞之而悲，則時可知矣，他皆類此，不可遍舉。」[145]

139　《杜律趙註》於「國破」句下曾說「今惟『山河在』，可見社稷幾亡」（卷上，頁45）。

140　《杜律趙註》於「城春」句下曾說「今惟『草木深』，可見人民殆盡」（卷上，頁46）。

141　〈贈王二十四侍御契四十韻〉，見《杜工部集》，卷十三，頁564。

142　《杜律趙註》於「烽火」句下曾說「應『感時』」（卷上，頁46）。

143　《杜律趙註》於「家書」句下曾說「應『恨別』。此聯下句因上句」（卷上，頁46）。

144　《李太白全集・寄遠十二首》其十作「相思千萬里，一書直千金」（卷二十五，頁1171）。

145　司馬光《溫公續詩話》說：「《詩》云『牂羊墳首，三星在罶』，言不可久。古人為詩，貴于意在言外，使人思而得之，故言之者無罪，聞之者足以戒也。近世詩人，惟杜子美最得詩人之體，如『國破山河在，城春草木深。感時花濺淚，恨別鳥驚心』。『山河在』，明無餘物矣；『草木深』，明無人矣。花、鳥平時可娛之物，見之而泣，聞之而悲，則時可知矣。他皆類此，不可徧舉。」見《歷代詩話》（北京：中華書局，2001年），頁277-278。《杜律趙註》亦引此則，然文字略有出入（卷上，頁46）。

憶幼子公之幼子宗武，小名驥子

驥子春猶隔起便見「憶」，鶯歌暖正繁承上「春」字。「驥子」「鶯歌」，借對。
別離驚節換應「春猶隔」，[146]聰慧與誰論應「驥子」。[147]
澗水空山道，柴門老樹村言已流寓荒涼，為下張本。
憶渠愁正睡，炙背俯晴軒「渠」字，應起句。結句，承「睡」字。「憶」字，
喚起一篇之意。

一百五日夜對月

無家對寒食，有淚如金波「有淚」貼「無家」。「金波」貼「對月」。
斫却月中桂，清光應更多此聯不對。
仳離放紅蘂「仳離」，猶披離，紛亂貌。「紅蘂」，貼「桂」字。清光不多者此，
少陵欲斫去者此，想像頻青娥「青娥」，謂姮娥，亦月中之事。
牛女漫愁思，秋期猶渡河結乃因青娥而及牛女，因春夜而及秋夕，無與於本題。

　　○《筆談》曰：其法，頷聯雖不拘對偶，疑非聲律，然破題已的對矣，謂之偷
春格，言如梅花偷春色而先開，少陵此詩是也。[148]瑗按：太白〈送王孝廉覲省〉
詩，亦是此格，今附於左。○「彭蠡將天合，姑蘇在日邊。寧親候海色，欲動孝廉
船。窈窕晴江轉，參差遠岫連。相思無晝夜，東泣似長川」。

　　○《玉露》曰：太白云「剗却君山好，平舖湘水流」；子美云「斫却月中桂，
清光應更多」，二公所以為詩人冠冕者，胸襟潤大故也。此皆自然流出，不假安

146　《杜律趙註》於「別離」句下曾說「應『春猶隔』」（卷中，頁109）。
147　《杜律趙註》於「聰慧」句下曾說「應『驥子』」（卷中，頁109）。
148　或參《詩人玉屑》，其「偷春體」下說：「其法，頷聯雖不拘對偶，疑非聲律，然破
　　題已的對矣。謂之偷春格，言如梅花偷春色而先開也，『無家對寒食，有淚如金波。
　　斫却月中桂，清光應更多。仳離放紅蘂，想像頻青娥。牛女漫愁思，秋期猶渡河』
　　——杜子美〈寒食月〉詩。」見《文淵閣四庫全書》，第1481冊，卷二，頁58。

排。[149] 瑗按：白樂天云：「遙憐天上桂華孤，為問姮娥更要無。月中幸有閒田地，何不中央種兩株。」[150] 少陵欲天下之被其清光而嫌其多；樂天為嫦娥之翫賞而惜其少。二公學識，於此可見。

喜達行在所三首時肅宗即位靈武，移軍鳳翔。公自京西走，謁帝行在，拜左拾遺。[151]下六首在鳳翔作

西憶岐陽信「岐陽」，鳳翔，在賊之西，[152]無人遂却回言當時陷賊者，皆不能歸；已不能歸自見。

眼穿當落日應第一句，心死著寒灰應第二句。

霧樹行相引可見同行無伴，相引惟樹而已，蓮峰望或開「蓮峰」，謂西岳蓮花峰。二句在途之事。

所親驚老瘦，辛苦賊中來上句因下句。

　　○前四句，昔日未歸之情；後四句，今日得歸之情。

愁思胡笳夕言陷賊中之苦，凄涼漢苑春言望長安之悲。

生還今日事，間道暫時人見脫身歸順之難。趙云：先言生還，亦倒裝法。[153]

司隸章初覩，南陽氣已新以光武中興，比肅宗即位，所喜在此。[154]

---

149 《鶴林玉露》，「詩人胸次」，卷三，乙編，頁171。此中，「鋪」，《李太白全集・陪侍郎叔遊洞庭醉後三首》其三作「鋪」（卷二十，頁952）。

150 唐・白居易《白氏長慶集・東城桂三首》其三作「遙知天上桂花孤，試問嫦娥更要無。月宮幸有閒田地，何不中央種兩株」，見《文淵閣四庫全書》，第1080冊，卷二十四，頁276。

151 《杜律趙註》於題下曾說「注：肅宗即位靈武，移軍鳳翔。公脫身賊中，走謁行在，拜左拾遺時也」（卷上，頁46）。

152 《杜律趙註》於「西憶」句下曾說「『岐陽』，鳳翔也，在賊之西」（卷上，頁46）。

153 《杜律趙註》，卷上，頁47。

154 《杜律趙註》於「司隸」兩句下曾說「五、六見行在中興氣象。以光武中興，比肅宗即位興復，所謂不圖復見漢官威儀，蓋其所喜在此」（卷上，頁47）。

喜心**翻倒極**，嗚咽淚沾巾喜極而泣者，回思陷賊之久、脫身之難也。

死去憑誰報，**歸來**始自憐下皆承「歸來」言。

猶瞻太白雪，喜遇武功天本是一意，分作兩句。以「猶」「喜」二字為開闔。以重覩二山見其喜。

影靜千官裏，心蘇七校前曰「影靜」，則向日之形勞可知；曰「心蘇」，則向日之膽破可知。以重事本朝見其喜。

今朝漢社稷，新數中興年可喜者此，得歸者此。

　　趙云：題言〈喜達行在所〉，而詩多追說脫身歸順、間關跋涉之情狀，所謂「痛定思痛，愈於在痛時」也。[155]

　　瑗按：三篇皆意苦而語工，讀之令人凄然、悲愴然、喜恍然而自失。

哭長孫侍御前有〈送赴武威判官〉古詩一首，[156]此猶以舊官稱之，豈得武威之命未到而卒邪

道為詩書重學行之尊，名因賦頌雄才華之盛。

禮闈曾擢桂科第之高，憲府舊乘驄官職之要。

流水生涯盡，浮雲世事空以「水」「雲」比其死。

唯餘舊臺栢，蕭瑟九原中「栢」與「驄」，見其為侍御。

　　前四句，頌其生；後四句，哀其死。

奉贈嚴閣老兩省相呼為「閣老」。時公為拾遺，嚴為給事，正聯省也

扈聖登黃閣，明公獨妙年稱其位尊年少。

---

155 《杜律趙註》，卷上，頁48。

156 〈送長孫九侍御赴武威判官〉，見《杜工部集》，卷二，頁83。

蛟龍得雲雨，鵰鶚在秋天喻其乘時顯用。[157]

客禮容疎放，官曹可接聯見情之厚。

新詩句句好，應任老夫傳見才之高。

留別賈、嚴二閣老兩院補闕得聞字時往三川省家

田園須暫往欲別之事，戎馬惜離羣惜別之情。

去遠留詩別留別之意，愁多任酒醺餞別之懷。

一秋嘗苦雨，今日始無雲紀天時之可往，預為途中自慰之意，應第一句。

山路晴吹角，那堪處處聞紀時事之難往，預為途中自悲之意，應第二句。

「晴」字承上聯。

晚行口號此自鳳翔往三川省家，途中之作。前〈述懷〉古詩曰「寄書問三川，不知家在否」，可見家在三川

三川不可到謂不易到，以下句故，歸路晚山稠。

落鴈浮寒渚，饑烏集戍樓歸路所見之景。[158]

市朝今日異，喪亂幾時休歸路所感之懷。[159]

遠愧梁江總，還家尚黑頭言古人歸休之早，而己當老年，猶靡戀於朝，以取飄泊之苦，所以為愧也，句法與「遠慚勾漏令，不得問丹砂」同。[160]劉、趙二說雖好，恐非少陵本意。[161]

---

157 《杜律趙註》於「蛟龍」兩句下曾說「此聯喻其英俊，乘時顯用」（卷中，頁119）。

158 《杜律趙註》於「歸路」三句下曾說「此所見之景」（卷上，頁55）。

159 《杜律趙註》於「市朝」兩句下曾說「此所感之懷」（卷上，頁55）。

160 「慚」，《杜工部集·為農》作「慙」（卷十一，頁467）。

161 《集千家註批點補遺杜詩集》說：「人知江令自陳入隋，不知其自梁時已達官矣。
　　自梁入陳，又自陳入隋，歸尚黑頭，其人悔心事可知，著一『梁』字，而不勝其

獨酌成詩此亦歸三川途中之作。趙以第三句改「從」作「曾」，謂言往事，[162]
非是

燈花何太喜以「燈花」起興，見得歸之喜，又見夜酌，**酒綠正相親**只與酒親，
可見獨酌。
醉裏從為客承上句，應「獨酌」，自慰之詞，**詩成覺有神**應「成詩」，自負之辭。
兵戈猶在眼世亂之久，於「猶」字見之，**儒術豈謀身**理生之拙，於「儒」字
見之。
苦被微官縛承「儒術」來，**低頭愧野人**前結以古人歸老之早為愧；此結以野人
無所拘束為愧。

月下三首到三川所作

天上秋期近，人間月影清下句因上句。
入河蟾不沒，搗藥兔長生二句以月中故實言。庾信〈月〉詩云「渡河光不
濕」，[163]少陵上句本此。
只益丹心苦，能添白髮明此對月撫己之情。
干戈知滿地，休照國西營時祿山之亂，官軍營於長安城西。[164]言「休照」，為
征夫見月而感也，此對月憂國之情，然「丹心苦」「白髮明」者為此。

　　瑗按：此乃歸三川到家所作。公在國則憂家，在家則憂國，可謂恩義兼盡者矣。

愧矣。詩之妙如此，豈時罵哉？」（卷三，頁298）《杜律趙註》於「遠愧」兩句下
　　曾說：「公時以救房琯獲罪，『江總』或有所指，大抵觀望迎合之人，多得志也。」
　　（卷上，頁55）
162 《杜律趙註》三、四兩句作「醉裡曾為客，詩成覺有神」，其下並云「三以往事言，
　　恍惚自悼；四以詩思言，悠然自娛」（卷中，頁79）。
163 《古香齋初學記》「梁庾肩吾〈和望月詩〉」下有「渡河光不濕，移輪轍詎開」之
　　句，見董治安主編《唐代四大類書》（北京：清華大學出版社，2003年），第3冊，
　　卷一，頁1451。據此，當為庾肩吾之詩。
164 《杜律趙註》於詩尾下曾說「時祿山之亂，官軍營於長安城西」（卷下，頁165）。

收京三首

仙仗離丹極言玄宗出走，**妖星帶玉除**言祿山陷京。上句因下句。

須為下殿走應第一句，**不可好樓居**《漢書》：仙人好樓居。[165]舊註謂玄宗好神仙，故有此句。[166]此聯一作「得非羣盜起，難作九重居」。

暫屈汾陽駕《莊子》：堯往汾水之陽，見姑射之仙，[167]借比玄宗幸蜀。三、四、五皆貼首句。此上歸咎於君；下三句歸功於臣，**聊飛燕將書**借魯仲連，比當時之將，駕不久屈者賴此。

依然七廟畧兵謀謂之「廟畧」，蓋謀於七廟之中也，**更與萬方初**舊註：「更」，平聲，[168]謂與民更始之義。瑗按：如此用字亦費力，讀作去聲亦通，更始之義，自在其中。結聯承第六句來，言收京也。欲言諸將收京之功，先言玄宗失京之由，亦是。

生意甘衰白，天涯正寂寥。

忽聞哀痛詔，又下聖明朝衰白之際，寂寥之中，忽聞此事，其喜可知。趙云：「甘」字、「正」字、「忽」字、「又」字，呼喚起伏，有出自望外意。[169]

羽翼懷商老以四皓輔漢惠帝事，比裴、杜等輔相肅宗，[170]**文思憶帝堯**以堯禪舜事，比玄宗禪位於肅宗。○「羽翼」、「文思」，《經》《史》全語。[171]

165 《後漢書・馮衍傳》（北京：中華書局，2003年）注云：「《前書》曰『仙人好樓居』。」（卷二十八下，頁1000）

166 《王狀元集百家註編年杜陵詩史》說：「師曰：玄宗好神仙，故有『好樓居』之句。」（卷六，頁302）

167 《莊子集釋・逍遙遊第一》（臺北：大明王氏出版公司，1975年）說：「堯治天下之民，平海內之政，往見四子藐姑射之山，汾水之陽，窅然喪其天下焉。」（卷一，頁31）

168 《草堂詩箋》說：「『更』讀平声。」（卷十一，頁272）

169 「望外意」，《杜律趙註》作「望外之意」（卷上，頁50）。

170 《杜律趙註》於「羽翼」兩句下曾說：「以四皓譬裴冕、杜鴻漸」（卷上，頁50）。

171 《杜律趙註》於「羽翼」兩句下曾說：「以堯禪舜，比明皇傳位。『羽翼』、『文思』，《漢書》、〈堯典〉本語。」（卷上，頁50）

叨逢罪己日，霑灑望青霄「罪己」，貼第二聯。

中四句，形容中興氣象。首尾敘己之情，而致收錄之望。

汗馬收宮闕，春城鏟賊壕言諸將收復之功。[172]
賞應歌杕杜，歸及薦櫻桃言人君歸賞之事。〈杕杜〉，勞還役詩也。〈月令〉：仲夏，天子薦櫻桃於寢廟。「杕杜」「櫻桃」，借對。劉云：不言宗廟，而巔覆之感、收復之幸具見，非強點綴者。[173]《蔡寬詩話》曰：「以『櫻桃』對『杕杜』，薦櫻桃事，初若不類，及其云云，則渾然天成，畧不見牽強之迹，如此乃為工耳。」[174]
雜虜橫戈數言諸夷侵畔之至，見諸將收復之勞，應首聯，功臣甲第高言功臣甲第之高，見人君賞賚之厚。趙以為見諸將有拔扈之漸，[175]失其旨矣。
萬方頻送喜，無乃聖躬勞人但知今日太平之樂，而不知昔日人君播遷之苦，非少陵不能及此。

○一章歸罪於君而歸功於臣，二章美人君之罪己，三章美功臣之受賞，此章法也。

晚出左掖宣政殿左右有中書、門下二省。公時為左拾遺，屬門下，故曰「左掖」。[176]下八首，還京作

晝刻傳呼淺謂晝漏將盡，言晚也，春旗簇仗齊謂儀衛之整，言朝也。
退朝花底散言退朝，歸院柳邊迷言歸省。

---

172 《杜律趙註》於「汗馬」兩句下曾說「言諸將收京之功」（卷上，頁50）。
173 「巔」，《集千家註批點補遺杜詩集》作「顛」（卷三，頁322）。
174 《蔡寬夫詩話》「用事渾成」作「杜子美〈收京〉詩以『櫻桃』對『杕杜』，薦櫻桃事，初若不類，及其云『賞因歌杕杜，歸及薦櫻桃』，則渾然天成，略不見牽強之迹，如此乃為工耳」，見《宋詩話輯佚》，卷下，頁390。
175 《杜律趙註》於「功臣」句下說：「憂諸將功高賞重，將有跋扈之漸，此皆收京後所可慮者。」（卷上，頁50）
176 《杜律趙註》題下亦有此諸語（卷上，頁31）。

樓雪融城濕，宮雲去殿低本謂：雪融而城樓濕，雲去而宮殿低。析而倒裝，便見雅健。上三字、下二字句法。中兩聯所言景物應「春」字。上三聯皆眼之在句底者也。

避人焚諫草此直言焚其諫草，避人聞知，不欲邀名耳，正用古人事。劉說，[177]非是。見己為拾遺，**騎馬欲鷄棲**《詩》：「鷄棲於塒，日之夕矣。」[178]言騎馬出左掖之時，乃日將夕也。應起句，正以漏之淺、鷄之棲，見其晚也。劉說，[179]非是。

　　○起聯言晚朝之事，頷聯言退朝歸省之景，頸聯言歸省所見之景，尾聯言事君晚退之情。

春宿左省「左省」，即左掖

花隱掖垣暮「花」見「春」，上因下，**啾啾棲鳥過**此下皆承「暮」字而言。

星臨萬戶動，月傍九霄多二句奇偉。

不寢聽金鑰，因風想玉珂。

明朝有封事，數問夜如何上聯因下聯。趙云：不寢而聽金門之開鑰，因風而想朝馬之鳴珂，以有封事欲奏也。其急於正君，坐以待旦之意可見矣。[180]

　　瑗按：前四句，言宿省之景，乃未寢時所見者也；後四句，言宿省之情，乃既寢時所思者也。又按前篇題〈晚出左掖〉詩，惟首尾見「晚」，中皆承「春」字言。此首題〈春宿左省〉詩，惟首句見「春」，下皆承「暮」字言，讀者亦不可不知。

177　《集千家註批點補遺杜詩集》說：「『焚諫草』者，不欲人知也。然使人知其焚薰，是猶欲知也。雖焚薰，亦避人，正是點破古事。無限懇欵，此事君當然之體。」（卷四，頁346）

178　《詩經‧國風‧王風‧君子于役》，見清‧阮元校勘：《十三經注疏附校勘記》，卷四之一，頁331。

179　《集千家註批點補遺杜詩集》說：「結語讀之數過欵懇忠實，謂為日夕淺耳，不未嘗非日夕意也。」（卷四，頁346）

180　「金門」，《杜律趙註》作「宮門」（卷上，頁32）。

送賈閣老出汝州

西掖梧桐樹「西掖」，右省，空留一院陰起聯寫院之景，見其去京，情在其中。
艱難歸故里「賈」，乃河南洛陽人。「汝州」，唐屬河南道，又與河南府為隣，故
曰「歸故里」，去住損春心此聯述賈之情，時在其中，見其外補。
宮殿青門隔「青門」，長安門名。言去京，應首聯，雲山紫邏深「紫邏」，汝縣
山名。言外補，應領聯。
人生五馬貴，莫受二毛侵「五馬」，太守故事。「二毛」，謂老而髮班白也。言
雖出守，官亦貴矣，不可憂鬱而使易老也。

　　○前六句皆惜其去京而外補，結又慰之使自寬也。

送翰林張司馬南海勒碑公自注：相國製文[181]

冠冕通南極「冠冕」，指張司馬；「南極」，指南海。下皆承此句言，文章落上台
謂「相國製文」。「落」，如「扁舟落吾手」之「落」。[182]起言使臣之尊、碑文之妙。
詔從三殿去，碑到百蠻開本謂受詔領碑去京師而往南海耳，見「通南極」之事。
野館濃花發，春帆細雨來見「通南極」之景，時在其中。
不知滄海上，天遣幾時回見「通南極」之遠，歸期莫定也。

奉陪鄭駙馬韋曲二首

韋曲花無賴，家家惱殺人本是愛花之意，翻為愁惱之詞，[183]以形容其愛花之極。
綠樽須盡日不欲遽去，白髮好禁春不欲即老。二句直言愛花之意。

181　《杜工部集》亦有此諸字（卷十，頁421）。
182　〈將適吳楚留別章使君留後兼幕府諸公得柳字〉，見《杜工部集》，卷四，頁157。
183　「翻」，汪本書中多指「反」。

石角鈎衣破，藤枝刺眼新言境物之幽美。[184]

何時占叢竹，頭戴小烏巾言結茅隱居之興，見韋曲之勝槩也。

野寺垂楊裏，春畦亂水間。

美花多映竹，好鳥不歸山皆賦韋曲景物之佳；[185]下聯比興。上句言人之得志，
下句言己之失志，觀後四句可見。

城郭終何事，風塵豈駐顏。

誰能共公子，薄暮欲俱還言奔走城郭風塵之中，既不能成事，又非所以養老，
故願隱居於韋曲之間，而不欲與鄭共回也。承第四句來。

奉荅岑參補闕見贈

窈窕清禁闥，罷朝歸不同言同朝不同署。[186]

君隨丞相後，我住日華東參為「補闕」，屬中書，居右署；公為拾遺，屬門
下，居左署，此所以「歸不同」也。[187]「住」，一作「往」。「日華」，門名。

冉冉柳枝碧，娟娟花蕊紅此聯賦物以紀時起興耳。趙謂：參贈詩第五句歎老，
第六句喻新進少年驟用者，故此荅詩，亦即景而託興於花柳。[188]容更詳之。

故人得佳句，獨贈白頭翁此謝其贈詩之意。[189]蓋公嘗薦參，獨贈公詩，亦以不
得同曹為恨，是亦彼此相知之深，故皆言其迹異，以見心之同也。參詩云「聯步趨

---

184 《杜律趙註》於詩尾曾說「五、六寫景趣之幽美」（卷上，頁40）。

185 《杜律趙註》於「野寺」四句下曾說「皆狀韋曲景物之佳」（卷上，頁40）。

186 《杜律趙註》於「窈窕」兩句下曾說「言同朝而不同署」（卷中，頁116）。

187 《杜律趙註》於「君隨」句下曾說「參為『補闕』，屬中書」；又，於「我往」句下
　　曾說「公為拾遺，屬門下，居左省，此見居不同」（卷中，頁116）。

188 《杜律趙註》作「參贈詩第五句歎老，第六句是喻新進年少驟用者，故此荅詩，亦
　　即景而託興於花柳也」（卷中，頁117）。

189 《杜律趙註》於「故人」兩句下曾說「此謝其贈詩」（卷中，頁117）。

丹闕，分曹限紫微。曉隨天仗入，暮惹御香歸。白髮悲花落，青雲羨鳥飛。聖朝無
闕事，自覺諫書稀」。[190]杜詩與岑詩相表裏，可見古人和意不和韻。

奉贈王中允維祿山陷長安，維為所得。祿山合樂大宴，維作詩痛悼，遂服藥
偽稱瘖病。賊平下獄，以詩聞。肅宗憐之，下遷太子中允

中允聲名久聲名之早，[191]**如今契濶深**離別之久。

共傳收庾信，不得比陳琳侯景之亂，信奔江陵，梁元帝除信中丞。
琳嘗為袁紹草檄罵曹操，後袁敗附曹。[192]此以古人事反覆擬維脫賊歸順，然庾、陳之優劣，亦
於是乎見之。

一病緣明主，三年獨此心言維服藥詐病，而忠君之心，久而不變也。

窮愁應有作，試誦白頭吟「窮愁」，謂下遷失位也。〈白頭吟〉借言其老耳，無
與文君事。其意蓋謂維以才名為賊所迫，其歸順之正、戀主之忠，固當原情宥罪，
宜賞而不宜罰也。今不察其心而下遷，則必有嘆老嗟卑失志之作矣。此意隱然見於
言表。

憶弟二首公自注：時歸南陸渾莊。[193]陸渾，屬洛陽，公洛陽人也。下四首在
莊作

---

190 岑參〈寄左省杜拾遺〉，見《杜工部集》。此中，「闕」，《杜工部集》作「陛」（卷
十，頁425）；另亦可參《岑嘉州詩箋注》（北京：中華書局，2004年），卷三，頁
460。

191 《杜律趙註》於「中允」句下曾說「見聲名早著」（卷中，頁114）。

192 《杜律趙註》於「共傳」兩句下曾說「侯景之亂，庾信奔江陵，元帝承制除信中
丞；陳琳嘗草檄罵曹操，後為操用」（卷中，頁114）。

193 《杜工部集》作「時歸在南陸渾莊」（卷十，頁414）。《杜詩詳注》作「時歸在河南
陸渾莊」（卷六，頁508）。

喪亂聞吾弟，饑寒傍濟州「濟州」，屬山東，紀弟之所在。

人稀書不到，兵在見何由二句下因上。至末，俱承「喪亂」言。

憶昨狂催走，無時病去憂言喪亂之來，其催人逃竄，奔走如狂，其病其憂，無時而去。本謂：催狂走，去病憂，倒一字在上，使雅健耳。

即今千種恨言恨之多，惟共水東流言恨之長。

且喜河南定陸渾莊，屬洛陽，在河南，紀己之所在，不問鄴城圍時為安慶緒所據，非不問也，不暇問也。見故鄉太平而己得歸之喜。

百戰今誰在言己得歸之幸，三年望汝歸言弟得歸之難。

故園花自發，春日鳥還飛以花、鳥敘寂寞之懷。

斷絕人煙久，東西消息稀即「人稀書不到」之意。

得舍弟消息

亂後誰歸得猶「無人遂却回」之意，¹⁹⁴他鄉勝故鄉謂他鄉久住，故鄉反疏耳。「勝」，非謂他鄉好於故鄉也。

直為心厄苦，久念與存亡「心厄苦」，為念存亡也。

汝書猶在壁，汝妾已辭房以古詩句法插入律詩，非大家數不能。若使太白言之，人又譏其不長於律也。

舊犬知愁恨，垂頭傍我牀「愁恨」，總結上文。舊犬傍牀，偶然實事，不必用陸機黃耳事。

　　〇此併前二詩，流落之歎，離別之悲，存亡之感，無所不備。讀者當得其情，正不必求其工與拙也。

---

194 「回」，《杜工部集・喜達行在所三首》其一作「迴」（卷十，頁407）。

贈畢曜

才大今詩伯，家貧苦宦卑惜其位不稱才。

饑寒奴僕賤，顏狀老翁為應第二句。

同調嗟誰惜，論文笑自知應第一句。

流傳江鮑體，相顧免無兒緊承上聯，言其有才有後，足以自慰。

端午日賜衣

宮衣亦有名見在賜衣之例，[195]端午被恩榮言己被賜之榮。

細葛含風軟，香羅疊雪輕應「宮衣」。

自天題處濕見衣上有題字，[196]當暑著來清二句，應「被恩榮」。「自天」「當暑」，全語也。

意內稱長短應「宮衣」，終身荷聖情應「被恩榮」。

酬孟雲卿

樂極傷頭白，更深愛燭紅其傷其愛，為白頭故。

相逢難衮衮，告別莫匆匆應第一句。

但恐天河落，寧辭酒盞空應第二句。

明朝牽世務，揮淚各西東總結上文。

---

195 《杜律趙註》於「宮衣」句下曾說「見在賜衣之列」（卷下，頁150）。

196 《杜律趙註》於「自天」句下曾說「見衣上有題字」（卷下，頁151）。

至德二載，甫自京金光門出，間道歸鳳翔。乾元初，從左拾遺移華州掾，與親故別，因出此門，有悲往事

此道昔歸順，西郊胡正煩言昔出此門之危。

至今猶破膽，應有未招魂即今以見昔。

近侍歸京邑，移官豈至尊原昔以推今。

無才日衰老，駐馬望千門言今出此門之悲。

　　○趙云：自昔脫賊歸順，至今而膽猶破、魂未招，則當時奔走驚悸可知。前四句，乃是悲往時，以「今」「昔」二字開闔見意。後四句，自見今日左遷之情。[197]

雨晴下十一首華州作

天際秋雲薄，從西萬里風雲散風生，言將晴也。

今朝好晴景直說「晴」，久雨不妨農既雨而晴，故「不妨農」。

塞柳行疏翠，山梨結小紅即物以狀晴景。

胡笳樓上發，一鴈入高空結即所聞、所見以狀晴景，情在其中。

初月

光細弦欲上，影斜輪未安。

微升古塞外，已隱暮雲端。

河漢不改色，關山空自寒。

庭前有白露，暗滿菊花團。

---

197 《杜律趙註》作「脫賊還朝，為歸順。……。至今日而膽猶破、魂未全復，則當時奔走驚悸可知。前四句，乃是悲往事，以『今』『昔』二字開闔見意；後四句，自見今日左遷之情」（卷上，頁49）。

一言形不能圓滿，二言轉不能當中，三、四言方出而遂落。雖無題，讀之可知其為「初月」也。後四句，詠月落以後之景。夏鄭公評此詩，以為意主肅宗。[198]說者從而和之，穿鑿甚矣。劉須溪云：凡詩未嘗無所託，第不如注者之謬。[199]可謂善觀詩者矣。

觀安西兵過赴關中待命二首時安西節度李嗣業也

四鎮赴精銳，摧鋒皆絕倫起言兵眾之勇。
還聞獻士卒，足以靜風塵稱統兵者。
老馬夜知道，蒼鷹饑著人託物比興。
臨危經久戰，用意始如神言必歷練老成之人用兵方妙。

奇兵不在眾言用兵之法，萬馬救中原言安西之盛。
談笑無河北既奇又眾故也，心肝奉至尊言將之忠。
孤雲隨殺氣言兵威之盛，飛鳥避轅門言軍令之肅。
竟日留歡樂言待命之久，城池未覺喧令嚴故也。

寄高詹事高適時為太子詹事

安穩高詹事言高身安位顯，[200]便有諷意，兵戈久索居言已離亂之久，無相慰者。
時來知宦達應第一句，[201]歲晚莫情疏此勉以勿忘舊，正見其忘舊，應第二句，

---

198 宋·魏泰《臨漢隱居詩話》說：「夏鄭公竦評老杜〈初月〉詩『微升紫塞外，已隱暮雲端』，以為意主肅宗，此鄭公善評詩也。」見《歷代詩話》，頁325。
199 「如」，《集千家註批點補遺杜詩集》作「知」（卷四，頁394）。
200 《杜律趙註》於「安穩」句下曾說「言其身安位顯」（卷中，頁119）。
201 《杜律趙註》於「時來」句下曾說「此喜之，應第一句」（卷中，頁119）。

下皆明言此意。²⁰²

天上多鴻鴈，池中足鯉魚曰「多」、曰「足」，非無寄書之便，情疎故也。按：此詩乃公移華州時所作。華州去長安八十里耳，公寄此詩以譏之，非過也。

相看過半百應「歲晚」，**不寄一行書**「魚」「鴈」，喻言也。結明言也。

　　○前四句，婉言；後四句，直言。蓋譏高居要路而忘貧賤之交也，然非平素相知之深者，亦不及此。

路逢襄陽楊少府入城，戲呈楊員外綰公自注：甫赴華州日，許寄員外茯苓²⁰³

寄語楊員外，山寒少茯苓見非失約。

歸來稍暄暖公有他適，路逢少府，故曰「歸來」，**當為斸青冥**「青冥」，謂雲氣。此聯言當候時而即取也。「暄暖」，應「山寒」。

翻動神仙窟承「斸青冥」，**封題鳥獸形**《本草》言：「茯苓」，似鳥獸形者，良。²⁰⁴此聯言取之而即寄也。

兼將老藤杖，扶汝醉初醒結擺開說。「藤杖」，非許者，山中所有者。不曰扶老，而曰扶醉，情興藹然。

---

202 《杜律趙註》於「歲晚」句下曾說「此勉以勿忘舊，應第二句。後四句，皆申說此意」（卷中，頁119）。

203 《杜工部集》作「甫赴華州日，許員外茯苓」（卷十，頁428）。

204 《本草綱目》「茯苓」說：「〔弘景曰〕今出郁州。大者如三四升器，外皮黑而細皺，內堅白，形如鳥、獸、龜、鱉者良。……。〔保升曰〕……。生枯松樹下，形塊無定，以似龜、鳥形者為佳。」（卷三十七，頁1764）

觀兵即前安西兵也，當與前詩參看[205]

北庭送壯士「北庭」，謂李嗣業，**貔虎數尤多**言壯士之盛。
精銳舊無敵言壯士之勇，**邊隅今若何**言壯士足以靜風塵也。
妖氛擁白馬承上句言賊勢之盛，**元帥待雕戈**「待」，即前詩題「待命」之
「待」，謂元帥荷戈而待命耳。舊謂：待天子賜雕戈而後征，[206]恐非是。
莫守鄴城下，斬鯨遼海波結乃公斟酌當時用兵緩急之意。○舊註引《通鑑》
謂：乾元元年八月，命朔方節度郭子儀、北庭李嗣業等，會九節度師，將兵數十萬
討安慶緒於鄴城，至次年三月鄴城師潰。此詩當作於未潰之前。[207]其妖氛、海鯨，
蓋喻吐蕃，時吐蕃乘隙為亂，陷軍數陣，屠城數處，侵凌之氣方張，故公謂鄴城可
緩圖，當以討吐蕃為急也。

不歸祿山自范陽反，河北諸郡，望風瓦解。公之從弟，死於城中，故公有感而作
此詩

河間尚征戍紀地之亂，見墓所在，**汝骨在空城**此句泛言，下句方見。
從弟人皆有，終身恨不平以其聰明與他人之弟不同，而且死於非命故也。
數金憐俊邁「數金」，偶然實事，經公道之，可為故事，**總角愛聰明**上句聰明
之事。
面上三年土，春風草又生結紀死者之年、思者之時。

205　〈觀安西兵過赴關中待命二首〉。
206　《草堂詩箋》說：「『元帥』，謂代宗，待天子賜以彤戈而征吐蕃也。」（卷十六，頁
　　397）
207　《補注杜詩》說：「今詩云『莫守鄴城下，斬鯨遼海波』，乃鄴師未潰之前作。……。
　　當是乾元二年春作。」見《文淵閣四庫全書》，第1069冊，卷二十，頁396。

獨立

空外一鷙鳥喻小人在高位，河間雙白鷗喻君子在下僚。

飄颻搏擊便喻小人加害君子，應「鷙鳥」，容易往來遊喻君子不防小人，應「白鷗」。○公〈寄賈、嚴兩閣老〉排律一聯云：「浦鷗防碎首，霜鶻不空拳。」[208]即此上兩聯之意。

草露亦多濕，蛛絲仍未收此又別即二物以賦之，意承上而事不承上，喻君子已遭禍患而小人羅織尚未已也。[209]

天機近人事，獨立萬端憂「天機」，指前六句，言物理如此，而人事亦有如此者，所以不勝其憂也。

　　○按此詩乃公遭讒移華州之時所作，故獨立之際，偶賦所見，亦以自喻，非獨指人也。劉云：「此必有幽人受禍，而羅織仍未已者，如太白、鄭虔輩人。」[210]是見第二句有「雙」字，而後又有思鄭、李二公之〈詩〉耳。[211]

所思公自注：得台州鄭司戶消息[212]

鄭老身仍竄遭竄之久，[213]台州信始傳得信之難。

為農山澗曲，臥病海雲邊此述台州所傳信中之語，以見寂寞之懷。

世已疏儒素，人猶乞酒錢「乞」，音氣，與也。公嘗贈虔詩云：「賴有蘇司業，時時乞酒錢。」[214]此聯又慰之之詞。

---

208 〈寄岳州賈司馬六丈、巴州嚴八使君兩閣老五十韻〉，見《杜工部集》，卷十，頁454。

209 《杜律趙註》於「草露」句下曾說「喻君子已遭禍而羅織尚未已」（卷下，頁161）。

210 《集千家註批點補遺杜詩集》，卷五，頁428。

211 〈所思〉、〈不見〉。

212 《杜工部集》作「得台州鄭司戶虔消息」（卷十二，頁525）。

213 《杜律趙註》於「鄭老」句下曾說「言竄之久」（卷中，頁115）。

214 「乞」，《杜工部集・戲簡鄭廣文虔兼呈蘇司業源明》作「與」（卷一，頁33）。

徒勞望牛斗，無計斸龍泉借用張華事，以喻虔貶台州，如劍之埋於豐城，徒知其為寶而無計以出之也，此聯又惜之之詞。

不見公自注：近無李白消息[215]

不見李生久，佯狂真可哀所以「佯狂」者，為「世人皆欲殺」故也。人但知太白縱酒豪放，而豈知非其真情也哉？知太白者，少陵也。

世人皆欲殺，吾意獨憐才所以「欲殺」者，忌其才也。世人欲殺之，少陵獨憐之，其人之賢、不肖可見矣。

敏捷詩千首美其才思，貼「獨憐」，[216]**飄零酒一盃**歎其流落，貼「可哀」。[217]

匡山讀書處，頭白好歸來此望其隱居避禍，以善終也。

《玉露》曰：李太白一斗百篇，援筆立成。杜子美改罷長吟，一字不苟。二公蓋亦互相譏嘲，太白贈子美云「借問因何太瘦生，只為從前作詩苦」，「苦」之一辭，譏其困琱鐫也。子美懷太白云「何時一樽酒，重與細論文」，「細」之一辭，譏其欠縝密也。[218]

瑗按：「太瘦生」之句，李《集》無之，詞語鄙俗，乃後人所作，非太白之言，昔人已辨之矣。「細」字，說已見前。《玉露》之說，非也。觀此「敏捷」「千

---

215 《杜工部集》，卷十二，頁526。
216 《杜律趙註》於「敏捷」句下曾說「美其才思，應『獨憐』」（卷中，頁116）。
217 《杜律趙註》於「飄零」句下曾說「歎其流落，應『可哀』」（卷中，頁116）。
218 「懷」，《鶴林玉露》「作文遲速」作「寄」；又，「辭」，作「字」（卷六，甲編，頁99-100）。又，唐・孟棨《本事詩》「高逸第三」下云：「故戲杜曰：『飯顆山頭逢杜甫，頭戴笠子日卓午。借問何來太瘦生，總為從前作詩苦。』蓋譏其拘束也。」見《歷代詩話續編》（北京：中華書局，2001年），頁14；另亦可參《諸家老杜詩評》，見《杜甫詩話六種校注》，卷一，頁5。此外，《韻語陽秋》也曾說：「李白論杜甫，則曰：『飯顆山頭逢杜甫，頭戴笠子日卓午。為問因何太瘦生，只為從來作詩苦。』似譏其太愁肝腎也。」見《歷代詩話》，卷一，頁486。最後，「何時」兩句見《杜工部集・春日憶李白》（卷九，頁382）。

首」之稱，及〈八仙歌〉「一斗百篇」之稱[219]，及所寄〈二十韻〉「筆落驚風雨，詩成泣鬼神」之稱，[220]而謂子美譏嘲李詩之欠縝密何邪？豈有以欠縝密之詩，而可以「驚風雨」「泣鬼神」邪？後生相承皆如此說，瑗故不得不辨，因附於此，使讀者一覽，庶不惑於《玉露》之說，而知李、杜二公為人之忠厚、情好之誠懇，而非如世之輕薄者流，互相譏嘲以求勝也。且子美自云「沈鬱頓挫，隨時敏給，揚雄、枚皋，可企及也」，[221]況杜陵又未嘗無援筆立成之敏捷邪！

秦州雜詩二十首公為華州司功屬，關輔饑，棄官去秦，時乾元二年七月也。以下五十五首秦州作

滿目悲生事，因人作遠遊是年荒甚，故曰「滿目」；時必有倚仗者，故曰「因人」，此見來秦之由。
遲迴度隴怯，浩蕩及關愁述道途所經，見赴秦之苦。[222]
水落魚龍水名夜，山空鳥鼠山名秋即山川之景，見至秦之時。[223]
西征問烽火，心折此淹留「西征」，即下「漢將獨征西」是也，指吐蕃之亂。下句因上句。趙以為公欲西行，[224]非是。

秦州城北寺見寺所在，傳是隗囂宮見寺所因。

---

219 《杜工部集・飲中八仙歌》中有「李白一斗詩百篇，長安市上酒家眠，天子呼來不上舡，自稱臣是酒中仙」之句（卷一，頁28）。

220 〈寄李十二白二十韻〉，見《杜工部集》，卷十，頁457。

221 〈進鵰賦表〉作「沉鬱頓挫，隨時敏捷，而揚雄、枚皋之流，庶可跂及也」（《杜工部集》，卷十九，頁836）。

222 《杜律趙註》於「遲迴」兩句下曾說「述道途所經，以見懷抱之惡」（卷上，頁56）。

223 《杜律趙註》於「水落」兩句下曾說「即山川之景，以紀至秦州之時」（卷上，頁56）。

224 《杜律趙註》說：「言更欲西遊。」（卷上，頁56）

苔蘚山門古，丹青野殿空言寺之古。

月明垂葉露，雲逐度溪風言寺之景。句法與後〈江閣對雨〉「野流行地日，江入度山雲」同，[225]蓋襲陰鏗「鸎隨入戶樹，花逐下山風」也。[226]

清渭無情極，愁時獨向東寺枕秦山、臨渭水，渭水東流長安，故即所見以寓懷也。

州圖領同谷，驛道出流沙。

降虜兼千帳，居民有萬家言州治所領同谷郡，乃出流沙之驛道，吐蕃來往之要衝，以降虜入處與居民相敵，深可慮也。

馬驕朱汗落，胡舞白題斜應「降虜」，言內處而縱肆也。

年少臨洮子，西來亦自誇「臨洮」，屬隴右，應「居民」，言亦習降虜之俗而矜誇也。「亦」字，與上聯相喚。

　　○此篇言華夷不辨之害。

鼓角緣邊郡，川原欲夜時言聞鼓角之地與時。[227]

秋聽殷地發，風散入雲悲應第一句，「殷」讀作隱。

抱葉寒蟬靜，歸山獨鳥遲應第二句，此詠夜時之景物，以見寂寞之懷耳。舊謂為賦鼓角，恐非。

萬方聲一槩應起句，言不獨邊郡為然。「聲」字說破三、四，吾道竟何之承上句，言世亂無所歸也。

　　○此篇詠鼓角以見世亂之極。

---

225 〈江閣對雨有懷行營裴二端公〉，見《杜工部集》，卷十八，頁788。

226 陰鏗〈開善寺詩〉，見逯欽立輯校《先秦漢魏晉南北朝詩》（北京：中華書局，1998年），下冊，陳詩卷一，頁2453。

227 《杜律趙註》於「鼓角」句下曾說「此聞鼓角之地」；又於「川原」句下曾說「此聞鼓角之時」（卷下，頁156）。

南使宜天馬「南使」，指張騫，由來萬匹強。

浮雲連陣沒，秋草徧山長。

聞說真龍種，仍殘老驌驦二句一意。

哀鳴思戰鬬，迥立向蒼蒼

  此借「天馬」，喻當時之將士。按：是年九節度之師圍安慶緒於鄴，師潰於城下。諸節度各還本鎮，郭子儀獨保河陽，詔留守東都。此詩疑謂此也。

城上胡笳奏，山邊漢節歸即所聞所見，言邊警急而使臣勞也。

防河赴滄海，奉詔發金微承上，言使臣奉詔，發士卒以防河。先言「防河」，後言「奉詔」，倒裝法。

士苦形骸黑，林疎鳥獸稀承上，言士卒防河之苦，借「鳥獸」以見人民之稀，為役防河故也。

那堪往來戍，恨解鄴城圍承上，言士卒往來防戍之數而可恨，前詩云「莫守鄴城下，斬鯨遼海波」[228]，此又以「解鄴城圍」為恨，意可互見。

莽莽萬重山，孤城山谷間見城在萬山中。

無風塞名雲出塞，不夜城名月臨關猶前「水落魚龍夜，山空鳥鼠秋」句法，[229] 蓋借地名之意義，而混入為句，以取巧耳。趙謂：後人因杜詩而名關塞，[230] 非是。秦州，關塞之地，此聯言陰氣嚴肅，日色慘淡，以見秦州氣候之殊。

屬國歸何晚，樓蘭斬未還此以蘇武、介子事，比當時之使臣、將帥也。

煙塵一長望，衰颯正摧顏「煙塵」，承上聯。

  ○前四句，異方之景；後四句，感時之情。

---

228 〈觀兵〉，見《杜工部集》，卷十，頁443。

229 〈秦州雜詩二十首〉其一。

230 《杜詩趙次公先後解輯校》說：「或曰：今秦州有無風塞、不夜城。蓋亦後人因杜詩而為之名也。」（乙帙卷之七，頁312）此外，《杜律趙註》於「無風」兩句下也曾說：「後人因此名秦之塞曰『無風』；城曰『不夜』。」（卷下，頁140）

聞道尋源使指張騫，從天此路回指秦州。

牽牛去幾許用乘槎犯斗事，見騫出使之遠，宛馬至今來用伐宛得馬事，見騫出使有功。

一望幽燕隔，何時郡國開時安史亂幽燕，諸郡皆不通。[231]二句一意，反覆言之。惟其「隔」，故不「開」。劉云；謂不如騫也。[232]

東征健兒盡是年，九節度之師潰於鄴城，羌笛暮吹哀結見因聞笛而動傷今思古之情也，使時有張騫之使，則幽燕不隔、郡國可通矣。趙云：此因秦州為西域驛道，感夫漢以一使通西域，直窮河源，且使大宛至今與中國通，如此其易。而怪唐以天下之力，不能定幽燕，至今壯士幾盡，一何難耶！是可哀也。[233]

今日明日眼，臨池好驛亭言亭池之好，日日賞翫不厭也。

叢篁低地碧，高柳半天青亭池景物。

稠疊多幽事承上，喧呼閱使星秦州為出流沙驛道，故多使臣往來。此句偶在池亭而賦所聞，蓋歎人之勞，以見己之逸。

老夫如有此，不異在郊坰言此池亭若為己有，則與在山林無異。惜乎只暫得時來一賞翫，而不為己有也。蓋甚言池亭之好。

雲氣接崑崙，涔涔塞雨繁言雲盛而雨多。

羌童看渭水承上「雨」字，使客向河源秦州當驛道之衝，又值世亂，使者交馳不息，無日無之，故篇中屢及。

煙火軍中幕承上句言，牛羊嶺上村言己所居。

---

231 《杜律趙註》於「一望」兩句下曾說「時安慶緒、史思明未平，幽燕諸郡皆不通」（卷下，頁158）。

232 《集千家註批點補遺杜詩集》作「謂不得似騫也」（卷五，頁466）。

233 「西域驛道」，《杜律趙註》作「西域之驛道」；「一何難耶」，作「一何其難耶」（卷下，頁158）。

所居秋草靜，正閉小蓬門結承上「村」字。

　　○前詩因使客而羨池亭之幽，此詩因使客而愛村居之靜。

蕭蕭古塞冷，漠漠秋雲低時景蕭索。

黃鵠翅垂雨，蒼鷹饑啄泥託物自喻。

薊門誰自北，漢將獨征西為下張本。

不意書生耳，臨衰厭鼓鞞「厭」字，見久。

　　○前四句，即景感己；後四句，即事傷時，意亦相貫，己之飄泊，因世亂故也。少陵多有此格，不能盡出，讀者詳之。

山頭南郭寺，水號北流泉見寺倚山臨水。

老樹空庭得，清渠一邑傳「得」「傳」二字是眼，使得新奇。「得」，猶好也。「傳」，猶繞也。

秋花危石底，晚景臥鍾邊「危」「臥」二字是眼。「臥」，仆也，如「臥柳自生枝」之「臥」[234]。中兩聯皆承首聯，賦寺中之景物。「秋」「晚」二字紀時。

俯仰悲身世，溪風為颯然下句形容「悲」字，因遊寺有感於寂寞之景而動寥落之懷也。

　　○此上四首：二首晴，二首雨。

傳道東柯谷，深藏數十家言東柯之幽邃。

對門藤蓋瓦，映水竹穿沙貼「數十家」。

瘦地翻宜粟，陽坡可種瓜言東柯谷土地之宜。

船人相近報，但恐失桃花言己欲泛舟往遊，故借用桃源事以形容東柯幽邃，貼「深藏」。

234　〈過故斛斯校書莊二首〉，見《杜工部集》，卷十三，頁569。

　　○趙云：起句用「傳道」二字，則下七句所寫景物皆是未至谷中，先述所聞也。[235]

萬古仇池穴——卒章「讀記憶仇池」。下五句，皆是引〈仇池記〉中語，**潛通小有天**言其幽深。

神魚人不見言所產之奇，**福地語真傳**言所傳之真。

近接西南境言其方所，**長懷十九泉**言其數目。上五句，皆言「仇池穴」之勝。

何時一茅屋，送老白雲邊前詩稱「東柯谷」之勝而欲卜居，此稱「仇池穴」之勝而欲卜居也。

　　○東坡言王仲至嘗奉使至仇池，有九十九泉，萬山環之，可以避世，如桃源。[236]劉云：此名「十九」，隨意彷彿，記其一二。[237]瑗按：既有九十九泉，不應畧之曰「十九」，疑當作「九十」，舉成數也。作「十九」者，或傳寫之誤。

未暇泛滄海，悠悠兵馬間欲隱未能。

塞門風落木，客舍雨連山旅況蕭條。

阮藉行多興，龐公隱不還引古見志。

東柯遂疎懶，休鑷鬢毛斑承上聯，言東柯之勝可終老也。

東柯好崖谷，不與眾峰羣言東柯之奇特。

落日邀雙鳥日落而鳥歸，若有以邀之者，**晴天捲片雲**此聯雖是寫遊時所見之

235　《杜律趙註》，卷中，頁80。

236　《漁隱叢話》「東坡一」下說：「王欽臣仲至謂余曰：『吾嘗奉使過仇池，有九十九泉，萬山環之，草木鮮叢，可以避世，如桃源也。」（卷二十六，後集，頁1725-1726）另外，葛立方《韻語陽秋》也曾說：「王仲致嘗奉使過仇池，有九十九泉，萬山環之，可以避世如桃源。」見《歷代詩話》，卷十三，頁583。

237　《集千家註批點補遺杜詩集》，卷五，頁469。

景，亦見東柯之勝，與「塞門風落木，客舍雨連山」之景異矣。[238]

野人矜險絕居人久占其勝，**水竹會平分**己亦終當卜隣。[239]○中兩聯貼「好崖谷」。

採藥吾將老，童兒未遣聞結聯緊承上句，言己欲終老於東柯，而不使人知也。[240]

　　為東柯而賦者三章：前一章未到時所作，此二章既到時所作。

邊秋陰易夕，不復辨晨光言邊塞氣候之殊，而朝暮常昏暗也。

簷雨亂淋幔，山雲低度牆朝暮常昏暗者以此。

鸕鷀窺淺井，蚯蚓上深堂陰雨所致。

車馬何蕭索，門前百草長言羈旅寂寞，無相過者。

地僻秋將盡，山高客未歸言時可歸而不得歸。「客」，一作「夜」，非是。

塞雲多斷續，邊日少光輝地僻所致。

警急烽常報，傳聞檄屢飛未歸為此。

西戎外甥國，何得近天威唐屢以公主下嫁夷狄。結承上聯，詞意遠而諷刺切。

鳳林關名**戈未息，魚海**縣名**路常難**悲亂之久。

候火雲峰峻，懸軍幕井乾「雲峰峻」，喻峰火之盛；「幕井乾」，言軍旅之多。

「雲峰」字，出陶詩；「幕井」字，出《易卦》。

風連西極動，月過北庭寒此即秋景蕭颯，以見亂離之狀。

故老思飛將，何時議築壇苟得李廣、韓信之將，則戈自息而路不難矣；如郭子儀者，亦當世之飛將也，豈是時猶委任未專，故公為此言邪？

　　○此篇厭亂思治之意。

238　〈秦州雜詩二十首〉其十五。

239　《杜律趙註》於「水竹」句下曾說「有卜鄰意」（卷中，頁81）。

240　《杜律趙註》於「採藥」兩句下曾說「言欲隱於此，而不欲人知」（卷中，頁81）。

唐堯即肅宗真自聖，野老公自謂復何知如「安危大臣在，何必淚長流」之
意。[241]前詩屢及憂國之事，卒章託為自謙之詞，而憂心自見。

曬藥能無婦，應門亦有兒言有妻子之養。

藏書聞禹穴，讀記憶仇池「禹穴」在吳，「仇池」見前，言有山水之樂。

為報鴛行舊指當時同省諸公，鶺鴒在一枝總結上文，言國事自有聖君，家事自
有妻子，故將尋山水之勝而隱居也。

　　○按公乾元二年七月，自華州棄官入秦，此二十首，皆是秋所作者。惟首章敘
來秦之由，其餘皆至秦之事，或登眺，或感懷，或即事，所言不一，故總萃而題曰
「雜詩」。

野望

清秋望不極下皆承此句言，迢遞起層陰。

遠水兼天淨，孤城隱霧深。

葉稀風更落，山迴日初沉。

獨鶴歸何晚，昏鴉已滿林結聯寓意。

　　趙云：頷聯之景，先遠後近；頸聯之景，先近後遠。[242]亦不必如此看。

天河

常時任顯晦，秋至最分明常時非不顯，但不如秋耳。

縱彼微雲掩，終能永夜清上句是起下句。

含星動雙闕，伴月落邊城言其出沒。

牛女年年渡，何曾風浪生結引故事，亦不離題。

---

241 〈去蜀〉，見《杜詩詳注》，卷十四，頁1217。

242 《杜律趙註》「遠水兼天淨，孤城隱霧深」下說「二句先遠後近」；「葉稀風更落，
　　山迴日初沉」下說「二句先近後遠」（卷中，頁82）。

〇瑗按：古人詠物詩，未嘗無比。趙以此詩句句比君子，[243] 則後兩聯頗覺牽強。或又以「微雲掩」「落邊城」應「晦」；「永夜清」「動雙闕」應「顯」，亦非是。上句言往日，起下句「最分明」耳。中兩聯大抵是承「最分明」言。

東樓

萬里流沙道，征西過此門「流沙」，在西極，乃吐蕃之域，謂征吐蕃，則過此門也。前詩「驛道出流沙」，又「漢將獨征西」，又「征西問烽火」是也。[244] 趙謂：「征西」，泛言西行之人，[245] 非是。

但添新戰骨，不返舊征魂貼「征西」。

樓角凌風迥，城陰帶水昏貼「此門」。

傳聲看驛使，送節向河源言送驛使過此門而西征耳，河源正在西，結總上文。
不必引張騫事，未必用張騫事。

山寺

野寺殘僧少見寺之廢，[246] 山園細路高見山之高。[247]

---

243 《杜律趙註》「常時任顯晦，秋至最分明」下說：「喻士君子平居隨時顯晦，無以見知，惟臨難，乃見所守甚明。」又，「縱被微雲掩，終能永夜清」下說：「『雲』，比小人，言雖被小人掩抑，終能善保其清真之操。」又，「含星動雙闕，伴月過邊城」下說：「『星』、『月』，比君子之同類，言進而在朝，則得其類；流落遠地，亦不失其可宗。」又，「牛女年年渡，何曾風浪生」下說：「喻雖離合悲懽，無歲不有，而未嘗一動其心，少變其志也。」（卷下，頁164）

244 〈秦州雜詩二十首〉。

245 《杜律趙註》無此詩。《杜詩趙次公先後解輯校》說：「蓋泛言西行之人出此西門耳。」（乙帙卷之八，頁346）

246 《杜律趙註》於「野寺」句下曾說「見寺之廢」（卷下，頁141）。

247 《杜律趙註》於「山園」句下曾說「見寺之高」（卷下，頁141）。

麝香眠石竹，鸚鵡啄金桃趙云：此聯應第一句，本狀寺之荒蕪，以秦隴所產禽獸花木而言，語反精麗。[248]

亂水通人過見山水之淺，懸崖置屋牢見山崖之深。○此聯應第二句。

上方重閣晚，百里見纖毫上句言寺，下句見寺在高山，總應首聯。

秋日阮隱居致薤三十束「阮」，昉

隱者柴門靜，畦蔬繞舍秋指「阮隱居」。

盈筐承露薤，不待致書求此聯不甚對。言致薤，貼「畦蔬」。

束比青蒭色言薤苗，圓齊玉筯頭言薤本。

衰年關鬲冷，味暖併無憂言薤性。○後兩聯，俱承「薤」字言。

從人覓小胡孫許寄

人說南州路所產之處，山猿樹樹懸所產之多。

舉家聞若欬驚怪之意，為寄小如拳從覓之辭。

預哂愁胡面言其醜狀，初調見馬鞭言其善舞。

許求聰慧者言許寄，童稚捧應顛言為兒女之翫。

　　○有是題，故有是詩，未為不可。劉云：此等詩，甚無可取。[249]蓋亦求之太過。但《復齋謾錄》謂題是「胡孫」，而詩以「山猿」為詞，[250]非是。瑗按：猴雖猿屬，性大不同，觀柳子〈憎王孫文〉可見。[251]不然，「猨」「猴」古或得以通稱也。

---

248 《杜律趙註》，卷下，頁141。

249 《集千家註批點補遺杜詩集》作「此等甚無取者」（卷五，頁477）。

250 吳曾《能改齋漫錄》（臺北：木鐸出版社，1982年）「小胡孫」則說：「意題皆是『胡孫』，而首句以『山猿』為詞者，何耶？」（卷三，頁57）

251 《柳河東集‧憎王孫文》，見《文淵閣四庫全書》，第1076冊，卷十八，頁173。

蕃劍（下缺）

〔銅缾〕（下缺）

〔寓目〕

一縣葡萄熟，秋山苜蓿多言關塞草木之異。

關雲常帶雨，塞水不成河謂雨多水漫流也。言關塞氣候之異。

羌女輕烽燧，胡兒制駱駝言關塞風俗之異。

自傷遲暮眼，喪亂飽經過「眼」字，應題，喚起一篇之意。

　　前三聯皆寓目之所見者，以遲暮之年，遭喪亂之久，而舉目有山河之異，寧無歎乎？

即事回紇助討安祿山有功，請婚。肅宗以寧國公主下嫁。可汗死，公主以無子得還，乃是年八月也。（下缺）

〔歸燕〕（下缺）

促織

促織甚微細，哀音何動人言形眇而音妙。「何」者，甚之之詞。趙謂苔問之詞，[252]非是。

草根吟不穩，牀下夜相親貼「哀音」，暗用〈七月〉詩中意。上句言在野也。

---

252 《杜律趙註》於「促織甚微細，哀音何動人」下說：「若問之。」（卷下，頁177）

久客得無淚，故妻難及晨貼「動人」。

悲絲與急管，感激異天真結總上文，言絲管動人，不如促織之甚。蓋促織之音，出於天真自然之妙；[253]而絲管之音，畢竟人為造作者也。借彼以揚此，雖詩家之常法，此論却極精紗。

螢火

幸因腐草出《月令》（下缺）

〔蒹葭〕（下缺）

〔苦竹〕

□□□□□，□□□□□。
□□□□□，□□□□□。
□□□□□，□□□□□。
□□□□屋，霜根結在茲□□□□□□□□明見起句□□□□。

日暮

日落風亦起，城頭烏尾訛動也。

黃雲高未動貼「日落」，白水已揚波貼風起。○四句日暮所見關塞之景。

羌娘語還笑，胡兒行且歌驕肆之志，自在言外，與「羌女輕烽燧，胡兒制駱

---

253 《杜律趙註》於「悲絲」兩句下曾說「言絲管感人，不如促織之甚，以促織聲出天真故也」（卷下，頁177）。

駝」之句[254]，詞更婉而意愈切。

將軍別上馬，夜出擁雕戈為羌胡故也。〇四句日暮所感關塞之事。

夕烽唐戍烽候大率相去三十里。每日初夜，放煙一炬，自邊達京，以次遞舉，謂之平安火。（下缺）

〔秋笛〕（下缺）

〔擣衣〕

□□□□□，□□□□□。
□□□□□，□□□□□。
□□□□□，□□□□□。

用盡閨中力，君聽空外音□□□□□□□□□□□□□□□□□而夫又不知矣，猶不辭其倦而盡力擣以寄之者，恩義之不容已也，此詩可為戍娬之勸，雖《三百篇》戍娬之詩，又何以加此？

月夜憶舍弟

戍鼓斷人行，秋邊一鴈聲二句所聞。

露從今夜白，月是故鄉明二句所見。白露明月，本是常語，離析倒裝而用之，則語峻體健，意亦深穩。

有弟皆分散，無家問死生。

---

254 「駝」，《杜工部集·寓目》作「駞」（卷十，頁437）。

寄書長不達，況乃未休兵四句所感。

　　○前四句月夜之景，後四句（下缺）。

〔**遣興**〕（下缺）

〔**天末懷李白**〕

□□□□□，□□□□□。
□□□□□，□□□□□。
□□□□□，□□□□□。
□□□□□，□□□□□□□□□□古人可以知之。

示姪佐公自注：佐草堂在東柯谷[255]

多病秋風落，君來慰眼前「慰」字，喚上句。此聯言佐遠來訪己。

自聞茅屋趣指佐草堂，只想竹林眠「竹林」，暗用阮咸事。公〈秦州雜詩〉有

遊東柯谷，作此聯言己常欲訪佐。

滿谷山雲起，侵籬澗水懸此東柯之景、茅屋之趣也，承第二聯。

嗣宗諸子姪，早覺仲容賢結引二阮事，稱佐之賢以荅來慰之意，應首聯。

佐還山後寄三首

（原缺二首）

□□□□□，□□□□□。

255　《杜工部集》有此諸字（卷十，頁447）。

□□□□□□□□□□□□□橫，如幔之落於坡也，□□□□□□□□□□□□□少，實言，應「落幔坡」，比物成熟之時，結實既多而葉自然少也。舉此之少，見彼之多。「野雲多」，喻言，應「泉澆圃」。或曰：喻黃粱熟。

隔沼連香茇，通林帶女蘿交橫落幔坡，於此可見。「茇」借「伎」音，與「女蘿」倒對。

甚聞霜薤白，重惠意如何前四句泛言，後四句方署。[256]言蔬菓之實。曰「重惠」，則他日曾惠可知。

　　○此篇為索蔬菓而作。

宿贊公房公自注：贊，京師大雲寺主，謫此安置[257]

錫杖何來此歎方外之人何為來此。不言遷謫，而頸聯自見，**秋風已颯然**此紀時之蕭索。遷謫之久，自見言外。

雨荒深院菊（下缺不全）

〔遣懷〕（下缺）

廢畦

秋蔬擁霜露，豈敢惜凋殘□□□□。

□□□□□，□□吹汝寒貼「霜露」。

綠霑泥滓盡，香與歲時闌貼「凋殘」。

生意春如昨，悲君白玉盤當秋凋殘，思春茂盛，忠厚之道也。世之色衰愛弛，存亡異心者，不亦愧乎。

256　「後四句方署」，國圖版較為模糊，大通版作此五字（卷一，頁138）。
257　《杜工部集》作「京中大雲寺主，謫此安置」（卷十，頁436）。

除架 公自注：瓠架也[258]

束薪已零落，瓠架轉蕭疏「束薪」，謂結構瓠架者。起便見題，不待箋注。

幸結白花了，寧辭青蔓除此言瓠架之功成當退也。

秋蟲聲不去，暮雀意何如此言蟲鳥之麋戀瓠架也（下缺不全）

〔空囊〕（下缺）

病馬

乘爾亦已久，天寒關塞深□□□□□原其病之由，以見相與於患難之際。

塵中老盡力應第一句，歲晚病傷心應第二句。

毛骨豈殊眾，馴良猶至今言形同而性異，有「驥不稱其力稱其德也」之意。

物微意不淺，感動一沉吟言作詩之情。此蓋公賦己之乘馬，暗用田子方「少盡其力，而老不忍棄其身」之言。

送人從軍 公自注：時有吐蕃之役[259]

弱水應無地，陽關已近天言邊塞之遠，語悲而壯。

今君渡沙磧，累月斷人煙言道路之危（下缺不全）

〔送靈州李判官〕（下缺）

---

258 《杜工部集》無此諸字（卷十，頁441）。另外，《草堂詩箋》題下有「瓠架也」諸字（卷十五，頁377）。

259 《杜工部集》無此諸字（卷十，頁446）。另外，《草堂詩箋》題下有「時有吐蕃之役也」諸字（卷十六，頁395）。

〔送遠〕

帶甲滿□□，□□□□□。

□□□□□，□□□□哭不忍其□義之厚也。

□□□月晚，關河霜雪清時景之□□□之崎嶇宛在□□。

□□□□□，因見古人情「別離已昨日」矣，在己猶不能忘者，惜別之深也。「親朋盡一哭」矣，在彼不顧而去者，慷慨之志也。以在己惜別之深，見去者慷慨之志；因去者慷慨之志，見古人豁達之情。彼適數百里，出門惘惘有可憐之色者，豈大丈夫也哉？

　　○詳詩意，是送客於邊城者，非送從軍者。觀第七句，又是別後作詩以追送之耳。

〔杜律五言補註卷之一〕

杜律五言補註　卷之二
新安　汪瑗　玉卿　補註

散愁二首

久客宜旋旆，興王未息戈_{宜歸而不能歸以此。}[260]

蜀星陰見少，江雨夜聞多_{二句一意，反覆言之也。紀久客對景之愁，應第一}
句。「夜聞多」，言恒雨，以見久客。劉云：蓋是「江雨」，又是「夜聞」，所以愈覺
其「多」。「多」字入妙。[261]其說雖好，恐太深刻。

百萬轉深入_{為「司徒下燕趙」故也}，寰區望匪他_{欲「收取舊山河」故也}。

司徒下燕趙，收取舊山河_{「司徒」，指李光弼。後四句，紀久客感時之愁，應}
第二句。

聞道并州鎮_{屬太原}，尚書訓士齊_{指王思禮。}

幾時通薊北_{史思明之巢穴，前云「薊門誰自北」是也}[262]，當日報關西_{「關西」}
指秦，長安以西，皆謂之關西，薊平而得報則可歸矣。

戀闕丹心破，霑衣皓首啼_{述己思君之愁。}

老魂招不得，歸路恐長迷_{「老魂」，貼「皓首」，述己思鄉之愁。}

　　○前篇先言不得歸，後言世亂；此篇先言世亂，後言不得歸。題曰「散愁」，
蓋愁不得歸。而不得歸者，又因世亂故也。其致意於司徒、尚書二公者深矣。

酬高使君

古寺僧牢落，空房客寓居_{答高詩起句。}

故人供祿米_{指裴冕}，鄰舍與園蔬_{此聯貼「客」字，答高詩三、四之意。高言杜}
當依食於院僧；而杜云自有故人之厚、鄰舍之賢，不必僧也。

---

260 《杜律趙註》於「久客」兩句下說：「宜歸而不能歸以此。」（卷上，頁58）
261 《集千家註批點補遺杜詩集》作「五字偏盡，蓋是『江雨』，又是『夜聞』，『多』
　　字所以入妙，句著意對」（卷六，頁581）。
262 〈秦州雜詩二十首〉其十一。

雙樹容聽法，三車肯載書《佛書》言世尊說法雙樹間，又以牛羊鹿三車喻火宅。此聯貼「僧」字，荅高詩五、六之意，謂法可聽，經不暇尋。[263]

草玄吾豈敢，賦或似相如楊雄作《太玄準易》。又每作賦擬司馬相如。此聯亦承上第六句來，荅高詩結聯之意。言不敢著書，而但作賦也。上自謙，下自負。

　　○舊註云：公此詩三、四自述外，全是酬荅高詩之意，與前荅岑參同。[264]可見古人酬和，必荅其來意，非若今人為次韻所局也。高詩今附註於左。

贈杜拾遺　高適作

傳道招提客言杜寓居於寺，詩書自討論言杜寓寺之懷。

佛香時入院，僧飯屢過門應第一句。

聽法還應難，尋經剩欲翻應第二句。

草玄今已畢，此外更何言承上聯，言杜著書已完，可以相忘於無言，不必翻經難法，討論詩書以自苦。

　　○杜嘗寄高詩云「美名人不及，佳句法如何」。[265]觀此詩亦可畧知高詩之法矣。

奉酬李都督表文早春作

力疾坐清曉，來詩悲早春「力疾」，見懷抱之惡；「清曉」，見來詩之時；「悲早春」，見來詩之旨。

轉添愁伴客，更覺老隨人言愁老之懷，為來詩所感而愈甚，應第一句。

紅入桃花嫩，青歸柳葉新言早春之景，見李作詩所悲者在此，應第二句。

---

263 《杜律趙註》於「雙樹」兩句下說：「此聯荅高詩五、六之意，謂法可聽，經不暇尋。」（卷中，頁123）

264 《杜律趙註》於詩尾說：「洪容齋云：……。按公此詩，三、四自述外，全是和荅高適來意，與前荅岑參同。」（卷中，頁123）

265 〈寄高三十五書記適〉，見《杜工部集》，卷九，頁383。

望鄉猶未已，四海尚風塵少陵之愁，都督之悲，情俱可見。蓋直說破來詩、荅詩之本意。

　　○「愁伴客」、「老隨人」，庸俗常談也。「紅」對「青」，「桃花」對「柳葉」，童兒對語也。曰「轉添」，曰「更覺」，曰「入」，曰「嫩」，曰「青」，曰「新」，下數虛字為句中眼，而斡旋之、撐拄之，便覺清新俊逸，可謂臭腐化為神奇者矣。《玉露》曰：作詩要健字撐拄，要活字斡旋。如「紅入桃花嫩，青歸柳葉新」、「弟子貧原憲，諸生老伏虔」。「入」與「歸」字，「貧」與「老」字，乃撐拄也。「生理何顏面，憂端且歲時」、「名豈文章著，官因老病休」，「何」與「且」字，「豈」與「應」字，乃斡旋也。撐拄，如屋之有柱；斡旋，如車之有軔。文亦然。詩以字，文以句。[266]

王司馬弟出郭相訪兼遺營草堂貲

客裏何遷次言無安居，江邊正寂寥言無知己。
肯來尋一老，愁破是今朝言相訪，江邊寂寥足破矣。
憂我營茅棟，携錢過野橋言遺貲，客裏遷次可免矣。
他鄉惟表弟，還往莫辭遙以親情囑其常來過訪也。

遊修覺寺

野寺江天豁，山扉花竹幽遊寺之景。
詩應有神助遊寺之興，吾得及春遊遊寺之時。

---

266 「因」，《鶴林玉露》「詩用字」作「應」；「軔」，《鶴林玉露》「詩用字」作「軸」（卷六，甲編，頁108）。「弟子」兩句，見《杜工部集·寄岳州賈司馬六丈、巴州嚴八使君兩閣老五十韻》，卷十，頁454；「生理」兩句，見《杜工部集·得弟消息二首》，卷十，頁430；「名豈」兩句，見《杜工部集·旅夜書懷》，卷十四，頁594。

徑石相縈帶應「山扉」，川雲自去留應「江天」。

禪枝棲眾鳥，漂轉暮歸愁遊歸之晚，情景俱備。

　　○瑗按：前〈獨酌〉詩曰「詩成覺有神」，[267] 此曰「詩應有神助」，是杜詩雖入神，而猶有賴於神也。及公稱太白「筆落驚風雨，詩成泣鬼神」，[268] 則神有不得而與者矣。〈傳〉曰：詩所以動天地，感鬼神。[269] 非太白之天才，何足以當之。故瑗嘗謂：太白之才，「生知安行」者也；[270] 少陵之才，「學知利行」者也。[271] 及其成功，其妙一而已矣。世之學杜者則訕李，學李者則鄙杜，是皆不造其堂、不嚌其胾者也，何足與談李杜也哉！

後遊

寺憶曾遊處，橋憐再渡時曰「曾」曰「再」，見重遊。

江山如有待，花柳更無私「有待」，謂候己來；「無私」，謂任己來。二句即景見重遊意。舊註失之深矣。

267　〈獨酌成詩〉，見《杜工部集》，卷十，頁409-410。

268　〈寄李十二白二十韻〉，見《杜工部集》，卷十，頁457。

269　《詩經・毛詩序》曾云：「故正得失，動天地，感鬼神，莫近於詩。」見清・阮元校勘：《十三經注疏附校勘記》，卷一之一，頁270。

270　首先，《論語・季氏》曾說：「孔子曰：『生而知之者，上也。學而知之者，次也。困而學之，又其次也。』」見清・阮元校勘：《十三經注疏附校勘記》，卷十六，頁2522。其次，《禮記・中庸》也曾說：「或生而知之，或學而知之，或困而知之，及其知之一也；或安而行之，或利而行之，或勉強而行之，及其成功一也。」見清・阮元校勘：《十三經注疏附校勘記》，卷五十二，頁1629。

271　《朱子語類・中庸三》第二十章說：「問：『「生知安行」為知，「學知利行」為仁，「困知勉行」為勇，此豈以等級言耶？』曰：『固是。蓋生知安行主於知而言。不知，如何行？安行者，只是安而行之，不用著力，然須是知得，方能行得也，故以生知安行為知。學知利行主於行而言。雖是學而知得，然須是著意去力行，則所學而知得者不為徒知也，故以學知利行為仁。』」見《文淵閣四庫全書》，第701冊，卷六十四，頁279。

野潤煙光薄，沙暄日色遲二句晚景，上因乎下。

客愁全為減，捨此復何之結總上文，見寺景之勝，可以銷愁，所以重遊也。

有客

患氣經時久，臨江卜宅新。

喧卑方避俗，疎快頗宜人一、三，見「卜宅」之由；二、四，見「卜宅」之樂。

有客過茅宇「茅宇」，貼「宅」字，呼兒正葛巾迎客。

自鋤稀菜甲，小摘為情親歟客。趙云：既出自鋤，又稀少，又尚是菜甲，而未免少摘者，以情親也。十字中極有曲折。○又云：方爾避俗而客來，既正巾以肅之，復摘自鋤之菜甲以為具，不知何客，情親如此。[272]瑗按：疑是前王司馬弟也。

又云：此詩自一句順說至八句，不事對偶，而未嘗無對偶；不用故實，而自可為故實。散澹真率之態，悠爾成章；而厭世避喧、少求易足之意，自在言外，所以為不可及也。[273]

題新津北橋樓得郊字新津縣，在蜀州。公居成都，當是暫如新津也

望極春城上，開筵近鳥巢。

白花簷外朵，青柳檻前梢四句即所望景物以狀樓之高。

池水觀為政稱新津尹，廚煙覺遠庖應「開筵」。蓋謂宴於野外，而非宴於公署也。暗用《孟子》語意。

西川供客眼應「望極」，唯有此江郊結總前意，謂望極西川之景，惟有此地之勝，為可翫也。

---

272 「復摘」，《杜律趙註》作「復小摘」（卷中，頁82）。

273 《杜律趙註》，卷中，頁82-83。「而厭世避喧」，《杜律趙註》作「厭世避喧」。

雲山

京洛雲山外，音書靜不來言己流落雲山之間，與京洛隔遠，平日相知無慰己者，所謂「厚祿故人書斷絕」是也。[274]

神交作賦客言京洛之故人，不得相接，惟神交而已。其相思之切可知，應第一句，**力盡望鄉臺**「望鄉臺」，在成都。言己在成都望京洛故人之書，卒無有來者。其情疏之甚可知，應第二句。

衰疾江邊臥承上四句，言己寂寞，**親朋日暮迴**言成都故人，相訪而歸者。京洛故人，既不肯見慰；客中故人，又不能久慰。其情懷寥落可知矣。

白鷗元水宿，何事有餘哀前六句皆敘己可哀之事。結乃以鳥自喻，猶「吾道蓋如是也」之意，方自悲而適自寬也。

　　○此章詞旨明甚。舊註牽強，俱無可取。

為農

錦里煙塵外，江村八九家江村之幽靜可居。

圓荷浮小葉，細麥落輕花江村之景物可賞。

卜宅從茲老承上四句，言己卜宅之志，**為農去國賒**言己村居之事。

遠慚勾漏令，不得問丹砂晉・葛洪聞交趾出丹砂，求為勾漏令，帝從之。此以比己不得見君而求進也。

　　○前四句樂事，後四句怨調。

　　呂氏《童蒙訓》：潘份老云：五言詩第三字要響。如「圓荷浮小葉，細麥落輕花」，「浮」字、「落」字是響字也。所謂「響」者，致力處也。予竊以為字字當活，活則字字自響。[275]

274　〈狂夫〉，見《杜工部集》，卷十一，頁468。

275　《漁隱叢話》作「呂氏《童蒙訓》云：潘邠老言：『……。五言詩第三字要響。如

梅雨夏至前，名黃梅雨

南京犀浦道紀地，[276]四月熟黃梅紀時。[277]

湛湛長江去，冥冥細雨來上句因下句，總承第二句。

茅茨疏易濕，雲霧密難開二句言己對雨之愁。

竟日蛟龍喜，盤渦與岸回二句言物得雨之樂。後兩聯，總承第四句。

田舍

田舍清江曲，柴門古道傍上句槩言舍之所在，下句專言門之所向。若不細看，頗覺重疊。

草深迷市井言無喧囂，地僻懶衣裳言無應接。俱承上聯。

櫸柳枝枝弱，枇杷樹樹香。

鸕鷀西日照，曬翅滿漁梁後四句，言田舍所有之物，景在其中。

江漲

江漲柴門外，兒童報急流言江漲之迅速。

下牀高數尺，倚杖沒中洲見急流。

細動迎風燕，輕搖逐浪鷗言物因漲之樂。

漁人縈小楫，容易拔船頭言人因漲之樂。

『圓荷浮小葉，細麥落輕花』，『浮』字、『落』字是響字也。所謂『響』者，致力處也。予竊以為字字當活，活則字字自響。』」（卷十三，前集，頁271-272）。據此，汪本「份」字當作「邠」字。

276　《杜律趙註》於「南京」句下說「此紀地」（卷下，頁170）。

277　《杜律趙註》於「四月」句下說「此紀時」（卷下，頁170）。

赴青城縣出成都寄陶、王二少尹

老被樊籠役，貧嗟出入勞臨老被役，為貧故也。

客情投異縣言赴青城，詩態憶吾曹言思二尹。

東郭滄江合，西山白雪山名高即江山以見出入之勞，而景在其中。「滄江」「白雪」，假對。

文章差底病猶言「詞賦工無益」也。[278]劉云：文章濟甚事耳[279]，回首興滔滔結歎文章無補於老役貧勞也。「興滔滔」，猶言恨無窮耳。

野望因過常少府

野橋齊渡馬，秋望轉悠哉起言「野望」，秋以紀時；「齊渡馬」，見有同行者。

竹覆青城山名合，江從灌口地名來野望之景。

入山樵徑引言己訪常，嘗菓栗園開言常歡己。

落盡高天日，幽人未遣回言常之愛客。

　　○前四句，言「野望」；後四句，言「過常」。此蓋與友人出遊，偶然乘興訪之，故題曰「野望」曰「因過」，而詩亦不盡詠訪常也。

出郭此上三首青城所作。題曰「出郭」，當是出郭還成都也

霜露晚凄凄出郭之時，高天逐望低出郭之景。[280]

遠煙鹽井上，斜影雪峯西「斜影」貼「遠煙」。二句承「逐望」來。

故國猶兵馬言不能歸，[281]他鄉亦鼓鼙言不可居。二句見世亂之甚。

278　〈陪鄭廣文遊何將軍山林十首〉，見《杜工部集》，卷九，頁386。

279　《集千家註批點補遺杜詩集》，卷七，頁617。

280　《杜律趙註》於「霜露」兩句下說「起言出郭之景」（卷上，頁60）。

江城今夜客，還與舊烏啼曰「舊」，可見來非一日。

一室

一室他鄉遠，空林暮景懸即所居以見遠客之孤寂。

正愁聞塞笛，獨立見江船正愁之時，復聞塞笛；獨立之際，更見江船。遠客之愁可知。

巴蜀來多病，荊蠻去幾年承前兩聯，見蜀不可居，而欲去楚也。

應同王粲宅，留井峴山前「峴山」，在荊州，有王粲井。承第六句，言欲留迹於楚也。公之自負可知矣。

北鄰

明府豈辭滿，藏身方告勞此言棄官之高。

青錢買野竹，白幘岸江皋此言隱居之樂。

愛酒晉山簡，能詩何水曹此引古人，以見才興之妙。

時來訪老疾，步屧到蓬蒿此言常來訪己，以見相知之深。

村夜

風色蕭蕭暮，江頭人不行。

村舂雨外急，鄰火夜深明四句村夜之景。

胡羯何多難，漁樵寄此生。

中原有兄弟，萬里正含情四句村夜之情。

281 《杜律趙註》於「故國」句下說「未可歸」（卷上，頁60）。

奉簡高使君

當代論才子，如公復幾人_{美其才不多見。}²⁸²

驊騮開道路，鷹隼出風塵_{以二物喻其才之英俊。公贈鮮于京兆曰「驊騮開道}
_{路，雕鶚離風塵」；}²⁸³_{贈嚴閣老曰「蛟龍得雲雨，鵰鶚在秋天」。}²⁸⁴_{公每以英俊之物}
_{比擬其人，語亦雄壯。}

行色秋將晚_{客居之久，}交情老更親_{交情之厚。}

天涯喜相見_{應「行色」，}披豁對吾真_{應「情親」。}

　　○瑗按：高為詹事時，公謫華州，寄詩曰「時來知宦達，歲晚莫情疎」，²⁸⁵蓋
譏其忘舊。及此相見，而又喜其交情之親，故曰「披豁對吾真」，末句不為無意。
忘己則直言之，愛己則深喜之，非任吾真率之性者不能也。

寄楊桂州譚_{公自註：因州參軍段子之任}²⁸⁶

五嶺皆炎熱，宜人獨桂林_{言桂州風土之佳，異於五嶺。}

梅花萬里外，雪片一冬深_{貼「宜人」。}

聞此寬相憶，為邦復好音_{聞桂宜人，已寬相憶，復聞善政，喜何可言！}²⁸⁷

江邊送孫楚_{以晉·孫楚為石苞參軍比「段」也，}遠附白頭吟_{〈白頭吟〉比己之}
_{詩。結聯言因段寄詩，以見交情之厚。}

---

282 《杜律趙註》於「當代」句下說「美高之才，時不多見」（卷中，頁122）。

283 「雕」，《杜工部集·奉贈鮮于京兆二十韻》作「鵰」（卷九，頁371）。

284 〈奉贈嚴八閣老〉，見《杜工部集》，卷十，頁409。

285 〈寄高三十五詹事適〉，見《杜工部集》，卷十，頁428。

286 《杜工部集》，卷十一，頁475。

287 《杜律趙註》於「聞此」兩句下說「此謂聞桂風土之佳，已寬相憶，況復聞楊善政
　　之聲，尤可喜也」（卷中，頁125）。

西郊

時出碧雞坊_{所經之處}，西郊向草堂_{出郊之由}。

市橋官柳細，江路野梅香_{向草堂道路之景}。

傍架齊書帙，看題減藥囊_{到草堂所為之事}。

無人覺來往，疎懶意何長_{境之靜幽，己之興趣，藹然言外。「來往」二字，應}
_{首聯「出」字、「向」字}。

早起

春來常早起，幽事頗相關_{上句因下句}。

帖石防隤岸，開林出遠山_{「開」，謂剪伐也；「出」，使之出也}。

一丘藏曲折，緩步有躋攀。

童僕來城市，餅中得酒還_{帖石開山，步丘酌酒，皆言幽事之實}。

琴臺_{在成都，即相如以琴吟〈鳳求凰〉曲挑文君竊逃貰酒處。相如有消渴疾}

茂陵多病後，尚愛卓文君。

酒肆人間世，琴臺日暮雲_{四句言當時之事，寓諷刺之意}。

野花留寶靨，蔓草見羅裙。

歸鳳求凰意，寥寥不復聞_{四句言後世之事，寫弔古之情}。

謾成二首

野日荒荒白，春流泯泯清。

渚蒲隨地有，村徑逐門成_{四句言景物不俗}。

只作披衣慣「披衣」，人名，見《莊子》。此暗用其事，常從漉酒生指淵明。二句言興趣不俗。

眼邊無俗物以「無俗物」三字，喚破一詩之意，多病也身輕甚形容無俗累之妙。

江皋已仲春，花下復清晨地僻辰良，足娛懶性。

仰面貪看鳥，回頭錯應人得此失彼，足見懶態。朱文公引此聯於《大學或問・正心章》，為「身在於此，而心馳於彼」之戒。[288]

讀書難字過，對酒滿壺頻倦讀好飲，懶不待言。

近識峨嵋老「峨嵋」，山名，在蜀。公自注：東山隱者。[289] 然前詩所謂「漉酒生」者，疑指此老，知予懶是真以「懶」字喚破一詩之意，又見「峨嵋老」為知己者。

　　○趙云：「起句紀時，下六句殊不相應，故題曰『謾成』。」[290] 殊不知此二首前六句皆散說，以結聯喚起一篇之意。少陵往往有此，讀者細考之自見。惜乎註者皆逐句求解，而不融會通篇之旨也。

春夜喜雨

好雨知時節，當春乃發生申明上句。

隨風潛入夜，潤物細無聲「細無聲」，貼「潛入夜」。舊說此聯有比興，若有比興，則是王道氣象相業。不足言矣。

野徑雲俱黑，江船火獨明。

曉看紅濕處，花重錦官城上聯言夜景；下聯言曉景。喜雨之意，自在其中。

---

288 《四書或問》說：「如其不然，則心在於此，而心馳於彼，血肉之軀，無所管攝，其不為『仰面貪看鳥，回頭錯應人』者，幾希矣。」見《文淵閣四庫全書》，第197冊，卷二，頁239。另亦可參《文津閣四庫全書》，第192冊，卷二，頁25。

289 《杜工部集》作「東山隱者，又作陳山」（卷十一，頁483）。

290 《杜律趙註》，卷中，頁86。

遣意二首

囀枝黃鳥近，泛渚白鷗輕。

一徑野花落，孤村春水生四句幽居之景。

衰年催釀黍，細雨更移橙二句幽居之事。

漸喜交遊絕，幽居不用名結聯直明言幽居之志。「幽居」二字，喚起一篇之意。

　　○此篇春日遣意所作。

簷影微微落，津流脉脉斜二句將夜之景。

野船明細火，宿鴈起圓沙二句已夜之景。公〈草堂即事〉有「寒魚依密藻，宿鷺起圓沙」一聯，蓋平講此聯。下句因上句。

雲掩初弦月，香傳小樹花二句深夜之景。

鄰人有美酒，稚子也能賒結聯述懷，應前六句，蓋謂對此寂寞之景而不可無酒也。

　　○此篇春夜遣意所作。

江亭

坦腹江亭暖，長吟野望時言臥曝詠眺於亭中，興趣悠然可想，不必下聯點景始勝。

水流心不競，雲在意俱遲。

寂寂春將晚，欣欣物自私「自私」，猶言自愛。謂春既將晚，而物亦不自愛，即陶淵明「木欣欣以向榮」之意耳，[291] 固未嘗無意。劉說「最是相業」；[292] 趙說

---

291 〈歸去來〉，見《文選》，卷四五，頁637。
292 《集千家註批點補遺杜詩集》，卷七，頁645。

「有曾點之趣」。[293]皆迂遠矣。不過即物之乘時而樂，以興下文人不得歸而悶耳。
○四句寓情於景，貼「野望」。

故林歸未得，排悶強裁詩結聯因景傷情。「裁詩」貼「長吟」。

　　○張子韶謂：陶淵明「雲無心而出岫，鳥倦飛而知還」，觀其曰「無心」曰
「倦飛」，則可知其本意，不如少陵水流而心不競，雲在而意俱遲，氣更渾淪。[294]
蓋以為過於陶淵明。趙章泉又以為少陵之句終為有心，不如王摩詰「行到水窮處，
坐看雲起時」，初無意也。蓋以為不及王摩詰。瑗謂：善評詩者，正不當如此牽強
比擬。《玉露》曰：古人好詩，在人如何看，在人把做甚麼用。如「水流心不競，
雲在意俱遲」，只把做景物看，亦可；把做道理看，其中亦儘有可玩索處。大抵看
詩，要曶次玲瓏活絡。[295]其說善矣。

徐步

整履步青蕪，荒庭日欲晡言步之時。[296]
芹泥隨燕觜，花蘂上蜂鬚步時所見之景。[297]

293　《杜律趙註》於「寂寂」兩句下說：「此聯見暮春氣象，有曾點之趣。劉云：最是
　　相業。」（卷中，頁87）

294　《杜律趙註》於詩尾引此作「張子韶曰淵明『雲無心以出岫，鳥倦飛而知還』，則
　　可知其本意。杜子謂：水流而心不競，雲在而意俱遲。則與物無間斷矣。氣更混
　　淪，難輕議也」（卷中，頁88）。另外，《杜工部草堂詩話》說：「橫浦張子韶《心
　　傳錄》曰：陶淵明詩云：『雲無心而出岫，鳥倦飛而知還。』杜子美云『水流心不
　　競，雲在意俱遲。』若淵明與子美相易其語，則識者往往以謂子美不及淵明矣。
　　觀其云『雲無心』『鳥倦飛』，則可知其本意。至於『水流』而『心不競』，『雲在』
　　而『意俱遲』，則與物初無間斷，氣更混淪，難輕議也。」見《草堂詩箋》，卷二，
　　頁1056-1057。

295　《鶴林玉露》，「春風花艸」，卷二，乙編，頁149。

296　《杜律趙註》於「整履」兩句下說：「言步之處與時。」（卷中，頁88）

297　《杜律趙註》於「芹泥」兩句下說：「步時所見。」（卷中，頁88）

把酒從衣濕，吟詩信杖扶步時所為之事。²⁹⁸

敢論才見忌應「詩」，實有醉如愚應「酒」。二句步時所感之情，有哀而不傷、怨而不怒之意。

寒食

寒食江村路，風花高下飛。

汀煙輕冉冉，竹日淨暉暉四句言寒食之美景。

田父要皆去，鄰家問不違。

地偏相識盡，雞犬亦忘歸四句言寒食之樂事。趙云：見其樂易坦夷，與物無忤，雖雞犬亦化之也。²⁹⁹

石鏡《成都記》：有山精化為女子，蜀王納為妃，及死，王以石鏡表其塚門

蜀王將此鏡，送死置空山言蜀王造鏡之由。

冥寞憐香骨，提攜近玉顏言蜀妃幽冥之用。

眾妃無復嘆，千騎亦虛還應「送死」。

獨有傷心石，埋輪月宇間應「此鏡」。

高柟

柟樹色冥冥，江邊一蓋青其色可愛。

近根開藥圃，接葉製茅亭其形可愛。

---

298 《杜律趙註》於「把酒」兩句下說：「步時所為。」（卷中，頁88）
299 「見其樂易坦夷」，《杜律趙註》作「此四句見其樂易坦夷」（卷下，頁152）。

落影陰猶合，微風韻可聽陰韻可愛。

尋常絕醉困，臥此片時醒憩息可愛。

惡樹

獨遶虛齋徑言有礙也，常持小斧柯言欲伐也。

幽陰成頗雜應弟一句，惡木剪還多應弟二句。

枸杞固吾有若是枸杞，則固為吾所有，不必剪也。借彼形此，鷄棲奈汝何言既
不如枸杞之可採，又不能為鷄之可棲，其樹惡可知，烏得不剪之乎？○不獨借
「狗」音與「鷄」對，又借「杞」音與「棲」對，此假對之精切者。

方知不材者，生長漫婆娑言不材之惡木，生長無用，所以必剪也。

　　○前詩「木之材」者，此詩「木之不材」者。

送裴五赴東川

故人亦流落，高義動乾坤「亦」字有味。蓋謂己之不才，固當流落在此，不意
高義如故人，亦流落也。詞旨憤惋。

何日通燕塞，相看老蜀門歎燕塞未通，將終老於蜀。上聯言裴之流落，此聯言
己之淹留。

東行應暫別言裴赴東川，應第一聯，北望若銷魂言己望燕靜，應弟二聯。

凜凜悲秋意，非君誰與論見裴知己。

逢唐興劉主簿弟

分手開元末，連年絕尺書紀昔日分別之事。

江山且相見，戎馬未安居述今日相見之懷。

劍外官人冷，關中驛騎疎應「未安居」。

輕舟下吳會，主簿意何如言劉所往之地與懷。

和裴迪登新津寺寄王侍郎公自注：王時為蜀牧。[300]公前有〈題新津北橋樓〉詩[301]

何恨倚山木，吟詩秋葉黃言裴登寺，遣恨吟詩。「倚山木」，見懷抱之寂寥；「秋葉黃」，見時景之蕭索。下聯無復悲於此者。

蟬聲集古寺，鳥影度寒塘申言裴吟詩時寂寞之景。

風物悲遊子指裴登寺，登臨憶侍郎言裴吟詩寄王。

老夫貪佛日，隨意宿僧房公時寓居浣花溪寺，故有此結。言己獨無悲恨，以寬裴也。

敬簡王明府

葉縣郎官宰以王喬事比王，周南太史公以馬遷事自比。

神仙才有數貼第一句，流落意無窮貼第二句。

驥病思偏秣，鷹秋怕苦籠歎己。

看君用高義，恥與萬人同羨王。

重簡王明府

甲子西南異「甲子」，紀時；「西南」，紀地，冬來只薄寒。

江雲何夜靜，蜀雨幾時乾三句皆應首句。蓋即氣候之殊，見己流落之意。

---

300 《杜工部集》作「王時牧蜀」（卷十一，頁476）。

301 《杜工部集》作「題新津北橋樓得郊字」（卷十一，頁479）。

行李須相問，窮愁豈有寬。

君聽鴻鴈響，恐致稻粱難_{後四句，有望於王之意。}

聞斛斯六官未歸

故人南郡去_{言所去之地，}去索作碑錢_{言所去之事。起用連珠字，與「清商欲盡奏，奏苦血沾衣」同。}[302]

本賣文為活，翻令室倒懸_{承第二句，言才高而貧。}

荊扉深蔓草，土銼冷疏煙_{承第四句，言其貧甚。}

老罷休無賴，歸來省醉眠_{勸其早歸。公〈江畔尋花〉詩自註：斛斯融，吾酒徒。}[303]_{觀此結，即此人。}

江漲

江發蠻夷漲，山添雨雪流_{既發蠻夷之漲，復添雨雪之流，所以盛也。}

大聲吹地轉，高浪蹴天浮_{形容江漲之盛。}

魚鼈為人得，蛟龍不自謀_{言物被漲之害。}

輕帆好去便，吾道付滄洲_{因江漲而起泛滄洲之興。}

朝雨

涼氣曉蕭蕭，江雲亂眼飄_{言得雨之氣候時景。}

風鴛藏近渚，雨燕集深條_{言物避飄灑，朝尚未出，見雨至也。上四句朝雨之景。}

---

302 「沾」，《杜工部集・秋笛》作「霑」（卷十，頁442）。

303 〈江畔獨步尋花七絕句〉，見《杜工部集》，卷十二，頁511。

黃綺終辭漢，巢由不事堯援古自喻。

草堂樽酒在，幸得過清朝「清朝」應起句。後四句對雨所感之懷。蓋援古即事，以寫一時之志趣耳。

晚晴

村晚驚風度，庭幽過雨霑此言晚晴。

夕陽薰細草，江色映疏簾申言晚晴佳景。[304]

書亂誰能帙，盃乾自可添此聯猶「讀書難字過，對酒滿壺頻」之意。[305]援按：公嘗自謂「讀書破萬卷，下筆如有神」，[306]又曰「讀書難字過」，嘗曰「傍架齊書帙」，[307]又曰「書亂誰能帙」。蓋破萬卷、齊書帙，正言之也；難字過、亂不帙，反言之，以見疏懶之性。所謂有激而云耳。嘗見友人訓詁有不通，几案或不整者，每以此為言，是癡人前不得說夢也。

時聞有餘論，未怪老夫潛漢‧王符著《潛夫論》。此引以比己之隱居著書也。

　　○前四句，晚晴之景；後四句，晚晴所感之懷。與前同格。

草堂即事

荒村建子月，獨樹老夫家「建子」「老夫」，假對。二句言草堂寂寞。後六句皆「即事」也。

雪裏江船渡，風前徑竹斜。

---

304 《杜律趙註》於「夕陽」兩句下說：「此乃晚晴佳景。」（卷中，頁89）

305 〈漫成二首〉，見《杜工部集》（卷十一，頁483）。

306 〈奉贈韋左丞丈二十二韻〉，見《杜工部集》，卷一，頁10。

307 〈西郊〉，見《杜工部集》，卷十一，頁470。

寒魚依密藻，宿鷺起圓沙趙云：見此地、此時之景。[308]

蜀酒禁愁得，無錢何處賒趙云：見此地、此時之情。[309]

范員外邈、吳侍郎郁特枉駕，闕展待，聊寄此作

暫往比鄰去，空聞二妙歸已盡題意。[310]

幽棲誠簡畧言闕歟待，自愧之詞，衰白已光輝言特枉駕，自喜之詞。

野外貧家遠應第三句，村中好客稀應第四句。[311]

論文或不媿自負之詞，重肯欵柴扉奉邀之詞，望其再來也。[312]

　　○趙云：公詩中每以無俗物、絕交遊、門徑榛塞為喜。今於「二妙」之來，乃以在外闕展待，委曲盡情如此，則平日稱懶，其果懶乎？峨嵋老必能言之。[313]

　　《玉露》曰：范、吳訪少陵於草堂，少陵偶出不及見，謝以詩云云。陳后山在京師，張文潛、晁無咎為館職，聯騎過之。后山偶出蕭寺，二君題壁而去。后山亦謝以詩云：「白社雙林去，高軒二妙來。排門衝鳥雀，揮壁帶塵埃。不憚升堂費，深愁載酒回。功名付公等，歸路在蓬萊。」杜、陳一時之事相類，二詩醖藉風流，未易優劣。[314]

---

308 《杜律趙註》，卷中，頁90。

309 《杜律趙註》，卷中，頁90。

310 《杜律趙註》於「暫往」兩句下說：「已盡題意。」（卷中，頁90）

311 《杜律趙註》於「村中」句下說：「應第四句。」（卷中，頁90）

312 《杜律趙註》於「論文」兩句下說：「望其再來。」（卷中，頁90）

313 《杜律趙註》作「前後詩中每以『無俗物』、『絕交游』、門徑榛塞為喜。今於『二妙』之來，乃以在外闕展待，委曲盡情如此。平日稱懶，其果懶乎？岷峨老必能言之」（卷中，頁90-91）。

314 《鶴林玉露》「杜陳詩」說：「范二員外、吳十侍御訪杜少陵於草堂，少陵偶出，不及見，謝以詩云：『暫往比隣去，空聞二妙歸。幽棲誠簡略，衰白已光輝。野外貧家遠，村中好客稀。論文或不愧，重肯欵柴扉。』陳后山在京師，張文潛、晁無咎為館職，聯騎過之。后山偶出蕭寺，二君題壁而去。后山亦謝以詩云：『白社雙林去，高軒二妙来。排門衝鳥雀，揮壁帶塵埃。不憚升堂費，深愁載酒回。功名付公

王竟攜酒高亦同過共用寒字_{前有七言律一首，題云「王侍御掄許攜酒}

至草堂，奉寄此詩，便請邀高使君同到」³¹⁵

臥病荒郊遠_{寂寞之懷}，通行小徑難_{草堂之僻}。

故人能領客_{言王邀高同到}，攜酒重相看_{言王攜酒。曰「重」，可見向時曾來}。

自媿無鮭菜_{媿己無歎}，空煩卸馬鞍_{兼指王、高}。

移時勸山簡，頭白恐風寒_{結獨指高公。自注云：「高每云：『汝年幾小？且不必}

_{小於我。』此句戲之也。」}³¹⁶

　　○此篇當與前七言律參看，今附於左：「老夫臥穩朝慵起，白屋寒多暖始開。

江鸛巧當幽徑浴，鄰雞還過短牆來。繡衣屢許攜家醞，皂蓋能忘折野梅。戲假霜威

促山簡，須成一醉習池回。」³¹⁷ 按：「繡衣」「霜威」指王，「皂蓋」「山簡」指高。

觀作橋成，月夜舟中有述，還呈李司馬_{前有〈陪李司馬江上觀造}

竹橋〉七言律一首³¹⁸

把燭橋成夜，迴舟客坐時_{紀事、紀時}。

天高雲去盡，江迴月來遲_{夜坐之景}。

衰謝多扶病，招邀屢有期。

異方乘此興，樂罷不無悲_{四句夜坐之懷}。

　　等，歸路在蓬萊。』杜、陳一時之事相類，二詩醞藉風流，亦未易可優劣。」（卷

　　六，丙編，頁334）

315 《杜工部集》作〈王十七侍御掄許携酒至草堂奉寄此詩便請邀高三十五使君同

　　到〉，卷十一，頁497。

316 《杜工部集》作「高每云：『汝年幾？且不必小於我。』故此句戲之」（卷十一，頁

　　498）。

317 〈王十七侍御掄許携酒至草堂奉寄此詩便請邀高三十五使君同到〉，見《杜工部

　　集》，卷十一，頁497。

318 〈陪李七司馬皂江上觀造竹橋即日成往來之人免冬寒入水聊題短作簡李公二首〉，

　　見《杜工部集》，卷十三，頁579。

梔子

梔子比眾木，人間誠未多言種之稀。

於身色有用言可染，與道氣傷和言性冷。

紅取風霜實，青看雨露柯言可觀。上應第三句。

無情移得汝，貴在映江波結見愛之之意。

鸂鶒

故使籠寬織，須知動損毛織籠使寬，恐損毛也。

看雲莫帳望，失水任呼號。

六翮曾經剪，孤飛卒未高四句言樊籠之苦。

且無鷹隼慮，留滯莫辭勞二句言樊籠之樂。

花鴨

花鴨無泥滓，堦前每緩行。

羽毛知獨立，黑白太分明承起句來。

不覺群心妒，休牽眾眼驚承上聯來。

稻粱霑汝在，作意莫先鳴。

　　此上三篇，託物寓意。

畏人

早花隨處發，春鳥異方啼託興花鳥，客懷自見。

萬里清江上此言己之草堂在清江萬里橋之上耳，前有詩曰「南浦清江萬里橋」是

也，[319]三年落日低上句見遠客，此句見久客。承「異方」來。

畏人成小築，褊性合幽棲承第三句。

門徑從榛草，無心待馬蹄承「幽棲」來。

可惜

花飛有底急言春去，老去願春遲言惜春。

可惜歡娛地貼「花飛」，都非少壯時貼「老去」。

寬心應是酒，遣興莫過詩「花飛」「老去」，心興可知，故以詩酒而寬之、遣之也。

此意陶潛解，吾生後汝期「此意」承「詩」「酒」。趙云：言此意惟陶公知之，惜不共時，則他不足與言，此可知矣。[320]

落日

落日在簾鉤下三字，見落日低斜，溪邊春事幽下三聯，俱是。

芳菲緣岸圃，樵爨倚灘舟登臨之幽。

啄雀爭枝墜，飛蟲滿院遊景物之幽。

濁醪誰造汝，一酌解千憂情興之幽。

獨酌

步屧深林晚，開樽獨酌遲謂林中獨酌也。

319　〈野望〉，見《杜工部集》，卷十二，頁515。

320　《杜律趙註》作「結言此意惟陶公知之，惜不與同時，則他人不足與言，此可見矣」（卷中，頁92）。

仰蜂粘落絮，行蟻上枯梨謂蜂仰粘落絮、蟻行上枯梨耳。一作「倒蟻」，一作
「行列」之「行」，俱非。此林中之景，獨酌時所見者。[321]

薄劣慚真隱謂才質自愧之詞，幽偏得自怡謂草堂自喜之詞。

本無軒冕意，不是傲當時後四句，獨酌時所感之情。趙云：結用反語自釋，與
「敢論才見忌，實有醉如愚」意同。[322]

廣州段功曹到，得楊長史書，功曹却歸，聊寄此詩前有因

段功曹寄楊桂州詩[323]

衛青同幕府比廣之府帥，楊僕將樓船比楊長史。

漢節梅花外，春城海水邊言廣州之遠，見寄書之情。

桐梁在蜀書遠及言楊寄書，珠浦在廣使將旋言段却歸。

貧傍他鄉老，煩君萬里傳述己之苦，囑段之意，寄楊之情，結聯俱見。

得廣州張判官叔卿書，使還，以詩代意

鄉關胡騎遠，宇宙蜀城偏言己客所，見得張書之處。

忽得炎州信，遙從月峽傳言己得張書。

雲深驃騎幕，夜隔孝廉船言張宦所，見寄張詩之處。

却寄雙愁眼，相思淚點懸言己寄張詩。

---

321 《杜律趙註》於「仰蜂」兩句下說：「此獨酌時所見。」（卷中，頁93）

322 《杜律趙註》作「此獨酌時所感，皆用反語自釋，與『敢論才見忌，實有醉如愚』
同」（卷中，頁93）。「敢論」兩句，見《杜工部集・徐步》，卷十一，頁487。

323 〈寄楊桂州譚〉。

送段功曹歸廣州

南海春天外言廣之遠。「春」以紀時，功曹幾月程言程之久。「功曹」紀官。
峽雲籠樹小，湖日落江明言蜀中之景，見發軔之處。
交趾丹砂重，韶州白葛輕言廣州之處，併出產之奇。
幸君因估客，時寄錦官城承「砂」「葛」，而索寄於段也。

　　○此上三篇，一時所作。

魏侍御就敝廬相別

有客乘驄馬指「魏」，江邊問草堂言「就敝廬」。
遠尋留藥價，惜別到文場承上聯言贈別。
入幕旌旗動，歸軒錦繡香承上言來別已而去。
時應念衰疾，書跡及滄浪言別後而不忘己也。

贈別何邕 「何邕」，公之鄉人，時為利州綿谷縣尉

生死論交地，何由見一人言素相知之深者，相逢之少也。
悲君隨燕雀，薄宦走風塵言獨逢何君，又非得志者。
縣谷元通漢「縣」屬利州，水通於漢，喻何得歸漢上，沱江不向秦「沱」屬蜀
州，水不入秦，喻己不得歸秦。
五陵花滿眼，傳與故鄉春「五陵」屬長安，故云「故鄉」。承上句不得歸秦而言。

贈別鄭鍊赴襄陽

戎馬交馳際，柴門老病身歎己之亂離。
把君詩過目，念此別驚神念鄭之遠別。此聯上三字、下二字句法。

地濶峨嵋在蜀晚言己所在，應第一聯，**天高峴首**在襄春言鄭所赴，應第二聯。○「峩眉」「峴首」，極為的對。不獨以「首」對「眉」；《詩》曰「俔天之妹」，[324]是又借「俔」音與「娥」音對也。

為於耆舊內，試覓姓龐人漢·龐德公携妻子隱於襄陽鹿門山。此蓋因鄭而寓弔古之心、隱居之志也。韓退之〈送董邵南序〉曰：「為我弔望諸君之墓，而觀於其市，復有昔時屠狗者乎？」[325]意同此。昔人謂杜之詩、韓之文法也。[326]信哉！

舟前小鵝兒

鵝兒黃似酒，對酒愛新鵝語俚而意新，可作詩料，東坡〈岐亭詩〉「洗盞酌鵝黃，磨刀切熊白」是也。[327]但王荊公「弄日鵝黃裊裊垂」，[328]又以「鵝黃」言柳；裴虔餘「滿額鵝黃金縷衣」，[329]又以「鵝黃」言婦粧，未若鵝黃酒全語，為別嫌也。

引頸嗔船逼，無行亂眼多。

翅開遭宿雨，力小困滄波。

客散層城暮，狐狸奈若何寓意。

---

324 《詩·大雅·大明》，見清·阮元校勘：《十三經注疏附校勘記》，卷十六之二，頁507。

325 《韓昌黎文集校注》（臺北：頂淵文化事業有限公司，2005年），卷四，頁145。另外，《五百家注昌黎文集》作〈送董邵南遊河北序〉，見《文淵閣四庫全書》，第1074冊，卷二十，頁340。

326 《杜工部草堂詩話》曾說：「後山陳無己《詩話》曰：『杜之詩法，韓之文法也。詩文各有軆，韓以文為詩，杜以詩為文，故不工耳。』」見《草堂詩箋》，卷一，頁1039。另亦可參《杜甫詩話六種校注》，卷一，頁110。

327 「切」，《東坡全集·岐亭五首》作「削」，見《文淵閣四庫全書》，第1107冊，卷十四，頁219。

328 宋·王安石：《臨川文集·南浦》，見《文淵閣四庫全書》，第1105冊，卷二十七，頁194。

329 唐·裴虔餘《御定全唐詩·柳枝詞詠篙水濺妓衣》作「半額微黃（一作『滿額蛾黃』）金縷衣」，見《文淵閣四庫全書》，第1429冊，卷五百九十七，頁96。

水檻遣心公有〈水檻〉古詩一首，蓋所居草堂之水檻[330]

去郭軒楹敞應「水檻」，無村眺望賒應「遣心」。

澄江平少岸，幽樹晚多花。

細雨魚兒出，微風燕子斜中兩聯水檻之景、遣心之事也，皆承「眺望賒」來。

〇上六句，皆下因上。

城中十萬戶應「去郭」，此地兩三家應「無村」。

　　〇八句皆景，情自可見。

蜀天常夜雨先言「夜雨」，江檻已朝晴後言「朝晴」。

葉潤林塘密應「雨」，衣乾枕席清應「晴」。

不堪祗老病，何得尚浮名遣心實事。

淺把涓涓酒，深憑送此生藉此遣心。

　　〇前四句景，後四句情。

屏跡二首

用拙存吾道，幽居近物情「物」兼人言。中兩聯，皆「物情」也。[331]

桑麻深雨露，燕雀半生成一植一動。

村鼓時時急，漁舟箇箇輕一勞一逸。

杖藜從白首，心跡喜雙清「心跡」「雙清」，貼首聯。

　　《玉露》云：杜陵「桑麻深雨露，燕雀半生成」；后山「輟耕扶日月，起廢極吹噓」。或謂虛實不類。不知：「生」為造，「成」為化；「吹」為陰，「噓」為陽。

330　《杜工部集》，卷五，頁198。

331　《杜律趙註》於「用拙」兩句下說：「中二聯皆所謂『物情』也。」（卷中，頁94）

氣勢力量與「雨露」「日月」字正相配也。[332] 瑗按:《玉露》之說未是。如王維「江流天地外,山色有無中」,[333] 皆是虛實借對,詩家謂之輕重對,少陵往往有之。趙謂:句中自對,[334] 亦通。

晚起家何事,無營地轉幽上句起下句。
竹光團野色,舍影漾江流貼「地轉幽」。[335]
失學從兒懶,長貧任婦愁。
百年渾得醉,一月不梳頭四句即「晚起」「無營」之實。[336]

〇前詩近物之情,後詩無營之樂。

嚴公廳宴同詠蜀道畫圖得空字

日臨公館靜,畫列地圖雄見為廳事之畫圖。
劍閣星橋北,松州雪嶺東見圖所畫蜀中山川形勝。
華夷山不斷,吳蜀水相通見圖所畫蜀道脉絡之相貫者。〇中兩聯所謂「地圖雄」也。
興與煙霞會,清樽幸不空上見觀畫之興,總結上文,應第二句。下見嚴公廳宴,應第一句。

---

332 《鶴林玉露》「生成吹噓」說:「杜陵詩云:『桑麻深雨露,燕雀半生成。』後山詩云:『輟耕扶日月,起廢極吹噓。』或謂虛實不類。殊不知『生』為造,『成』為化,『吹』為陰,『噓』為陽,氣勢力量,與『日月』字正相配也。」(卷三,甲編,頁42)

333 唐‧王維撰、清‧趙殿成箋注:《王右丞集箋注‧漢江臨汎》,見《文淵閣四庫全書》,第1071冊,卷八,頁111。

334 《杜律趙註》,卷中,頁94。

335 《杜律趙註》於「竹光」兩句下說:「三、四承『地轉幽』而言。」(卷中,頁94)

336 《杜律趙註》於「失學」四句下說:「後四句,即『晚起』『無營』之實。」(卷中,頁94)

寄高適

楚隔乾坤遠，難招病客魂歎已流落之久。

詩名惟我共同道之悲，世事與誰論同心之感。

北闕更新主謂代宗即位，南星落故園謂高適召還。

定知相見日，爛熳倒芳樽言高適召還，得與長安故人同飲，而已遠隔難招也。

承上句，應首聯。

奉濟驛重送嚴公四韻「奉濟驛」在緜州，公送嚴武赴召至此

遠送從此別紀別之地，青山空復情臨別之懷。

幾時盃重把預歎後會之難，昨夜月同行追說送別之遠。

列郡謳歌惜稱得民之心，三朝出入榮稱相君之久。

江村獨歸處，寂寞養殘生感知己之詞，應起聯。

　　○方虛谷云：「第一句極酸楚，末句尤覺徬徨無依。後嚴武再帥蜀，卒於位，公遂去蜀云。」[337]

悲秋

涼風動萬里起言遠客，「涼風」紀時，羣盜尚縱橫遠客為此，「尚」字見久。

家遠傳書日貼「萬里」，秋來為客情貼「涼風」。

愁窺高鳥過貼「傳書」，老逐眾人行貼「為客」。

始欲投三峽紀為客之地，無由見兩京見歸鄉之難。

　　○詩中不言「悲秋」字，而意自可見。

---

337 《瀛奎律髓彙評》（上海：上海古籍出版社，2005年）「奉濟驛重送嚴公」下說：
　　「方回云：此知己之別也。『遠送從此別』，此一句極酸楚。末句尤覺徬徨無依。後
　　嚴武再帥蜀，卒於位，公遂去蜀云。」（卷二十四，頁1029）

客夜

客睡何曾著_{言不寐}，秋天不肯明_{言夜長}。

入簾殘月影，高枕遠江聲_{夜長之景}。

計拙無衣食，途窮仗友生。

老妻書數紙，應悉未歸情_{四句不寐之懷。時公送嚴武還朝，至緜州，旋有徐知道之亂。因客梓州，而家在成都。「友生」，指梓州之故人。}

客亭

秋窗猶曙色_{秋曉之景}，木落更天風_{此句應「秋窗」。}

日出寒山外，江流宿霧中_{二句應「曙色」。}

聖朝無棄物，老病已成翁。

多少殘生事，飄零任轉蓬_{四句秋曉之情。}

　　○此上三章：一章題曰「悲秋」，槩言之也；二章言「秋夜」；三章言「秋曉」，皆一時所作。

戲題寄上漢中王三首_{公自注：時王在梓州，初至斷酒不飲，篇中有戲}[338]

西漢親王子_{言王懿親，}[339]成都老客星_{言己遠客。}[340]

百年雙白鬢，一別五秋螢_{言己別王之久，應第二句。}

忍斷杯中物，祇看座右銘_{言王作誠斷酒，應第一句。}

不能隨皂蓋，自醉逐浮萍_{總結上文，言己當流落之際，方且藉酒自慰，不能隨王之斷飲也。}

338　《杜工部集》作「時王在梓州，初至斷酒不飲，篇有戲述」（卷十二，頁536）。

339　《杜律趙註》於「西漢」句下說：「見王是懿親。」（卷中，頁123）

340　《杜律趙註》於「成都」句下說：「言己老而遠客。」（卷中，頁123）

　　○趙云：「此詩一、二以彼己並說對起。三、四言己之情。五、六言彼之事。七、八言己不能往從彼也。」³⁴¹瑗按：少陵此法甚多，讀者以類而求可也。

策杖時能出言己欲訪王，**王門異昔遊**言王之失位。王時貶蓬州。

已知嗟不起言王之留滯，應第二句，**未許醉相留**言王不留己，應第一句。

蜀酒濃無敵，江魚美可求。

終思一酩酊，淨掃鵁池頭四句承第一句、第四句，言王雖不留己，己則終欲訪王而一醉也。《詩》曰「善戲謔兮，不為虐兮」，³⁴²此之謂也。

羣盜無歸路，衰顏會遠方此言今日客中會王之情。

尚憐詩警策，猶憶酒顛狂此言舊日受知於王之樂。³⁴³

魯衛彌尊重比王為帝室懿親，而兄在其中——汝陽王璡是也，**徐陳畧喪亡**比王門舊日賓客，³⁴⁴而己在其中。

空餘枚叟在，應願早升堂言王客惟己獨在，故欲早得升堂相訪而一醉也。

　　○三章皆戲其不飲之意。一章言己不能如王之不飲，二章言終欲就王之痛飲，三章言願王早接己之一飲也。

---

341 《杜律趙註》，卷中，頁124。

342 《詩・國風・衛風・淇奧》，見清・阮元校勘：《十三經注疏附校勘記》，卷三之二，頁321。

343 《杜律趙註》於「尚憐」兩句下說：「此追言舊日受知於王、游從之樂。」（卷中，頁124）

344 《杜律趙註》於「徐陳」句下說：「徐幹、陳琳等皆魏太子丕客，而沒於疫。此以比王門舊日賓客，有物故者。」（卷中，頁124）

贈韋贊善別

扶病送君發，自憐猶不歸起聯因送客歸而歎己之不得歸也。

祗應盡客淚，復作掩荊扉應第二句。

江漢故人少，音書從此稀應第一句。

往還二十載，歲晚寸心違昔日之情好，今日之別情，結聯俱見。

九日登梓州城

伊昔黃花酒憶往日之興，如今白髮翁歎今日之衰。

追歡筋力異應第二句，望遠歲時同應第一句。

弟妹悲歌裏，朝廷醉眼中句法與〈宴南樓〉「盜賊狂歌外，形骸痛飲中」相類。[345]

兵戈與關塞，此日意無窮四句述時事，乃登高所感之懷。

九日奉寄嚴大夫時嚴武還朝，尚在蜀道中

九日應愁思言嚴感時之懷，經時冒險艱言嚴在途之苦。

不眠持漢節貼「應愁思」，何路出巴山貼「冒險艱」。

小驛香醪嫩，重巖細菊斑言客中九日之景，奉慰之詞。

遙知簇鞍馬，回首白雲間言嚴憶己，故嚴荅詩曰「跋馬望君非一度」是也。[346]

---

345 「盜賊」，《杜工部集・陪章留後侍御宴南樓得風字》作「寇盜」（卷十二，頁537）。

346 嚴武〈巴嶺荅杜二見憶〉，見《杜工部集》，卷十二，頁525。

題玄武禪師屋壁

何年顧虎頭比所畫之人，滿壁畫滄洲言所畫之趣，下皆承此言。

赤日石林氣，青天江海流狀所畫之景。

錫飛常近鶴，杯度不驚鷗此借事實以狀所畫之景。

似得廬山路，真從惠遠遊結乃借事實以比畫，而因借畫以比己與玄武禪師之來往也。

翫月呈漢中王

夜深露氣清，江月滿江城起言夜月。

浮客轉危坐，歸舟應獨行。

關山同一照，烏鵲自多驚四句翫月之情，詳「歸舟」句。疑謂漢中王歸蓬州，不然或是兼憶嚴大夫也。「照」，一作「點」，引東坡「一點明月」之詞為證，[347]非是。

欲得淮王術，風吹暈已生《淮南子》：「畫隨灰而月暈缺。」[348]此借以比漢中王也。用事稱題，應首聯。

陪王侍御宴通泉東山野亭

江水東流去以亭中所見起興，清樽日復斜言宴之久。

異方同宴賞，何處是京華言宴飲所感之情。「宴賞」貼「清樽」。

---

347 《集千家註批點補遺杜詩集》說：「（黃）希曰『照』，或作『點』，嘗見善本如此，故東坡有『一點明月』之詞。」（卷九，頁754）又，蘇軾《東坡詞・洞仙歌》云：「繡簾開，一點明月窺人。」見《文淵閣四庫全書》，第1487冊，頁139。

348 陳麗桂校注《新編淮南子・覽冥第六》（臺北：國立編譯館，2002年）作「畫隨灰而月運闕」（頁433）。

亭景臨山水，村煙對浦沙_{狀東山野亭之景。}[349]

狂歌遇形勝，得醉即為家_{結總上文。公有〈春歸〉排律，結句云「此身醒復}醉，乘興即為家」，[350]_{意同此結。}

遠遊

賤子何人記_{言故人之忘己}，遐方著處家_{言己客之無定。命題「遠遊」，意在於此。}

竹風連野色，江沫擁春沙_{遠遊之景。}

種藥扶衰病，吟詩解嘆嗟_{遠遊之情。}

似聞胡騎走，失喜問京華_{亂息則遠遊可歸，故「喜問京華」也。此篇後有七言}律一首題曰〈聞官軍收河南河北〉，[351]_{所謂「胡騎走」也。}

春日梓州登樓二首

行路難如此_{公在久客，故發嘆以起興，不必與下句相貫也}，登樓望欲迷。

身無却少壯_{嘆老}，跡有但鶏棲_{嗟卑。二句登樓所感之情。本謂：身却無少壯，}跡但有鶏棲。因倒一字以協律，翻使句奇而不腐。[352]

江水流城郭_{所見}，春風入鼓鞞_{所聞。二句登樓所對之景。}

雙雙新燕子，依舊已啣泥_{即時物之得所，見己之失所也。趙云：後兩聯，俱承}第四句言。[353]

　　瑗按：後三聯俱承第二句言也。

349　《杜律趙註》於「亭景」兩句下說：「五六狀野亭之景。」（卷上，頁42）

350　《杜工部集》，卷十一，頁481。

351　《杜工部集》，卷十二，頁526。

352　「翻」，意「反」。

353　《杜律趙註》於「江水」四句下說：「此承第四句。」（卷上，頁63）

天畔登樓眼，隨風入故園_{因登樓而思故園。}³⁵⁴

戰場今始定，移柳更能存_{因戰定而憶園柳。}

厭蜀交游冷，思吳勝事繁_{因厭蜀而思游吳。}

應須理舟楫，長嘯下荊門_{承上聯，言欲去蜀而往吳也。然亦可見吳蜀待公之厚薄，非特託言而已。}

花底

紫萼扶千蕊，黃鬚照萬花_{言花之盛。花外曰「萼」，內曰「蕊」。「蕊」，花鬚點也。}

忽疑行暮雨_{喻花氣之滋潤，}何事入朝霞_{喻花色之鮮明。}

恐是潘安縣，堪留衛玠車_{借古事以形容花之盛而美也。然曰「忽疑」，曰「何事」，曰「恐是」，曰「堪留」，皆形容之詞。}

深知顏色好_{明言其好，總結上文，}莫作委泥沙_{承上句而致愛花之意。}

柳邊

只道梅花發，那知柳亦新_{借梅見柳之早。}

枝枝總到地，葉葉自開春_{發生之盛。}

紫燕時翻翼，黃鸝不露身_{借鳥棲藏以見其盛。}

漢南應老盡_{喻己在梓州也，}灞上遠愁人_{言己思長安也。結因借柳寫己久客思歸之情。「漢南」「灞上」，謂漢南、灞上之柳也。}

---

354 《杜律趙註》於「天畔」兩句下說：「起因登樓而思故里。」（卷上，頁63）

郫縣西原送李判官兄、武判官弟赴成都府

憑高送所親見送別之處，久坐惜芳辰見惜別之情。

遠水非無浪，他山自有春謂道路之遠，非無風波之苦，蓋為成都之好耳。

野花隨處發，官柳著行新言道路之景，公又有「早花隨處發，春鳥異方啼」之句。[355]

天際傷愁別，離筵何太頻客中送客，已為可傷；送客不已，其傷益甚。不言可知。公後有「二月頻送客，東津江欲平」、「離筵不隔日，那得易為情」之句，[356]與此結同意。

題郫原郭明府茅屋壁

江頭且繫船，為爾獨相憐言因郭之愛己而暫留也。

雲散灌壇雨，春青彭澤田借太公、淵明事以比郭之德政。

頻驚適小國，一擬問高天述己之客情。

別後巴東路，逢人問幾賢言別後思郭之情。○連用二「問」字，亦當避之。

奉送崔都水翁下峽

無數涪江筏，鳴橈總發時此聯以舟楫之盛，而見其遠別。

別離終不久，宗族忍相遺此聯以宗族之情，而勸其早歸。

白狗黃牛峽，朝雲暮雨祠此聯言峽中景跡之勝。為結張本；就句對。

所過憑問訊，到日自題詩言過上聯所言之勝地，不可無詩也。

355 〈畏人〉，見《杜工部集》，卷十一，頁485。

356 〈泛江送客〉，見《杜工部集》，卷十二，頁531。

陪李梓州、王閬州、蘇遂州、李果州四使君登惠義寺

春日無人境，虛空不住天。

鶯花隨世界，樓閣倚山巔四句遊寺所覽之時景。

遲暮身何得，登臨意惘然歎已。

誰能解金印，瀟灑共安禪諷四使君也。四句遊寺所感之情。

涪江泛舟送韋班歸京得山字

追餞同舟日言泛舟，傷春一水間指涪江。

飄零為客久，衰老送君還言己久客，而羨韋歸。

花雜重重樹，雲輕處處山敘道路之景物，貼「春」字。

天涯故人少，更益鬢毛斑言韋別去而增愁也，貼三、四，猶前「江漢故人少，音書從此稀」之意。[357]

送竇九歸成都

文章亦不盡，竇子才縱橫。

非爾更苦節，何人符大名四句稱竇子才志之高。第四句有「詩名惟我共」之意。[358]

讀書雲閣觀，問絹錦官城言竇子歸成都所為之事。

我有浣花竹，題詩須一行時公妻子在成都，蓋託之之詞。

---

357 〈贈韋贊善別〉，見《杜工部集》，卷十二，頁523。

358 〈寄高適〉，見《杜詩詳注》，卷十一，頁943。

泛江送客

二月頻送客，東津江欲平起聯應題。「二月」紀時。

煙花山際重見二月送客之景，舟楫浪前輕見泛江送客之事。

淚逐勸杯落，愁連吹笛生見送客之悲。

離筵不隔日，那得易為情見送客之頻，貼「頻送客」。

上牛頭寺

青山意不盡，兗兗上牛頭言登山之意興難盡，故屢來遊。「兗兗」謂來遊不已。

無復能拘礙，真成浪出遊見兗兗來遊之意。

花濃春寺靜，竹細野池幽常建：「竹徑通幽處，禪房花木深。」³⁵⁹視此遠矣。

何處鶯啼切，移時獨未休結聯寄興，意在言表。

　　○上聯所見，此聯所聞，皆遊寺之景。

　　○張天覺《律詩格》云：「『花濃』喻媚臣秉政；『春寺』比國家；『竹細野池幽』喻君子在野，未見用也。」《漁隱》深闢其穿鑿，³⁶⁰得之矣。

望牛頭寺

牛頭見鶴林觀名，梯徑繞幽深言寺之僻。

春色浮山外春景，天河宿殿陰夜景。

---

359 唐・常建：《常建詩・題破山寺後禪院》，見《文淵閣四庫全書》，第1071冊，卷三，頁433。

360 《漁隱叢話》說：「天覺《律詩格》『辨諷刺』云：……『花濃』喻媚臣秉政；『春寺』比國家；『竹細野池幽』喻君子在野，未見用也。……余謂論詩若此，皆非知詩者，善乎山谷之言曰：彼喜穿鑿者，棄其大旨，取其發興于所遇林泉人物草木魚虫，以為物物皆有所託，如世間商度隱語者，則詩委地矣。」（卷三十四，後集，頁1936、1937與1939）

傳燈無白日，布地有黃金<small>此聯即佛書以狀寺景。</small>

休作狂歌老，回看不住心<small>結聯述己之情。「不住心」亦出佛書。</small>

　　○尾句、起句皆言望牛頭寺。中所言景，皆望之者也。

上兜率寺<small>「率」音律</small>

兜率知名寺，真如會法堂<small>「兜率」「真如」字，見佛書。上言兜率為名寺，見知於時；下言與朋友，宴會於寺。</small>

江山有巴蜀<small>言寺之勝</small>，棟宇自齊梁<small>言寺之古。二句應「知名寺」。「有」「自」二字是眼。《石林》云：「詩人以一字為之，世固知之，惟杜老變化開闔，出奇無窮，殆不可以形迹捕緝。如此聯，則其遠近數千里，上下數百年，只在『有』與『自』兩字間。而吞吐山川之氣，俯仰古今之懷，皆見於外也。」[361]</small>

庾信哀雖久<small>言思故鄉之久</small>，何顒好不忘<small>言念朋友之好。二句應「會法堂」。《北史》曰：庾信雖位望通顯，常作鄉關之思，乃作〈哀江南賦〉以致其意。[362]《後漢書》曰：何顒因陳蕃、李膺之敗，為宦官所陷，亡匿汝南間。所至皆親其豪傑，有聲，袁紹慕之，私與往來，結為奔走之友。[363]此聯所引，蓋謂己雖久思故鄉，而客中朋友之好，亦有不能恝然而忘者，乃述己登寺所感之懷耳，無與於佛事也。後〈岳麓道林寺〉云：「久為野客尋幽慣，細學何顒免興孤。」[364]亦是此意。舊注謂</small>

361　宋・葉夢得《石林詩話》作「詩人以一字為工，世固知之，惟老杜變化開闔，出奇無窮，殆不可以形迹捕。如『江山有巴蜀，棟宇自齊梁』，遠近數千里，上下數百年，只在『有』與『自』兩字間。而吞納山川之氣，俯仰古今之懷，皆見於言外」，見《文淵閣四庫全書》，第1478冊，頁997。《杜律趙註》亦引及此條，然文字略有出入（卷下，頁142）。

362　《北史・庾信傳》（北京：中華書局，2003年），卷八十三，頁2794。

363　《後漢書・何顒傳》（北京：中華書局，2003年）作「及陳蕃、李膺之敗，顒以與蕃、膺善，遂為宦官所陷，乃變姓名，亡匿汝南間。所至皆親其豪桀，有聲荊豫之域。袁紹慕之，私與往來，結為奔走之友」（卷六十七，頁2217）。

364　〈岳麓山道林二寺行〉，見《杜工部集》，卷八，頁353。

當指《南史》周顒奉佛事，[365]譏少陵為誤記。謬矣！然庾信又未嘗奉佛，不知何以處之？或謂何顒嘗欲謀諸曹操未遂，公或託意在此。亦未必然。

白牛車遠近，且欲上慈航佛說以大白牛駕寶車，喻大法乘。「慈航」字，亦出佛書。結聯正承上聯，言故鄉既不得歸，朋友又不能忘，故且為遊寺之樂可也。

望兜率寺

樹密當山徑，江深隔寺門起見望寺。

靄靄雲氣重貼「山」，**閃閃浪花翻**貼「江」。

不復知天大貼「樹」，**空餘見佛尊**貼「寺」。「見」如字，舊謂「見」音「現」，[366]恐非。

時應清盥罷，隨喜結孤園言己常喜游此寺也。

前六句，望寺之景；後二句，望寺之情。

---

365 《杜工部草堂詩箋補遺》（京都：中文出版社，1977年）即曾云：「或謂『何顒』疑作『周顒』。『何』乃黨錮之徒，『周』常奉佛食菜。攷之《南史》，周顒字彥倫，音辭辨麗，長於佛理。然按《集・岳麓道林二寺行》又有『何顒兒興孤』之句。」（卷四，頁142）另亦可參《杜甫全集校注》（北京：人民文學出版社，2013年），卷十，頁2794。

366 《集千家註批點補遺杜詩集》說：「『見』，宜因現。」（卷九，頁797）劉辰翁注語中「因」當為「音」之誤。此外，「如字」之「如」字非衍字。「『見』如字」兩句當指舊注認為：「見」當如「現」字，而應該讀作「現」音。然而，汪瑗認為此見解恐有誤謬。又如，〈舟中〉有「結纜排魚網」句，汪瑗曾於詩尾云：「○舊註：『結』，音『繫』，引《漢書》張釋之跪為王生結襪。注『結』讀作『繫』。瑗按：《漢書》亦只當如字。讀『結』字意義自明，何必讀作『繫』哉？」汪瑗認為：《漢書》僅視「結」當如「繫」字，而讀作「繫」音。〈舟中〉「結纜排魚網」之「結」字，讀作「結」即可。據此，「如」字當非衍字。

泛江送魏倉曹還京，因寄岑中允參、范郎中季明

遲日深江水，輕舟送別筵言泛江送魏。

帝鄉愁緒外，春色淚痕邊下句因上句，因送魏還京而動故鄉之思耳。舊註指玄
宗、肅宗葬事，[367]非也。

見酒須相憶，將詩莫浪傳囑魏之詞。

若逢岑與范，為報各衰年託魏之詞。

　　○言魏得歸，而己不得歸，故還至京，與故鄉宴樂，不可不思我之愁也。「莫
浪傳」者，防不知己也。報岑、范者，為知己也。

登牛頭山亭子

路出雙林外亭之所經，亭窺萬井中亭之所瞰。

江城孤照日，山谷遠含風登亭所覽之景。

兵革身將老，關河信不通登亭所感之情。

猶殘數行淚，忍對百花叢言己登亭客懷之悲，總結上文。

送何侍御歸朝公自注：李梓州泛舟筵上作[368]

舟楫諸侯餞言李泛舟送何，車輿使者歸言何乘軺還朝。

山花相映發，水鳥自孤飛此聯即景寓情。上見還京者眾，下見己獨淹留。

春日垂霜鬢，天隅把繡衣言己年老客中、不忍別何之情。

故人從此去，寥落寸心違承上申言別後之情。

367　《集千家註批點補遺杜詩集》說：「（黃）鶴曰『帝鄉愁緒外，春色淚痕邊』，謂玄
　　宗、肅宗是年三月葬也。」（卷九，頁798）

368　《杜工部集》，卷十二，頁535。

數陪李梓州泛江，有女樂在諸舫，戲為豔曲二首

上客迴空騎指眾客，佳人滿近船指伎。

江清歌扇底，野曠舞衣前言歌舞，貼「佳人」。

玉袖凌風並言對舞，貼「野曠」，金壺隱浪偏「隱」，猶避也。船欹於浪，故壺亦因之而偏，貼「江清」。

競將明媚色，偷眼豔陽天言眾客之留情於伎也。

白日移歌袖謂舞，清霄近笛牀謂吹笛。

翠眉縈度曲謂歌，雲鬢儼分行謂列侍。或曰謂對舞。

立馬千山暮見宴樂之久，迴舟一水香見携伎之妙。二句壯而麗。

使君自有婦古樂府全語，莫學野鴛鴦前結兼戲眾客，此結獨戲李梓州也。《室中語》云：一日有坐客問公曰：余用古人一句可乎？公曰：然，如少陵「使君自有婦」、「而無車馬喧」之類是也。³⁶⁹瑗按：名家用古人全語亦多，但古人得意之警句，不可竊取。若此類，則是因文勢之來，興之所至，適與己會，偶爾就句成章，固無害也。

惠義寺送王少尹赴成都分得峯字

苒苒谷中寺見山中有寺，娟娟林表峯見寺外有山。

欄杆上處遠見寺之高，結構坐來重見寺之盛。

騎馬行春徑見游之時，衣冠起暮鍾見游之久。

---

369 大通版若干文字模糊錯訛，今據國圖版文字為之標點（另亦可參〈前言〉說明）。此外，宋‧魏慶之《詩人玉屑》「相襲」則曾說：「一日，有坐客問公曰：全用古人一句可乎？公曰：然，如杜少陵詩云『使君自有婦』、『而無車馬喧』之類是也。《室中語》。」見《文淵閣四庫全書》，第1481冊，卷八，頁140。「而無車馬喧」，見《陶淵明集校箋‧飲酒詩》（臺北：里仁書局，2007年）其五，卷三，頁253。

雲門青寂寂總結上文，**此別惜相從**公草堂在成都，故惜不得相從也。

　　○此詩惟尾句明言送王。

送韋郎司直歸成都公後有〈投梓州幕府，兼簡韋郎〉絕句一首，[370]是韋乃梓州幕下郎官，暫還成都耳。舊注謂韋亦避難者，故言同病，[371]非是

竄身來蜀地，同病得韋郎言己來蜀而遇韋也。

天下兵戈滿來蜀之由，**江邊歲月長**來蜀之久。

別筵花欲暮，春日鬢俱蒼言送韋之時鬢俱蒼，應「同病」。

為問南溪竹，抽稍合過牆公自注：余草堂在成都西郭浣花里。[372]按：前〈送竇九〉詩結云：「我有浣花竹，題詩須一行。」[373]亦此意。

東津送韋諷攝閬州錄事

聞說江山好言閬之勝，**憐君吏隱兼**言韋之賢。

寵行舟遠泛言韋之榮，**惜別酒頻添**言己之情。

推薦非承乏攝本承乏，反稱其賢，**操持必去嫌**稱其執守。

他時如按縣，不得慢陶潛公自比也。劉云：自是丈人行語，今人小兒必怪。[374]

370　〈投簡梓州幕府，兼簡韋十郎官〉，見《杜工部集》，卷十二，頁523。

371　《王狀元集百家註編年杜陵詩史》說：「洙曰：以避難奔走入蜀，故言『竄身』。韋亦避難者，故『同病』。」（卷十九，頁634）

372　《杜工部集》作「余草堂在成都西郭」（卷十三，頁560）。

373　〈送竇九歸成都〉，見《杜詩詳注》，卷十二，頁1025。

374　《集千家註批點補遺杜詩集》，卷九，頁805。

巴西驛亭觀江漲，呈竇使君

宿雨南江漲先言「宿雨」，以見江漲之由，波濤亂遠峯山亦「波濤」，以見宿雨之甚。

孤亭凌噴薄獨言驛亭，貼第二句，萬井逼春容槩言巴郡，貼第一句。

霄漢愁高鳥貼「宿雨」，泥沙困老龍貼「江漲」。

天邊同客舍，携我豁心胷結言同竇觀漲之興。

其二

轉驚波作惡，即恐岸隨流起言江漲轉劇之危，旅況不言可知。「轉」字，喚前詩意。

賴有盃中物自慰之詞，還同海上鷗自憐之詞。兩句，意打上聯。

關心小剗縣，傍眼見楊州疑是因江漲而動吳越之興耳。不然，當時必有指。

為接情人飲「情人」，指竇。「飲」，貼「盃中物」，朝來減片愁承上句而結通篇之意。

又呈竇使君

向晚波微綠言漲退，連空岸却青言雨止。二句驛中所見之景。

日兼春有暮日暮，貼「晚」字，愁與醉無醒應在下二句。驛中所感之情，每一句而有二意，句法之妙者也。

漂泊猶盃酒「漂泊」，貼「愁」；「盃酒」，貼「醉」，躊躇此驛亭應在下。

相看萬里別貼「躊躇」，同是一浮萍貼「漂泊」。

　　○此上三章：其景則一章言江漲，二章言漲盛，三章言漲退，以漸而殺也；其情則一章言愁豁，二章言愁減，三章言愁甚，以漸而劇也。

行次塩亭縣聊題四韻奉簡嚴遂州、蓬州二使君、諮議諸昆季

馬首見塩亭，高山擁縣青。

雲溪花淡淡，春郭水泠泠四句言行次所見之地與景。

全蜀多名士指「諮議諸昆季」，嚴家聚德星指二嚴使君。

長歌意無極，好為老夫聽結欲諸君因詩而體悉乎己。後四句奉簡之意。

倚杖公自注：塩亭縣作[375]

看花雖郭外，倚杖即溪邊「倚杖」，貼「看花」；「溪邊」，貼「郭外」。

山縣早休市貼「郭」字，江橋春聚船貼「溪」字。

狎鷗輕白浪江中之物，歸鴈喜青天春日之物。二句即所見之景物，喻己之漂泊而不得歸也。

物色兼生意「生意」，貼「花」字。「物色」，總貼上眾景，淒凉憶去年言去年嘗倚杖看花於此，今猶未歸，故發淒凉之歎。

陪王漢州留杜綿州泛房公西湖房綰罷相，出刺漢州，時鑿城西為池

舊相恩追後言房相之恩在漢，為後人所追思也，春池賞不稀西湖游賞之盛，即是後人追思房相之恩。

闕庭分去聲未到「分」，不分也，如「不分桃花紅勝錦」之「分」字。[376]「未到」，猶未終也，舟楫有光輝言房公罷相，來刺漢州，雖不終在闕庭為可分，而恩在漢州西湖，為後人追思遊賞之盛，其榮多矣。○四句，詠房公西湖。

375 《草堂詩箋》有「塩亭縣作」諸字（卷二十一，頁529）。

376 〈送路六侍御入朝〉，見《杜工部集》，卷十二，頁531。

鼓化尃絲熟，刀鳴繪縷飛二句言筵之饌，亦湖中所有之物也。

使君雙皂蓋指王與杜，灘淺正相依後四句，言王留杜泛湖之情也。

柑園公後有〈章梓州橘亭〉七言律詩一首云：「秋日野亭千橘香。」[377]此「柑園」，疑即章梓州之橘亭也

春日清江岸言園所在。「春日」，紀時，千柑二頃園言園之廣。下皆承「柑」字言。

青雲羞葉密，白雪避花繁言枝葉之美盛。

結子隨邊使，開筒近至尊言柑入貢。

後於桃李熟，終得獻金門承上聯言，後三句寓意。

臺上得凉字

改席臺為迥謂移席於臺，而高爽見宴之地，留門月復光謂留連於門，而月上見宴之久。

雲霄遺暑濕，山谷進風凉貼臺迥。

老去一盃足，誰憐屢舞長言宴之情。

何須把官燭，似惱鬢毛蒼貼月光。

隨章留後新亭會送諸君

新亭有高會言餞會之處，行子得良時言行期之佳。

日動映江幕新亭之幕，風鳴排檻旗行子之旗。二句亭中所見之景。

---

377 〈章梓州橘亭餞成都竇少尹得凉字〉，見《杜工部集》，卷十二，頁541。

絕葷終不改，勸酒欲無詞座中必有齋戒而善飲者。二句會餞行子之事。

已墮峴山淚「峴山」，在襄陽。當是會送諸君往襄，故以為言，因題零雨詩——「零雨其濛」，[378] 周公東征而歸所作之詩也。公因會送諸君而嘆己之不得歸耳。或曰《鄘》有「靈雨既零，命彼倌人。星言夙駕，說於桑田」之詩。[379] 此結蓋謂：諸君既往襄陽可悲之地，令已下淚；又復星駕而往，不可挽留，令已益可悲也。亦通。

章梓州水亭公自注：時漢中王兼道士席謙在會，同用荷字韻[380]

城晚通雲霧見亭倚城。「雲霧」見晚，亭深到芰荷見亭在水心。

吏人橋外少見有橋通亭，亭中無吏，秋水席邊多見亭中有宴，秋以紀時。○趙云：三言其事簡，四言其地勝。四句通狀亭中景物。[381] 瑗按：「亭深」以下三句，極為詠水亭之妙語。

近屬淮王至以漢·淮南王安比漢中王，高門薊子過以漢·薊子訓道士席謙。

荊州愛山簡以晉·山簡比章梓州，吾醉亦長歌公自謂也。○劉云：如此用事，自是點綴得人事好。[382] 瑗按：公〈赤甲〉詩後四句云：「荊州鄭薛寄書近，蜀客郪岑非我鄰。笑接郎中評事飲，病從深酌道吾真。」[383] 即此格也。

---

378 《詩·國風·豳風·東山》有「我來自東，零雨其濛」之句，見清·阮元校勘：《十三經注疏附校勘記》，卷八之二，頁396。

379 《詩·國風·鄘風·定之方中》，見清·阮元校勘：《十三經注疏附校勘記》，卷三之一，頁316。

380 《杜工部集》，卷十二，頁541。

381 「亭中」，《杜律趙註》作「水亭」（卷上，頁43）。

382 《集千家註批點補遺杜詩集》，卷九，頁822。

383 「真」，《杜工部集》作「貞」（卷十四，頁604）。

送元二適江左公自注：元結也[384]

亂後今相見幸其再見，[385]「亂」以紀事，秋深復遠行惜其再別，[386]「秋」以
紀時。

風塵為客日貼「亂」字，江海送君情貼「行」字。趙云：離亂之時，作客送
客，其情可知。[387]

晉室丹陽尹，公孫白帝城「丹陽」屬江左，元所適之地。「白帝」屬蜀，元所
經之地。舊謂：以溫嶠尹丹陽之忠為比元，以公孫之僭竊白帝為比藩鎮不臣者。[388]
瑗按：二句不過取「丹陽」、「白帝」對講，以見道潤遠，為下句「經過」二字張
本耳。

經過自愛惜，取次莫論兵劉云：戒其經過論兵，豈非藩鎮節度有難言者乎？[389]
趙云：戒其不可輕論時事，愛之之至矣。[390]

客舊館

陳迹隨人事，初秋別此亭二句言昔別之時景。先言「陳迹」，後言「別此」，倒
裝句法。

重來梨葉赤，依舊竹林青二句言重來之景物。

---

384 《杜工部集》無此諸字（卷十二，頁540-541）。另外，《集千家註批點補遺杜詩集》
　　有此註語（卷九，頁825）。
385 《杜律趙註》於「亂後」句下說：「幸其再見。」（卷中，頁129）
386 《杜律趙註》於「秋深」句下說：「惜其再別。」（卷中，頁129）
387 《杜律趙註》，卷中，頁129。
388 《杜律趙註》於「晉室」句下說：「晉·溫嶠尹丹陽，忠臣也，此以比元。」又於
　　「公孫」句下說：「漢·公孫述以魚復縣為白帝城，僭竊也，此以比藩鎮之不臣
　　者。」（卷中，頁129）
389 《集千家註批點補遺杜詩集》，卷九，頁826。
390 「矣」，《杜律趙註》作「也」（卷中，頁129）。

風幔何時卷憶昔別所為之事，寒砧昨夜聲歎重來所聞之事。

無由出江漢，愁緒日冥冥公屢有去蜀之志而未能，故愁緒無已也。

　　○瑗按：《唐韻》「聲」在八庚，餘在九青。少陵五言律詩失韻者惟此一首。此詩在九卷之末，或以為非少陵之作，未知是否？姑誌其疑，以竢博雅。

薄暮以下十六首閬州作

江水最深地，山雲薄暮時江山之景，暮以紀時。

寒花隱亂草，宿鳥擇深枝薄暮之景，花鳥寓意。公前有「美花多映竹，好鳥不歸山」之句，[391] 每託興於花鳥。劉云：上句似鄭谷〈亂後牡丹〉詩「賴是蓬蒿力，遮藏見太平」意也。[392]趙云：二句即景以比混俗避亂之意。[393]

舊國見何日，高秋心苦悲故鄉之思，下句兼時。

人生不再好，鬢髮白成絲衰老之歎，意承上聯。

薄遊

淅淅風生砌，團團月隱墻以「風」、「月」對起。

遙知秋鴈沒，半嶺暮雲長貼「月隱」。

病葉多先墜，寒花只暫香貼「風生」。

巴城添淚眼，今夕復秋光結又獨以客中對月之懷而致哀傷之意。言月則風可知；猶〈四牡〉詩，前以父母對言，結獨曰「將母來諗」也。[394]

---

391 〈奉陪鄭駙馬韋曲二首〉，見《杜工部集》，卷十，頁425。

392 《集千家註批點補遺杜詩集》作「『寒花隱亂草』似鄭谷〈亂後牡丹〉云『懶是蓬蒿力，遮藏見太平』意也」（卷十，頁830）。

393 《杜律趙註》作「此聯比也，即景以言混俗避亂之意」（卷上，頁64）。

394 《詩經·小雅·鹿鳴之什·四牡》，見清·阮元校勘：《十三經注疏附校勘記》，卷九之二，頁406。

閬州奉送二十四舅使自京赴任青城

聞道王喬舄，名因太史傳漢‧王喬為葉縣令，每望朔來朝。明帝怪其數來，令太史伺之。臨至，有雙鳧飛來，舉千網張之，得一舄焉。比舅之任青城。

如何碧鷄使，把詔紫微天《漢書》：方士言益州有金馬碧鷄，可祭祀致也，宣帝使王褒往祀焉。[395]比舅之使自京。

秦嶺愁回首赴任所經，涪江醉泛船餞別之處。

青城漫污雜，吾舅意悽然直言青城之陋而舅氏不悅之意也。

放船

送客滄溪縣縣屬閬州，山寒雨不開。

直愁騎馬滑，故作泛舟迴十字句。○四句放船之由。[396]

青惜峯巒過，黃知橘柚來二句曲盡泛船之景。上一字、下四字句法。[397]鮑曰：舟行湍移，景物如畫，雖速而不言速也。《林下偶談》：「錢起云『山來指樵徑，峯去惜花林』，不若子美此聯。」[398]

江流太自在，坐穩興悠哉結言放船之樂。而無騎馬之愁，自在言外。

　　○「山寒雨」承「蒼溪縣」來。三、四承「雨不開」來。後四句承「泛舟」來。此篇從頭順說，而開闔照應，脉絡分明，學者當熟讀之。

395　《漢書‧郊祀志》說：「或言益州有金馬碧鷄之神，可醮祭而致，於是遣諫大夫王褒使持節而求之。」（卷二十五下，頁1250）

396　《杜律趙註》於「送客」四句下說：「四句通見放船之由。」（卷上，頁43）

397　《杜律趙註》於「青惜」兩句下說：「五、六言放船之景。『惜』字、『知』字為眼；上一字、下四字句法。」（卷上，頁43）

398　《九家集註杜詩》說：「鮑曰：……。舟行湍移，景物如畫，雖速而不言速也。吳子良《荊溪林下偶談》：錢起云『山來指樵火，峯去惜花林』，不若子美『青惜峯巒過，黃知橘柚來』。」（卷二十五，頁1770）

對雨公閬州作此，是年有吐蕃之亂

莽莽天涯雨言雨甚，**江邊獨立時**言對雨。

不愁巴道路，恐濕漢旌旗此聯貼第一句，謂莽莽之雨，不愁道路之滑，但恐旌旗之濕耳。濕旌旗，正暗含下聯，謂戰戍警急，其旌旗不遑收捲，故為雨所濕也。道路滑，不過行旅一時之苦，故不必愁。旌旗濕，謂士卒當久戰老戍之疲，而遭此沮洳之患，寧不大可哀乎！「濕」字，深切著明，極有意味、有照應。劉作「失」，謂雨中遠道不見也。[399]諸家皆從之，謂「失」字好，豈非好奇之過邪？

雪嶺山名**防秋急，繩橋**地名**戰勝遲**二句即時事，以見對雨獨立所感之懷也。

西戎甥舅禮，未敢報恩私唐屢以公主下嫁吐蕃。結承上聯，以親戚之情言之，則華夷之不辨、控馭之無策，不待言矣。〈秦州雜詩〉：「西戎外甥國，何得近天威。」亦此意。○四句皆承第三句來。

警急公自注：時高適領西川節度使[400]

才名舊楚將，妙略擁兵機高嘗為楊州督都長史、淮南節度，故言「舊楚將」。二句稱高才略之美。

玉疊蜀山**雖傳檄，松州會解圍**貼才略。

和親知計拙，公主漫無歸。

青海今誰得，西戎實飽飛言吐蕃不念和親之好，但得土地而即去耳；則前結所謂「西戎舅甥禮，未敢報恩私」者，[401]可見其為反言諷之之意也。

---

399 《集千家註批點補遺杜詩集》作「『失』，舊作『濕』，『失』字好，謂雨中遠道不見也」（卷十，頁838）。

400 《杜工部集》作「時高公適領西川節度」（卷十二，頁539）。

401 《杜工部集・對雨》作「西戎生舅禮，未敢背恩私」（卷十二，頁538）。

王命

漢北豺狼滿，巴西道路難應在下。

血埋諸將甲貼「豺狼滿」，骨斷使臣鞍貼「道路難」。

牢落新燒棧，蒼茫舊築壇是年，吐蕃入寇，及逼京畿，旋命郭子儀禦敵。子儀久閑廢，得二十騎而行。此聯譏其無策退賊，又不能命將也。

深懷喻蜀意，慟哭望王官相如有〈喻巴蜀檄〉。公止取「喻蜀」字耳，言己仰望朝廷安撫百姓，而急遣將以退賊也。

征夫舊註：上三首皆為高適作。吐蕃入寇，高在蜀，調征夫防守，卒陷松、羅等州，故首篇有才署之稱，而下皆敗北之事，所以諷之也[402]

十室幾人在，千山空自多人少則山自多。

路衢唯見哭，城市不聞歌應上聯。四句極荒涼喪亂之嘆。

漂泊無安地結上兩聯，銜枚有荷戈應「征夫」。

官軍未通蜀意同前結，吾道竟如何言己無所歸也。

西山三首明皇還蜀後，西山列防秋三戍，民疲於役。高適嘗上疏論之，不聽。今觀少陵之詩，戍雖辛苦，然實當衝要，亦不宜罷也

夷界荒山頂，蕃州積雪邊「積雪」，謂西山。西山有松州，正當吐蕃要衝。二句言西山與夷蕃接壤，形勢高遠，見防守、轉運之難也。

築城依白帝防守之難，轉粟上青天轉運之難。

---

402 《補注杜詩》說：「詩云『十室幾人在，千山空自多』，時廣德元年吐蕃陷松、維州，高適在蜀調征夫防守，故有此作。自〈警急〉至此三首皆為高適作，所以譏其不能禦虜也。首冠以『才名舊楚將，妙署擁兵機』之句，而其下皆敗北之事，則機署可見矣。」（見《文淵閣四庫全書》，第1069冊，卷二十四，頁463）

蜀將分旗鼓，羌兵助鎧鋋言羌蜀兵將，俱不得安寧。

西戎皆和好「西戎」貼「夷」「蕃」，殺氣日相纏「殺氣」貼「兵」「將」。二句
當與前〈對雨〉結聯、〈警急〉後兩聯同看，皆議其不當和親。雖和親亦無益也。

辛苦三城戍，長防萬里秋上句因下句。

煙塵侵火井邛州有火井縣，雨雪閉松州二句貼防秋。

風動將軍幕，天寒使者裘二句貼辛苦。

漫山賊營壘，回首得無憂賊盛而常憂，此所以為防秋之辛苦。

子弟猶深入兵盡可知，關城未解圍上句為此。

蠶崖鐵馬瘦兵疲，灌口米船稀糧少。○「灌」借「鸛」音，與「蠶」對。

辨士安邊策，元戎決勝威指當時之謀臣猛將。

今朝烏鵲喜，欲報凱歌歸結承上聯，言有人如此，當戰勝也。設為喜慰之詞耳。

遣憂

亂離知又甚曰「又甚」，則前此可知，消息苦難真所憂在此，思家念國，種種
俱有。

受諫無今日言當時之君，臨危憶古人責當時之臣。趙云：所以致亂之由，與救
亂之術，盡在此也。[403]

紛紛乘白馬，攘攘著黃巾言賊之盛。

隋氏留宮室，焚燒何太頻借隋氏以言京師之陷。往日祿山陷長安，玄宗幸蜀；
是年吐蕃陷長安，代宗幸陝，故曰「頻」。○後四句，貼「亂離」「又甚」。

---

[403] 《杜律趙註》於「受諫」兩句下作「所以致亂之由，與捄亂之術，蓋在此矣」（卷
上，頁51）。

巴山

巴山遇中使，云自陝西來時代宗出幸陝。

盜賊還奔突言賊尚盛，乘輿恐未迴言君未歸。二句述中使之言。

天寒召伯樹，地濶望仙臺即陝城之景，狀流落之意。貼陝城。

狼狽風塵裏言君之困。貼乘輿未迴，羣臣安在哉責臣之罪。前詩云「臨危憶古人」，[404] 蓋稱古以愧今；此則直斥之矣。

早花

西京安穩未，不見一人來感時即事，照應在後，不必著題，未嘗離題；不必與下聯相屬，未嘗不相屬。自是可人意也。拘拘者烏足以知此？

臘月巴江曲，山花已自開上句紀時紀地，可見「早花」，應題。

盈盈當雪杏，豔豔待金梅貼「花」字。

直苦風塵暗貼首聯，誰憂客鬢摧遠客對花，宜憂衰老。今云不憂者，反言以見亂離可憂之甚也。

城上

草滿巴西綠，空城白日長。

風吹花片片，春動水茫茫劉云：漸近自然。[405]四句城上所見之景。

八駿隨天子，群臣從武皇借周穆、漢武事以比代宗幸陝。

遙聞出巡狩貼漢武事，早晚遍遐荒貼周穆事。詳語意，當時必有復出陝避亂之意。○後四句城上所感之情。

---

404 〈遣憂〉。

405 《集千家註批點補遺杜詩集》，卷十，頁846。

送李卿曄

王子思歸日「曄」，宗室之冑，故以王子稱之，**長安已亂兵**。

露衣問行在，走馬向承明漢殿名。○四句言李思歸長安而急於救君之忠。

暮景巴西僻，春風江漢清。

晉山雖自棄閬州本晉城，公時在閬州。但曰「自棄」，與「不才明主棄」之句，[406]
益微婉矣，**魏闕尚含情**四句言已流落在外而未嘗忘君。

歲暮以下十一首復還梓州作

歲暮遠為客為客之久，**邊隅還用兵**久客之由。

煙塵犯雪嶺，鼓角動江城此下二聯，皆貼第二句。而歲暮遠客之情，自在其中。

天地日流血，朝廷誰請纓言世遭兵戈之久而為國無人。

濟時敢愛死，寂寞壯心驚言己有濟難之心而不為世用。

　　○《玉露》曰：自古夷狄盜賊之禍，所以蔓延滋長，日深一日，其終或至於亡國者，皆將帥之臣玩寇以自安，養寇以自固，譽寇以自重也。故少陵詩，其於王室播遷之禍，每每深責將帥，如云「天地日流血，朝廷誰請纓」，又云「登壇名絕假，報主爾何遲」，又云「將帥蒙恩澤，兵戈有歲年。至今勞聖主，何以報皇天」，皆是意也。[407]

---

406 《孟浩然集・歲暮歸南山》，見《文淵閣四庫全書》，第1071冊，卷三，頁455。

407 《鶴林玉露》「責將帥」說：「自古夷狄盜賊之禍，所以蔓延滋長，日深一日，其終或至於亡國者，皆將帥之臣玩寇以自安，養寇以自固，譽寇以自重也。故杜少陵詩，其於王室播遷之禍，每每深責將帥。如云『將帥蒙恩澤，兵戈有歲年。至今勞聖主，何以報皇天』，又云『登壇名絕假，報主爾何遲』，又云『天地日流血，朝廷誰請纓』，又云『獨使至尊憂社稷，諸公何以答昇平』，皆是意也。」（卷三，乙編，頁175-176）

舍弟占歸草堂檢校聊示此詩<small>草堂在成都</small>

久客應吾道<small>猶云「我道蓋如是也」，</small>⁴⁰⁸<small>自慰之詞，</small>**相隨獨爾來**<small>言占獨相隨，</small>⁴⁰⁹
<small>見相念之情。</small>
熟知江路近，頻為草堂迴<small>上句因下句，見占數歸草堂。</small>⁴¹⁰
鵝鴨宜常數，柴荊莫浪開。
東林竹影薄，臘月更雖栽<small>四句檢校之事。</small>⁴¹¹

收京<small>是年郭子儀收京，代宗至，自陝</small>

復道收京邑，兼聞殺犬戎<small>言郭子儀收京退賊。</small>
衣冠却扈從，車駕已還宮<small>言羣臣扈代宗還京〇下聯因上聯。劉看「却」字太</small>
<small>深，</small>⁴¹²<small>非是。</small>
尅復誠如此<small>應第一聯，</small>扶持在數公<small>應第二聯。</small>
莫令回首地，慟哭起悲風<small>結欲豫謹其將來，不以今日之收京為喜，而以禍之復</small>
<small>萌為憂，可謂老成長慮者矣。</small>

有感五首

將帥蒙恩澤，兵戈有歲年<small>觀下句，則上句自愧。</small>
至今勞聖主<small>貼第二句，</small>何以報皇天<small>貼第一句。</small>

---

408 《杜律趙註》於「久客」句下說：「猶云『我道蓋如是』。」（卷中，頁110）
409 《杜律趙註》於「相隨」句下說：「起句自釋；二見占獨相隨。」（卷中，頁110）
410 《杜律趙註》於「熟知」兩句下說：「三、四見占數歸草堂。」（卷中，頁111）
411 《杜律趙註》於「鵝鴨」四句下說：「後四句皆言檢校之事。」（卷中，頁111）
412 《集千家註批點補遺杜詩集》作「只一『却』字，便見前此當扈從而不扈從。與收
　　京後再見官儀之喜、流落自還種種有之。此詩之妙，不可勝舉者，無不可舉」（卷
　　十，頁859）。

白骨新交戰曰「新」，則舊可知，貼第二句，**雲臺舊拓邊**可見今之為帥者，不如舊日雲臺二十八將，貼第一句。

乘槎斷消息，無處覓張騫喻當時之使臣——如李之芳等為虜所留者。兵戈之不解，將帥之無能，俱可見矣。

幽薊餘蛇豕專指一方，**乾坤尚虎狼**泛言其槩。

諸侯春不貢指藩鎮不臣者，**使者日相望**言遣使之頻。

慎勿吞青海西羌，**無勞問越裳**東夷。

大君先息戰，歸馬華山陽。

　　此章言盜賊充斥，諸侯不服，徒勞遣使東征西伐，亦無益也。但偃武脩文以來之，則可耳。《玉露》曰：春秋之時，天王之使交馳於列國，而列國之君如京師者絕少。夫子謹而書之，固以正列國之罪，而端本澄源之意，其致責於天王者尤深矣。唐之藩鎮，猶春秋之諸侯也。杜陵云：「諸侯春不貢，使者日相望。」蓋與《春秋》同一筆。[413]

洛下舟車入，天中貢賦均。

日聞紅粟腐，寒待翠華天子之旗**春**四句言百姓貢獻之多，以供天子之用。然使紅粟腐爛而不知散之於民，其奢可知矣。上富則下貧，其盜賊之起也，有由然矣。

莫取金湯固險不足恃，**長令宇宙新**日新者德。

不過行儉德，盜賊本王臣四句言人君苟不恃險而行德，則盜賊自息。若行儉德，則必散粟於民，薄取於下。下富上儉，盜賊何從而起乎？

丹桂風霜急，青梧日夜凋以桂梧之美木，比宗枝之凋零。

由來疆幹地，未有不臣朝「疆幹」字，從桂梧生來，以比當時宗室之藩鎮，以

---

413 「杜陵云」，《鶴林玉露》「諸侯藩鎮」作「杜陵詩云」（卷二，丙編，頁271）。

朝廷為根本，以藩鎮為枝幹。言藩鎮雖盛，未有不臣服者，在處置何如耳。

受鉞親賢往言不假之以權，**卑官制詔遙**言不使之驕侈。二句處置之法。

終依古封建，豈獨聽蕭韶言若能依古封建之法而處之，則唐虞之治且可興矣。豈復有不臣者乎？

胡滅人還亂，兵殘將自疑胡既殄滅，而致華人復亂；兵既殘困，而使將帥猜疑，其過當在君也。

登壇名絕假言真拜之，非特假命而已，**報主爾何遲**既以真心委任，而將帥無報效之功者，其過又在將帥也。

領郡輒無色，之官皆有詞此譏當時縉紳皆重內官而不樂外任者。

願聞哀痛詔，端拱問瘡痍由此觀之，則上所云者，皆由人君無惻怛之心耳。苟能下哀痛之詔，以天下之疾病為心，則人自不亂、將自不疑。為有司者，亦莫不以君上之心為心，而無重內輕外之私矣。

　　○此五章皆大道理、正議論，可見少陵學術之深宏，非特詩人而已。《碧溪》謂：少陵似孟子。[414]視此五章，誠無怍色。

寄賀蘭銛

朝野歡娛後，乾坤震蕩中言承平之久而忽生擾亂。

相隨萬里日，總作白頭翁四句言己與賀蘭老年遭變，相隨於患難之中也。

歲晚仍分袂別離之歡，**江邊更轉蓬**流落之悲。

勿云俱異域應五、六，**飲啄幾回同**應三、四。

　　○此篇多追述既往之事，以寫今日之懷而寄之耳。「回」，趙改作「時」，[415]非是。

---

[414] 《碧溪詩話》說：「愚謂老杜似孟子，蓋原其心也。」見《歷代詩話續編》，卷一，頁347。

[415] 《杜律趙註》作「飲啄幾時同」（卷上，頁65）。

愁坐

高齋常見野，愁坐更臨門。

十月山寒重，孤城水氣昏四句愁坐所見之景。

葭萌氏音支種迴，左擔犬戎屯「葭萌」，屬利州。「左」，鮑曰：當作「武」，見
《成都記》。[416]

終日憂奔走，歸期未敢論四句愁坐所感之情。

避地此首少陵逸詩，書市《集》本，舊並無之，見《文苑英華》。嚴滄浪曰：真
少陵語也。題下自註云：至德二載丁酉作。[417]今本文編入廣德二年甲辰作，姑仍之

避地歲時晚言其久，竄身筋骨勞言其苦。

詩書逐牆壁餘事可知，奴僕且旌旄餘人可知。

行在僅聞信消息未真，此生隨所遭行止未定。

神堯舊天下，會見出腥臊預期之詞，用以自慰。

巴西聞收京闕，送班司馬入京綿州，為巴西郡。公是年自梓州挈家往閬州，故道經綿州也

聞道收宗廟，鳴鑾自陝歸。

傾都看黃屋，正殿引朱衣四句言收京君歸之事。

416 宋・闕名集註《分門集註杜工部詩》（臺北：臺灣大通書局，1974年）說：「鮑曰：
　　《唐志》：『葭萌』，屬利州。……『左擔』疑當作『武擔』，見《成都記》。」見
　　《杜詩叢刊》，卷十三，頁951。

417 《滄浪詩話校釋・考證》（臺北：里仁書局，1987年）說：「少陵有〈避地〉逸詩一
　　首云：『避地歲時晚，竄身筋骨勞。詩書遂牆壁，奴僕且旌旄。行在僅聞信，此生
　　隨所遭。神堯舊天下，會見出腥臊。』題下公自註云：『至德二載丁酉作。』此則
　　真少陵語也。今書市《集》本，並不見有。」（頁230）

劍外春天遠，巴西勑使稀。

念君經世亂，匹馬向王畿四句言送班入京之情。

送司馬入京此是又送者

群盜至今日言亂之久，先朝忝從臣述己之事。

歎君能念主，久客羨歸秦已非不念主也，特不得歸耳。羨人即所以歎己也。「久客」，應第一句。

黃閣長司諫，丹墀有故人公曾為拾遺，故有司諫之故人也。應第二句。

向來論社稷，為話涕霑巾緊承上聯。後四句乃託班致意同寮之詞，故復有此作。

泛江以下十三首閬州作

方舟不用楫，極目總無波應題。

長日容杯酒貼「方舟」，深江淨綺羅貼「無波」。此句猶「澄江淨如練」之意。舊謂「江花色淨如綺羅」，[418] 非是。

亂離還奏樂，飄泊且聽歌二句因泛江之樂事，而有感於己之愁懷，憂中之喜。

故國流清渭，如今花正多二句因泛江之愁懷，而回思長安之景物，喜中之憂。

江亭送眉州辛別駕昇之得蕪字

柳影含雲幕亭中之幕，江波近酒壺二句言江亭送別，而景在其中。

異方驚會面，終宴惜征途二句言他鄉送別，而情自可見。「終宴」，貼「酒壺」。

---

418 《集千家註批點補遺杜詩集》說：「大觀曰：『深江淨綺羅』言江花色淨如綺羅也。」（卷十，頁869）

沙暖低風蝶，天晴喜浴鳧二句專言江亭之景。「沙暖」「浴鳧」，貼「江波」。

別離傷老大，意緒日荒蕪二句專言送別之情。貼「惜征途」。

陪王使君晦日泛江就黃家亭子二首「王使君」，閬州守也。唐以正月晦日為令節

山豁何時斷，江平不肯流欲言江平，先言山斷。

稍知花改岸，始驗鳥隨舟舟移則花改而鳥隨。二句極盡放船之景，與「青惜峯巒過，黃知橘柚來」同趣。[419]

結束多紅粉，歡娛恨白頭老對紅粉而自恨。

非君愛人客，晦日更添愁因得賢主而減愁。

有徑金沙暖，無人碧草芳暗用蘭生深林不以無人而不芳之意。

野畦連蛺蝶，江檻俯伏也鴛鴦。

日晚煙花亂，風生錦繡香「錦繡」，喻「煙花」。○六句言就黃家亭子之景。

不須吹急管，衰老易悲傷二句言登亭所感之情。

　　○前詩詠晦日泛江而結言愁不添，後詩詠就黃家亭子而結言悲傷。

江亭王閬州筵餞蕭遂州

離亭非舊國，春色是他鄉此言他鄉送別。二句一意，既曰「非舊國」，則是他鄉也。

老畏歌聲短，愁從舞曲長此言臨老送別。二句亦一意，既「畏歌聲短」，則喜舞曲長矣。四句述己之情。

---

419 〈放舡〉，見《杜工部集》，卷十三，頁551。

二天開寵餞，五馬爛生光《後漢・蘇章》：「遷冀州刺史，故人為清河太守，章行部案其姦贓。乃請太守，設酒肴，陳平生之好。太守喜曰『人皆有一天，我獨有二天』。次日，章竟以法案其罪。」[420]此但取「設酒肴，陳平生」之意以比王也。「五馬」指蕭。二句言王餞蕭之事。

川路風煙接閬、遂二州皆屬蜀，故有此句，**俱宜下鳳凰**結聯兼稱二公，但尾句有三解，未知孰是。或曰：「鳳凰」謂詔書也；或曰：黃霸治潁川，鳳凰集於郡，此以比二公為郡之治効也；或曰：此引王喬乘鳧、蕭史跨鳳以美二公不凡也。璦按：前說近是。

滕王亭子亭在玉臺觀內，王曾典此州

寂寞春山路，君王不復行起便感慨。上句因下句。

古墻猶竹色，虛閣自松聲葉夢得云：「若不用『猶』與『自』兩字，則餘八字，凡亭子皆可用，不必滕王也。此皆工妙至到，人力不可及。」[421]璦按：「古」字、「虛」字皆是眼。二句下因上法。

鳥雀荒村暮，雲霞過客情中兩聯，皆言寂寞之意。

尚思歌吹入，千騎把霓旌結追言滕王出牧時歌騎之盛，以見今日之寂寞也。

玉臺觀

浩劫因王造《道書》：惟有元始，浩劫之家。臺在觀內，故曰浩劫。起見臺是滕

420　《後漢書・蘇章傳》說：「順帝時，遷冀州刺史。故人為清河太守，章行部案其姦贓。乃請太守，為設酒肴，陳平生之好甚歡。太守喜曰：『人皆有一天，我獨有二天。』章曰：『今夕蘇孺文與故人飲者，私恩也；明日冀州刺史案事者，公法也。』遂舉正其罪。」（卷三十一，頁1107）

421　「餘八字」，《石林詩話》作「餘八言」，見《文淵閣四庫全書》，第1478冊，頁997-998。

王所造，**平臺訪古遊**此句言己遊臺之意。

綵雲蕭史駐，文字魯恭留蕭史教秦女弄玉吹簫，作〈鳳鳴〉，有鳳來止其屋，穆公為作鳳臺。太白有〈鳳臺曲〉；漢恭王在魯，好治宮殿臺樹，故以蕭史魯恭比滕王。趙云：以詩意推之，必有文書遺跡在焉。[422]

宮闕通群帝，乾坤到十洲東方朔有《十洲記》。二句言臺觀之勝。

人傳有笙鶴，時過北山頭結用周靈王太子晉緱山事，見滕王之神，時來遊於此也。

　　○後三聯，皆承「訪古」而言。

渡江

春江不可渡，二月已風濤「二月」貼「春」字，「風濤」貼「不可渡」。

舟楫欹斜疾，魚龍偃臥高二句承「風濤」言。

渚花張素錦，汀草亂青袍二句江中之景。公〈送表姪王砅〉古詩一聯云「水花笑白首，春草隨青袍」，[423]蓋取庾信〈哀江南賦〉「青袍如草」語。[424]

戲問垂綸客，悠悠見汝曹二句江中之事。

　　○前四句，言春江之惡，冒險而渡；後四句，言江景之勝，釣客之樂也。

暮寒

霧隱平郊樹暗言暮意，**風含廣岸波**暗言寒意。

沉沉春色靜貼第一句，**慘慘暮寒多**貼第二句。

---

422 《杜詩趙次公先後解輯校》作「以詩意推之，滕王必有文書遺跡在焉」（丙帙卷之十，頁607）。

423 〈送重表姪王砅評事使南海〉，見《杜工部集》，卷八，頁336。

424 庾信〈哀江南賦〉有「青袍如草，白馬如練」之語，見清・陳元龍編《歷代賦彙》（南京：鳳凰出版社，2004年），卷四，頁576。

戍鼓猶長擊見亂之久，林鶯遂不歌禽鳥如此，則人可知。二句言今日遭亂之苦。
忽思高宴會，朱袖拂雲和「雲和」，琴瑟也。二句追想昔日長安宴遊之樂。

　　○前四句，暮寒之景。後四句，暮寒所感之情。

遊子趙云：公時欲南下，而尚在巴蜀，故是篇有留滯之歎[425]

巴蜀愁誰語言居蜀無知己，吳門興杳然言思吳而不遂。○公前有詩曰：「厭蜀
交遊冷，思吳勝事繁。」[426]即此意也。

九江春草外貼第二句，三峽暮帆前貼第一句。○「九江」「三峽」正是南下所
經也。

厭就成都卜用嚴君平事，休為吏部眠用畢卓事。此聯貼第一句。趙云：公意厭
往成都，言休為酒而眠，更留滯於此。[427]

蓬萊如可到，衰白問神仙貼第二句。趙云：非止南下遊吳而已，蓬萊仙山可
到，則亦往矣。[428]○瑗按：結聯雖若推開說，其實從前通篇之意來，言蜀既不可
居，吳又不能去，於是因想蓬萊之仙山耳。

雙燕

旅食驚雙燕，銜泥入此堂「旅食」，公自謂也。「銜泥」以下五句，皆承「雙
燕」講。

425　《杜詩趙次公先後解輯校》，丙帙卷之九，頁586。

426　「厭」，《杜工部集·春日梓州登樓二首》作「猒」（卷十二，頁528）。

427　《杜詩趙次公先後解輯校》作「公意已厭住成都，言休為酒而眠，更留滯於此」
　　　（丙帙卷之九，頁586）。《九家集註杜詩》也說：「趙云：公意已厭住成都，言休為
　　　酒而眠，更留滯於此。」（卷二十五，頁1783）

428　《杜詩趙次公先後解輯校》，丙帙卷之九，頁586。

應同避燥濕海邊濕，南國燥，燕之來此，蓋避濕而就燥也。「應同」謂己旅食於此亦與燕同。寓避亂之意，**且復過炎涼**燕經夏秋而去，故曰「過炎涼」。

養子風塵際言燕客居之苦，**來時道路長**言燕來客之難。

今秋天地在，吾亦離殊方言燕既去此堂而己亦不能久居於此。應「旅食」。

　　○時公欲出峽，故託物以寫己意。

百舌「百舌」者，反舌也，能反覆其舌，隨百鳥之音，春囀夏止

百舌來何處，重重祇報春中兩聯，申言「報春」。起便寓怪異諷諭之意。

知音兼眾語讒人之譖，無所不至，**整翮豈多身**讒佞害事，豈在多人？

花密藏難見貼第四句，有「為鬼為域」之意，[429]**枝高聽轉新**貼第三句，有「言如簧」之意。[430]

過時如發口，君側有讒人《周書‧月令》云：芒種之日，螳螂生。又五日，鵙始鳴。又五日，反舌無聲，是謂陰息。反舌有聲，佞人在側。少陵結句用此。昔黃山谷初讀此詩，不解結句之意，及讀《周書‧月令》而後得之。[431]可見作詩，亦不可不多讀書也。

429　《詩‧小雅‧何人斯》有「為鬼為域，則不可得」之句，見清‧阮元校勘：《十三經注疏附校勘記》，卷十二之三，頁455。

430　《詩‧小雅‧巧言》有「巧言如簧，顏之厚矣」之句，見清‧阮元校勘：《十三經注疏附校勘記》，卷十二之三，頁454。

431　宋‧黃庭堅《山谷外集》說：「余讀《周書‧月令》云『反舌有聲，佞人在側』，乃解老杜〈百舌〉『過時如發口，君側有讒人』之句。」見《文淵閣四庫全書》，第1113冊，卷九，頁442；另亦可參《諸家老杜詩評》，見《杜甫詩話六種校注》，卷三，頁47。最後，《諸家老杜詩評》亦曾云：「周公時訓曰：『反舌有聲，讒人在側。』『過時如發口，君側有讒人』，蓋用此語。」見《杜甫詩話六種校注》，卷四，頁78。

別房太尉墓房琯赴召，道卒於閬州僧舍。此赴蜀時哭別之作也

他鄉復行役，駐馬別孤墳上句見別墓之由。

近淚無乾土，低空有斷雲二句言哭別之意。劉云：鍾情苦語，著「低」「近」
二字，惟孟東野有之。[432]

對碁陪謝傅言在生相好之情，**把劍覓徐君**言死後不忘之情。

唯見林花落，鶯啼送客聞二句一意。以「聞」「見」二字參錯押韻。本謂：別
時不見房公送客，唯有落花啼鳥耳。與「岸花飛送客，檣燕語留人」同意。[433]但彼
言人情之薄，此言死生之隔也。

杜律五言補註卷之二

---

432 《集千家註批點補遺杜詩集》，卷十，頁895。
433 〈發潭州〉，見《杜工部集》，卷十八，頁784。

杜律五言補註　卷之三

新安　汪瑗　玉卿　補註

自閬州領妻子却赴蜀山行三首公出峽之計未遂，因聞嚴武再鎮成都，遂歸草堂

汩汩避群盜，悠悠經十年起見避地之久。[434]

不成向南國前此屢思南下遊吳而竟未遂，復作遊西川言「却赴蜀」。

物役水虛照言身為物所役，水亦徒相照，不得優游觀賞也，魂傷山寂然二句山行之景，而有自愧自悲之意，情詞悽惋可誦。劉云：「物役」不成語，[435]非也。趙云：見再入蜀，甚非得已。[436]

我生無倚著，盡室畏途邊二句山行之情。「盡室」，貼「領妻子」。「畏途」字，出《莊子》。

長林偃風色，迴復意猶迷趙云：第二句，以再入蜀，非本心故也。[437]

衫裛翠微潤，馬銜青草嘶。

棧懸斜避石，橋斷却尋溪趙云：此聯盡途中斜側登降之態。[438]

何日兵戈盡，飄零愧老妻此詩惟結聯與第二句言赴蜀之情；餘皆言山行之景。

　　○趙云：工部以蜀中人情冷落，故欲遊吳。二詩皆黯然有愁歎之意，可見再依嚴武非其本心。[439]

行色遞隱見，人煙時有無劉云：得高下之趣。[440]趙云：盡途中旅行出沒、村落遠行之意趣。[441]

---

434 《杜律趙註》於「汩汩」兩句下說：「起見避地之久。」（卷上，頁66）

435 《集千家註批點補遺杜詩集》，卷十，頁894。

436 《杜律趙註》於「物役」兩句下說：「五六見再入蜀，甚非得已。」（卷上，頁66）

437 《杜律趙註》，卷上，頁66。

438 《杜律趙註》，卷上，頁66。

439 《杜律趙註》作「工部本以蜀中人情冷落，欲遊吳。二詩皆黯然有愁嘆之意，可見再依嚴武非其本心」（卷上，頁66）。

440 《集千家註批點補遺杜詩集》，卷十，頁894。

441 「旅行」，《杜律趙註》作「行旅」（卷上，頁66）。

僕夫穿竹語，稚子入雲呼見行色之隱。

轉石驚魑魅，抨弓落狄鼮見人煙之無。

真供一笑樂，似欲慰窮途結承五、六言。

　　　趙云：後六句，言從者沿途嬉弄，忘行役之勞，以自慰也。[442]

　　　○瑗按：三詩皆佳而亦有章法存乎其間。首章，山水總泛言也；後二章，皆詳
言山水之曲折也。第二結，承首結「盡室」字來；第三結，承首結「畏途」字來。
一題而作數首者，不可不知此法。

歸來此下二十六首，歸成都草堂，並在嚴公幕府中作

客裏有所適追昔日去草堂，歸來知路難言今日歸草堂。

開門野鼠走韓有「廟開鼯鼠叫」之句，[443]本此，散帙壁魚乾「壁魚」，書中蟲
也。二句見有所適之久。

洗杓開新醞，低頭著小冠一作「拭小盤」。二句言歸來之樂。

憑誰給麴蘗，細酌老江干承第五句，言公歸草堂實為嚴鄭公也。結聯雖若泛
言，而實致望於嚴鄭公耳。

過南隣朱山人水亭瑗按：公前在成都〈南隣〉詩云「錦里先生烏角巾」、[444]
〈絕句〉云「梅熟許同朱老喫」，[445]即此人也

相近竹參差，相過人不知言南隣往來之僻。

442 「後」，《杜律趙註》作「此」（卷上，頁67）。

443 韓愈〈郴州祈雨〉有「廟開鼯鼠叫」之句，見《五百家注昌黎文集》，參《文淵閣
　　四庫全書》，第1074冊，卷九，頁186。

444 〈南鄰〉，見《杜工部集》，卷十一，頁472。

445 〈絕句四首〉，見《杜工部集》，卷十三，頁578。又，其一詩尾有原注曰「朱、阮
　　劍外相知」（卷十三，頁578）。

幽花欹滿樹，曲水細通池言水亭景物之幽。

歸客村非遠「歸客」，公自謂也。「村非遠」，貼「相近」，殘樽席更移下句因上句，固見主人好客之情，亦見客戀主人之意。

看君多道氣，從此數追隨承上句，言山人不俗如此，當常來相訪也。《玉露》曰：士之閒居野處，必有同道同志相與往還，故有以自樂。陶淵明〈移居〉詩云：「昔欲居南村，非為卜其宅。聞多素心人，樂與數朝夕。」又云：「隣曲時來往，抗言談在昔。奇文共欣賞，經義相與析。」則南村之隣，豈庸庸之士哉！李太白〈尋魯城北范居士誤落蒼耳中〉詩云：「忽憶范野人，閒園養幽姿。」又云：「還傾四五酌，自詠〈猛虎詞〉。近作十日歡，遠為千載期。風流自簸蕩，謔浪偏相宜。」夫「范野人」云者，固可人之流也。杜少陵在錦里，亦與南隣朱山人往還，其詩曰「錦里」云云，又曰「相近竹參差」云云，所謂「朱山人」者，亦非常流矣。[446]

過斛斯校書莊二首公自註：老儒艱難，時病於庸蜀，歎其歿後，方授一官。[447]瑗按：前有〈聞斛斯六官未歸〉一首，[448]此云「歿後方授一官」，謂歿後加秩耳

446 《鶴林玉露》「閒居交遊」作「自古士之閒居野處者，必有同道同志之士相與往還，故有以自樂。陶淵明〈移居〉詩云：『昔欲居南村，非為卜其宅。聞多素心人，樂與數晨夕。』又云：『鄰曲時來往，抗言談在昔。奇文共欣賞，疑義相與析。』則南村之鄰，豈庸庸之士哉！杜少陵在錦里，亦與南鄰朱山人往還，其詩云：『錦里先生烏角巾，園收芋栗不全貧。慣看賓客兒童喜，得食階除鳥雀馴。秋水纔深四五尺，野航恰受兩三人。白沙翠竹江村暮，相送柴門月色新。』又云：『相近竹參差，相過人不知。幽花欹滿逕，野水細通池。歸客村非遠，殘尊席更移。看君多道氣，從此數追隨。』所謂『朱山人』者，固亦非常流矣。李太白〈尋魯城北范居士誤落蒼耳中〉詩云：『忽憶范野人，閒園養幽姿。』又云：『還傾四五酌，自詠〈猛虎詞〉。近作十日歡，遠為千歲期。風流自簸蕩，謔浪偏相宜。』想范野人者，固亦可人之流也」（卷一，乙編，頁134）。

447 《杜工部集》，卷十三，頁569。

448 《杜工部集》作〈問斛斯六官未歸〉（卷十一，頁488）。

此老已云歿，鄰人嗟未休_{起見斛斯之賢，死後為人追思。}

竟無宣室召_{言在生之艱難，}徒有茂陵求_{言歿後方授一官。}

妻子寄他食_{「食」，疑作「舍」字。「寄他舍」，全語見〈孔融傳〉，}園林非昔遊_{此聯言歿後妻子之流離、園林之零落。}

空餘繐帷在，淅淅野風秋_{結言物在人亡，以寓寂寞之歎。}

燕入非傍舍，鷗歸只故池。

斷橋無復板，臥柳自生枝_{四句敘斛莊景物之寥落，以寓寂寞之歎。或曰：首聯見禽鳥有戀主之意。}

遂有山陽作_{晉·向秀經山陽嵇康故居，作〈思舊賦〉。借以比己之詩，}多慚鮑叔知_{見作詩之由。}

素交零落盡，白首淚雙垂_{結又泛言朋友喪亡罄盡，斛斯自在其中。後四句，言己過斛莊之情。}

寄邛州崔錄事

邛州崔錄事，聞在果園坊_{「果園坊」在成都，見崔所在。}

久待無消息，終朝有底忙_{怪崔久不見訪。}

應愁江樹遠，怯見野亭荒_{表崔不肯見訪之由。}

浩蕩風塵外，誰知酒熟香_{邀崔見訪之意。}

長吟

江渚翻鷗戲，官橋帶柳陰。

波飛競渡日_{貼「江」字，}草見踏青心_{貼「橋」字。○四句言景。}

已撥形骸外，真為爛熳深_{「爛熳」猶言懶散。}

賦詩新句穩，不覺自長吟_{○四句言懷。}

軍中醉飲寄沈八、劉叟

酒渴愛江清，餘甜漱晚汀「餘甜」，貼「酒渴」；「漱晚汀」，貼「愛江清」。

軟沙欹坐穩，冷石醉眠醒承首聯言。

野膳隨行帳言宴軍中，華音發從伶言宴有樂。

數盃君不見指沈、劉，本謂不見君，醉已遣沈冥前六句述軍中醉飲；結聯述寄沈、劉之懷。始終不離醉飲意。但用二「醉」字，頗覺重疊。

　　○《文苑英華》作暢當之詩；黃伯思註《杜集》，編作少陵詩，似也。今書市《集》本皆有之，未敢削去。姑誌其說，以竢博雅。

村雨此自院中還西郭茅舍作

雨聲傳兩夜紀雨之多，寒事颯高秋秋固寒時，亦因雨故。

挈帶看朱紱，開箱覩黑裘「挈」，一作「攬」。言寒事。

世情只益睡，盜賊敢忘憂言夜懷。

松菊新霑洗，茅齋慰遠遊言雨景。

倦夜

竹涼侵臥內，野月滿庭隅以風月詠夜景。[449]

重露成涓滴，稀星乍有無以星露詠夜景。[450]

暗飛螢自照，水宿鳥相呼以螢鳥詠夜景。[451]

萬事干戈裏，空悲清夜徂以世事詠夜懷。

449　《杜律趙註》於「竹涼」兩句下說：「起以風月詠夜景。」（卷中，頁95）

450　《杜律趙註》於「重露」兩句下說：「次以星露詠夜景。」（卷中，頁96）

451　《杜律趙註》於「暗飛」兩句下說：「又以螢鳥詠夜景。」（卷中，頁96）

○起句「侵臥內」，貼「倦」字；尾句直言「夜」字，喚起一篇所言之景；中乃鋪敘，法度森然，非苟作者。劉謂：第三聯皆比興。[452]恐未然也。若深求之，則前六句皆可比興，豈獨螢、鳥哉？

樹間

岑寂雙柑樹，婆娑一院香以千萬言之，則雙樹為少，故曰「岑寂」；以孤特言之，則雙樹為多，故曰「婆娑」。

交柯低几杖言柯之長。「交」貼「雙」字，**垂實礙衣裳**言實之盛。○此聯下三字暗含尾句坐於樹間之意。

滿歲如松碧借松以比柯色之碧，**同時待菊黃**借菊以比實色之黃。

幾回霑夜露，乘月坐胡床言己常於月露之夜而偃息樹間。此雙柑之所由賦也。

送舍弟穎赴齊州三首

岷嶺南蠻北，徐關東海西言弟所發、所赴之處，見道路遼遠。為下句起也。或以上言己之所在，為五、六張本；下言弟之所在，為三、四張本。亦通。

此行何日到承上聯言，**送汝萬行啼**承「此行」言。

絕域惟高枕，清風獨杖藜此聯敘己客中臥病寥廓之懷，見弟舍己而去也。「惟」「獨」二字要重看，不必他處。

危時暫相見，衰白意都迷時危年老，暫聚遽離，此所以心意迷亂也。

風塵暗不開，汝去幾時來世亂道阻，不能卒來也。下皆承前二句言。

---

452 《集千家註批點補遺杜詩集》說：「『暗飛螢自照，水宿鳥相呼』，以為賦景則淺，以為興比則長。」（卷十一，頁948）

兄弟分離苦，形容老病催兄弟分離，人皆有之，但老病相催，恐不能待弟之來，此所以為苦也。

江通一柱觀，日落望鄉臺此聯述己所寓之地，為下聯起，見己常於此地，而望弟之來也。

客意常東北，齊州安在哉「東北」，即前首起聯之「東」、「北」字，言己常自蜀而望齊也。承上聯言。○後四句，蓋豫言別後相思之情。

諸姑今海畔，兩弟亦山東「兩弟」謂觀、豐也。此聯為下句起，見穎赴齊之事。

去傍干戈覓言往覓諸姑兩弟也，來看道路通此句豫為喜幸之詞。

短衣防戰地，匹馬逐秋風此言慎其去也。貼第三句。

莫作俱流落，長瞻碣石鴻「碣石」，海畔之山，齊州近海。此言望其來也。貼第四句。

　　○一章言相見之暫，二章言相望之切，三章言不可去而不來，使己徒望也。

嚴鄭公堦下新松得霑字下七首在嚴幕府作，時嚴薦公為參謀

弱質豈自負，移根方爾瞻「爾」字指松。

細聲聞玉帳時嚴武鎮蜀，故用「玉帳」字，疎翠近珠簾。

未見紫煙集，虛蒙清露霑六句上二字，俱見「新松」意。

何當一百丈，欹蓋擁高簷豫期日後之盛。

　　○此詩若無比興則已。若有比興，觀五、六所言，則嚴武待公，亦未為深厚也。

嚴鄭公宅同詠竹得香字

綠竹半含籜，新稍纔出墻見新竹意。

色侵書帙晚言讀書竹下之樂，陰過酒樽涼言開宴竹下之樂，句法與「陰益食簞涼」同。[453]

雨洗娟娟淨，風吹細細香言其可愛。

但令無剪伐，會見拂雲長意猶前結。○孫季昭《示兒編》云：花竹亦有無香者，世所共知。櫻桃初無香，退之云「香隨翠籠擎初重」，則以香言之。竹與枇杷本無香，子美云「風吹細細香」、「枇杷樹樹香」，則皆以香稱之。至於太白又以柳為有香，其曰「白門柳花滿店香」是也。若夫荊公〈梅〉詩有云：「少陵為爾添詩興，可是無心賦海棠。」豈謂海棠無香而不賦乎？[454]瑗按：太白：「梨花白雪香。」[455]世亦多言梨花不香，譏太白為謬，余嘗辨於李詩中。蓋凡物之有生意氣味者，則謂之香，奚必蘭蕙椒桂梅花而後可謂之香哉？俗儒固陋亦甚矣。

晚秋陪嚴鄭公摩訶池泛舟得溪字公自註：池在府內。蕭摩訶所開，因是得名[456]

淹泊風醒酒，船回霧起隄言泛舟宴歸之遲。上與「雲黑雨催詩」可作的對。

高城秋自落，雜樹晚相迷言時與景。「秋自落」，貼「風」字。「晚相迷」，貼「霧」字。

坐觸鴛鴦起池中之物，泛舟所致，巢傾翡翠低池上之物，繫纜所致。

---

453 《杜工部集・陪鄭廣文遊何將軍山林十首》作「陰益食簞涼」（卷九，頁386）。

454 首先，宋・孫奕《示兒編》「花竹無香」則，見《文津閣四庫全書》，第866冊，卷十，頁489。其次，「重」，《東雅堂昌黎集註・和水部張員外宣政衙賜百官櫻桃詩》作「到」，見《文淵閣四庫全書》，第1075冊，卷十，頁183；「添」，《臨川文集・與微之同賦梅花得香字三首》其二作「牽」，見《文淵閣四庫全書》，第1105冊，卷二十，頁144。最後，「枇杷」句，見《杜工部集・田舍》，卷十一，頁469；「白門」句，見《李太白全集・金陵酒肆留別》，卷十五，頁728。

455 〈宮中行樂詞八首〉其二，見《李太白全集》，卷五，頁297。

456 《杜工部集》無此諸字，卷十三，頁575。《草堂詩箋》題下有「池在府內。蕭摩訶所開，因是得名」諸字（卷二十三，頁562）。

莫須驚白鷺池中之物，蓋自況也，**為伴宿清溪**「清溪」，公自指「浣花溪」。言鴛鴦翡翠任其傾觸，而白鷺幽鳥慎莫驚飛，留與伴宿也。後四句寓意。

初冬

垂老戎衣窄言垂老非其任，故曰「白頭趨幕府，深覺負平生」，[457]**歸休寒色深**言歸休非其時。明年春，果歸溪上。

漁舟上急水，獵火著高林漁獵之樂，初冬之事也。

日有習池醉，愁來梁甫吟。

干戈未偃息，出處遂何心有日醉之樂而猶抱愁吟之懷者，蓋以亂世出仕，垂老戎衣，非其本心也。與前結皆有「去幕府而歸草堂」之意。趙謂：公以諸葛自比，[458]非也。

觀李固請司馬弟山水圖三首

簡易高人意指「李」，**匡床竹火爐**此見「簡易」。

寒天留遠客見李好事，**碧海掛新圖**留客之事。

雖對連山好，貪看絕鳥孤極盡看山之趣，豈獨觀畫？

群仙不愁思，冉冉下蓬壺後兩聯，承第四句言。

方丈渾連水，天台總映雲。

人間長見畫，老去恨空聞「畫」字指上聯，言徒常見人間所畫仙山而實未嘗得到。今已老矣，恐但付之空聞，畢竟不能往遊，以為恨也。

---

457 〈正月三日歸溪上有作簡院內諸公〉，見《杜工部集》，卷十三，頁575。

458 《杜詩趙次公先後解輯校》說：「『愁來〈梁父吟〉』，公以諸葛亮自比也。」（丙帙卷之十一，頁648）

范蠡舟偏小，王喬鶴不群圖必有舟與鶴，故以二事比之。

此生隨萬物，何處出塵氛後四句與前四句相喚，言己此生隨逐萬物，不能如范
蠡、王喬之出塵氛，空聞此仙山、見此圖畫而已耳。

高浪垂翻屋，崩崖欲壓床。

野橋分子細，沙岸繞微茫。

紅浸珊瑚短，青懸薜荔長。

浮查並坐得，仙老暫相將此篇全詠畫，惟結寓觀畫之興。

　　○觀三篇所賦，其圖所畫必皆仙山、仙人也。一章言主人留客觀畫，二章言己
見畫不能真遊，三章言己欲與仙老同遊。其立意亦各不同也。

正月三日歸溪上有作，簡院內諸公時自嚴武幕中歸浣花溪

野外堂依竹，籬邊水向城即溪上之景，見草堂之趣。

蟻浮仍臘味堂中之事，鷗泛已春聲水中之物。「蟻」「鷗」，借對。二句見銜盃
對景之樂。

藥許鄰人劚野外之物，書從稚子擎堂中之事。二句見洽鄰讀書之樂。

白頭趨幕府，深覺負平生結直言辭幕府歸溪上之意，以告同院諸公也。

春日江村五首

農務村村急，春流岸岸深言春日村農之務，此羨其在人者。

乾坤萬里眼，時序百年心言望歸感時之懷，此歎其在己者。

茅屋還堪賦，桃源自可尋茅屋既可居，而復思桃源者，為下聯之意也。

艱難昧生理貼第一聯，飄泊到如今貼第二聯。

迢遞來三蜀離家之遠，蹉跎又六年留滯之久。

客身逢故舊「客」字，總承上聯，發興自林泉二句言裴冕發興林泉為已作草堂
耳。趙以為少陵發興，[459]非也。

過懶從衣結，頻遊任履穿。

藩籬頗無恨，恣意向江天後四句，言己有林泉蕭散登眺之樂。雖承「林泉」字
來，而第五句不可專屬少陵也。讀者詳之。按：公有〈營屋〉詩曰：「愛惜已六
載，茲晨去千竿。蕭蕭見白日，洶洶出奔湍。」[460]即此結聯之意。

種竹交加翠，栽桃爛熳紅。

經心石鏡月，到面雪山風此即花竹風月之景，見草堂之勝，亦足以自娛。

赤管筆也隨王命，銀章印也付老翁為下聯張本。

豈知牙齒落承「老翁」言，名玷薦賢中後四句言懷。

扶病垂朱紱見仕幕府非其本心，歸休步紫苔見還草堂足以自樂。

郊扉存晚計貼第二句，幕府愧群材貼第一句。

燕外晴絲卷，鷗邊水葉開言春日之景，見草堂之勝。

鄰家送魚鼈，問我數能來言村鄰之好，見草堂不孤。後兩聯承第三句言。

群盜哀王粲，中年召賈生二句是骨子。

登樓初有作指王，前席竟為榮指賈。

宅入先賢傳指王，才高處士名指賈。

異時懷二子，春日復含情結總言之，以致懷仰之意。

　　○此上五章：一章言己飄泊之久；二章言有林泉之樂；三章言年老而不應薦；
四章言因病而辭幕府；五章即古人以自寓，此屬意所在之要旨也。趙云：此五詩首

459 《杜律趙註》說：「三、四，言因逢故交，始遂林泉之興。」（卷中，頁97）
460 「出」，《杜工部集》作「開」（卷五，頁199）。

尾開闔，始終相承，皆有意義，所謂「憂中有樂，樂中有憂」者也。讀者宜細推之。[461]

春遠

蕭蕭花絮晚，菲菲紅素輕「紅」，謂「花」；「素」，謂「絮」。

日長惟鳥雀見過客之稀，春遠獨柴荊見村居之僻。此聯句法，與前「絕域惟高枕，清風獨杖藜」同。[462]○四句言草堂暮春之景。

數有關中亂，何曾劍外清為下張本。

故鄉歸不得，地入亞夫營「亞夫營」在長安，公之故鄉也。故鄉亦為屯兵之地，則不得歸益可見矣。尾句又申言關中之亂，猶言無家可歸耳。

去蜀此下四十二首，是離成都草堂，歷戎州、渝州、忠州，居雲安之所作也

五載客蜀郡，一年居梓州。

如何關塞阻，轉作瀟湘遊趙云：此歎旅寓轉徙之勞且久，而終不能歸關中，宛轉悲壯。[463]句法與前「汩汩避群盜，悠悠經十年。不成向南國，復作遊西川」相類。[464]

萬事已黃髮，殘生隨白鷗衰老飄泊之歎。

安危大臣在，何必淚長流此固所以自慰，亦以責當時之為將相者。「大臣」泛言，不必指郭子儀。

---

461 《杜律趙注》作「此四詩首尾開闔，始終相承，皆有意義，所謂『憂中有樂，而樂中有憂』者也。讀者宜細觀之」（卷中，頁99）。

462 〈送舍弟頴赴齊州三首〉，見《杜工部集》，卷十三，頁573。「惟」，《杜工部集》作「唯」。

463 「歎」，《杜律趙注》作「嘆」（卷上，頁67）。

464 〈自閬州領妻子却赴蜀山行三首〉，見《杜工部集》，卷十三，頁562。

喜雨

南國旱無雨喜雨之由，⁴⁶⁵今朝江出雲將雨之候。⁴⁶⁶

入空纔漠漠，灑迥已紛紛見雨漸多為可喜。⁴⁶⁷

巢燕高飛盡，林花潤色分見雨遍物為可喜。⁴⁶⁸

晚來聲不絕，應得夜深聞見雨不止為可喜。⁴⁶⁹

宴戎州楊使君東樓

勝絕驚身老言地之勝，情忘發興奇言情之真。二句下因上。

座從歌伎密，樂任主人為。

重碧拈春酒，輕紅擘荔枝山谷曰「拈春酒」「擘荔枝」，此主人用歌伎為樂者
也。⁴⁷⁰瑗按：中兩聯，皆貼第二句。

樓高欲愁思，橫笛未休吹此所謂「興盡悲來，樂極哀生」也。貼第一句。

渝州候嚴侍御不到先下峽

聞道乘驄發指嚴，沙邊待至今指己。

不知雲雨散貼第一句，虛費短長吟貼第二句。四句言己候嚴不到。

---

465 《杜律趙註》於「南國」句下說：「見喜雨之由。」（卷下，頁172）

466 《杜律趙註》於「今朝」句下說：「見將雨之候。」（卷下，頁172）

467 《杜律趙註》於「入空」兩句下說：「見雨漸多為可喜。」（卷下，頁172）

468 《杜律趙註》於「巢燕」兩句下說：「見雨遍物為可喜。」（卷下，頁172）

469 《杜律趙註》於「晚來」兩句下說：「見雨不止為可喜。」（卷下，頁172）

470 《漁隱叢話》說：「『拈春酒』『擘荔支』，此主人用歌妓為樂者。」（卷十，前集，
頁200）另外《諸家老杜詩評》也曾說：「山谷云：老杜〈宴戎州楊使君東樓〉詩有
『重碧拈春酒，輕紅擘荔枝』。『拈春酒』『擘荔枝』，此主人用歌妓為樂者。」見
《杜甫詩話六種校注》，卷四，頁62。

山帶烏蠻濶，江連白帝深述下峽之形勝，見道路之遙遠。

船經一柱觀，留眼共登臨又約候於此。○四句言己先下峽，以期終相會也。

聞高常侍亡公自注：忠州作[471]

歸朝不相見悲出處之異，蜀使會傳亡痛死生之分。

虛歷金華省言生未得盡行其道，貼「朝」字，何殊地下郎實無愧於古人，貼「亡」字。

致君丹檻折言適得君臣之義，貼「朝」字，哭友白雲長言已盡朋友之情，貼「亡」字。

獨步詩名在言適雖死而不死，貼「地下」句，祇令故舊傷言已可哀而益哀，貼「哭友」句。

宴忠州使君姪宅

出守吾家姪言姪守忠州，殊方此日歡言他鄉相見。

自須遊阮舍阮咸，阮藉之姪，不是怕湖灘忠州，灘名。此聯言已留戀於此，非是怕湘灘之險，欲盡叔姪之情耳。

樂助長歌送上因下，杯饒旅思寬下因上。此聯貼第二句。

昔曾如意舞王戎，王導之姪，嘗以如意起舞，率率強為看結承上聯。言今在殊方，宴遊雖樂，畢竟與昔日家庭之樂出於自然者不同也。

　　○不以歌舞作對，而開闔抑揚，斡旋有味。前六句憂中之樂，後二句樂中之憂。

禹廟

禹廟空山裏言廟之所在，秋風落日斜言謁廟之時。

荒庭垂橘柚，古屋畫龍蛇孫莘老云：暗用橘柚、錫貢、驅龍蛇之事。[472]二句言廟中之景。

雲氣生虛壁石壁必鑿斷而後虛，虛而後雲氣生，江聲走白沙江沙必疏通而後走，走而後有聲。二句言廟外之景。

早知乘四載「早知」，猶言生知耳。「四載」，謂水乘舟，陸乘車，泥乘楯，山乘樏，疏鑿控三巴結繳上二句。

　　○瑗按：橘柚龍蛇，固廟中之所有；而荒庭古屋，又可見空山寂寞之景也。石斷水流，固言疏通之功；而雲氣江聲，又可見秋風落日之景也。

　　前四句言禹之廟，後四句言禹之功。

　　又嘗聞之師曰：中兩聯，不必深解，解亦有味；實不用事，偶然合事。如此看亦可，不如此看亦可。公〈武侯廟〉詩曰：「遺廟丹青古，空山草木長。」[473]此「橘柚」亦不過言草木，「龍蛇」亦不過言丹青耳。公〈諸葛廟〉詩又有「蟲蛇穿畫壁」之句，[474]與此「古屋畫龍蛇」句何異！

題忠州龍興寺所居院壁

忠州三峽內，井邑聚雲根言忠州城市之幽僻。

小市常爭米言市幽僻、常爭米，則俗薄可知，孤城早閉門言城幽僻、早閉門，則事少可知。

空看過客淚，莫覓主人恩有客無主，城市幽僻之陋可知。

472　《集千家註批點補遺杜詩集》說：「孫莘老云：『荒庭垂橘柚，古屋畫龍蛇。』蓋橘柚、錫貢、驅龍蛇皆禹之事，公因見世有感也。」（卷十二，頁992）

473　《杜工部集・武侯廟》作「遺廟丹青落，空山草木長」（卷十六，頁699）。

474　《杜工部集・諸葛廟》有「蟲蛇穿畫壁，巫覡醉蛛絲」之句（卷十四，頁620）。

淹泊仍愁虎，深居賴獨園愁虎獨居，旅況之蕭索可知；《佛書》有「給孤獨園」，下句見居寺。

　　瑗按：前詩忠州，[475]乃公之姪為守；此云「莫覓主人恩」，則待公之薄可知。故不久而遂去雲安也。

哭嚴僕射歸櫬「嚴」，華陰人，時節度劍南，薨於位，年四十耳

素幔隨流水，歸舟返舊京二句言「歸櫬」，公〈八哀詩〉有「飛旐出江漢，孤舟轉荊衡」之句，與此相表裏。

老親如宿昔公〈八哀詩〉有「空餘老賓客」之句。此「老親」，公自謂「老年親情」；嚴公雖死，如宿昔，不忍忘也，**部曲異平生**見不可復得如嚴公之主將也。二句言嚴公死後為人所追思。趙以上句指嚴公之母尚健如宿昔。[476]容更詳之。

風送蛟龍雨公嘗贈嚴詩，有「蛟龍得雲雨」之句。[477]貼「歸舟」。劉云：謂其化為蛟龍而風雨送之，[478]**天長驃騎營**貼「部曲」。二句言其人才武畧之妙。

一哀三峽暮言己哭嚴之情，**遺後見君情**言嚴臨死不忘乎己之意。觀此尾句，則世傳嚴武欲殺子美之說，似不足信矣。二句就對。

放船

收帆下急水，卷幔逐回灘起言放船之事，句法與前「田舍清江曲，柴門古道傍」相類。[479]雖微有不同，亦幾重復。少陵律詩首尾，每喜對偶，固以此得之，亦以此失之也。

475　〈宴忠州使君姪宅〉。
476　《杜詩趙次公先後解輯校》說：「『老親如宿昔，部曲異平生』，言嚴公有母在，棄之而去，其母之健尚如宿昔耳。」（丁帙卷之一，頁674）
477　〈奉贈嚴八閣老〉，見《杜工部集》，卷十，頁409。
478　《集千家註批點補遺杜詩集》作「謂其化為蛟龍而風送之雨」（卷十二，頁993）。
479　〈田舍〉，見《杜工部集》，卷十一，頁469。「傍」，《杜工部集》作「旁」。

江市戎戎暗，山雲淰淰寒二句言放船之景，而時在其中。

荒林無徑入，獨鳥怪人看二句言到岸之事。本當講在「已泊城樓底」之後，而豫言之耳。少陵每有此法。

已泊城樓底，何曾夜色闌結言到城之早，以見放船之速。第二聯已言晚景；此又云「何曾夜色闌」，「闌」者，殘也，謂夜尚未深耳。少陵此樣甚多，元不相背，讀者詳之。

旅夜書懷與前一時所作。前詩放船，此詩泊船

細草微風岸，危檣獨夜舟起謂泊舟於岸，帶言景耳。與下平看，非是。

星垂平野濶，月湧大江流承上「夜」字，專言景也。「垂」「湧」二字是眼。

名豈文章著，官應老病休名實因文章而著，官不為老病而休。以「豈」「應」二虛字作眼幹旋，反言以見意也。

飄飄何所似，天地一沙鷗貼上「獨」字。後四句言旅懷。

懷舊

地下蘇司業見所懷之人，親情獨有君見所懷之由。

那因喪亂後追昔離別之苦，便有死生分傷今幽明之隔。

老罷知明鏡本謂覽鏡知老，倒文與下作對，悲來望白雲前嚴歸櫬詩亦曰：「哭友白雲長。」[480]蓋暗用淵明停雲思友詩之意，見所懷之永。

自從失詞伯，不復更論文有鍾期死、伯牙不復鼓琴之意，見所懷之切。

　　○此詩每聯自相喚應，皆有哀死之意。

---

480 「哭友白雲長」，當為〈聞高常侍亡〉詩句，見《杜工部集》，卷十四，頁593。

八月十五夜月二首

滿目飛明鏡，歸心折大刀古樂府「何當大刀頭」，刀頭有環，言還也。[481]此云「折大刀」，言不得歸也。起言見月思歸不遂之情。

轉蓬行地遠趙云：「野中蓬蒿，作團而轉，此自況也。」[482]瑗按：自況固是，然下皆貼「月」而言，不應此句獨離題目。今俗中秋夜，兒童束縛穰草，使一人踏於上，二人曳之而走，謂之拖獅，此俗疑來久矣。少陵「轉蓬行地」之句，或謂此乎，攀桂仰天高此聯因月喻己遠別還家之難。承「歸心」言。

水路疑霜雪，林棲見羽毛。

此時瞻白兔，直欲數秋毫四句皆狀秋月之最明也，承「明鏡」言。

稍下巫山峽，猶銜白帝城「稍下」、「猶銜」皆言月也。

氣沉全浦暗貼「稍下」，輪側半樓明貼「猶銜」。太白：「月落西上陽，餘輝半城樓。」[483]即此句之意。少陵語簡而意盡，可見鍛鍊之功，亦不可無。

刀斗軍營警夜之器皆催曉貼「暗」字，蟾蜍且自傾貼「明」字。前六句皆先言「稍下」，而後言「猶銜」，倒裝法。

張弓倚殘魄此句意與「刀斗皆催曉」相類，言軍士張弓而守夜耳，為下句張本。劉謂：月如弓，[484]非是。「倚」，如長倚天外之倚。「殘魄」，謂將曉也。可見軍士達曙不眠之苦，亦貼「稍下」「猶銜」之意，不獨漢家營虜營「張弓倚殘魄」，亦可知矣。時與吐蕃交兵，故結及之。

---

481 唐・吳兢《樂府古題要解》「砧藁今何在」下曾說：「『砧藁今何在』，薰砧，趺也，問夫何處也；『山上復有山』，重『山』為『出』字，言夫不在也；『何當大刀頭』，刀頭有環，問夫何時當還也；『破鏡飛上天』，言月半當還也。」見《歷代詩話續編》，上冊，卷下，頁60。

482 《杜律趙註》，卷下，頁166。

483 〈古風五十九首〉其十八，見《李太白全集》，卷二，頁111。

484 《集千家註批點補遺杜詩集》說：「『張弓』，謂月如弓。」（卷十二，頁999）

○前篇言月之升，首聯言己之情，而後皆詠月；後篇言月之落，前皆詠月，而尾聯方及時事。此章法也。

雲安九日鄭十八攜酒陪諸公宴

寒花開已盡，菊蕊獨盈枝先言眾花盡，以起菊之獨存。起言九日之景物。

舊摘人頻異劉云：只一「頻」字，而上下二、三十年，無不可感，與去年今年語別，故知作者用心之苦，語不在多，[485]輕香酒暫隨見鄭攜酒。「隨」字，見陪諸公；「暫」字，見己衰老。與上「人頻異」相應，言己不久又將為異人矣。情意憯然可悲，讀之令人淚下，與「明年此會知誰健，醉把茱萸子細看」又不同矣。[486]○上句追往，下句傷今。「舊摘」「輕香」，貼「菊」字。四句大抵對菊感興，雖不言九日，而九日可知。

地偏初衣裌，山擁更登危此聯暗用九月授衣、九日登高之事。[487]「地偏」「山擁」固言攜酒之處，亦見雲安風土之殊，以寓流落之感也。

萬國皆戎馬，酣歌淚欲垂結即時以見己離鄉之由、思歸之苦也。「酣歌」，貼「酒」字。

長江二首

眾水會涪萬「涪萬」，峽中二郡名，瞿塘爭一門「涪萬」「一門」，借意倒對。二句言江水會聚經過之處。

朝宗人共挹，盜賊爾誰尊此言叛逆之徒不如江水知朝宗也。

---

485 「今」，《集千家註批點補遺杜詩集》作「明」（卷十二，頁1000）。

486 〈九日藍田崔氏莊〉，見《杜工部集》，卷九，頁395。

487 《詩·國風·豳風·七月》有「七月流水，九月授衣」之句，見清·阮元校勘：《十三經注疏附校勘記》，卷八之一，頁389。

孤石隱如馬指灩澦石。語曰：灩澦如馬，秋船莫下。[488]謂秋至水深也，高蘿垂飲猿「馬」「猿」，借對。

歸心異波浪，何事即飛翻言己不得如江水之東歸也。

浩浩終不息，乃知東極臨本謂臨東極，倒文以押韻也。

眾流歸海意，萬國奉君心此言臣民歸順之士，如江水之知歸海也。

色借瀟湘濶，聲驅灩澦深二句雄壯。

未辭添霧雨，接上遇衣襟劉云：「接上」，不可曉。「遇」，一作「過」。[489]或曰：江水得霧雨接添，而深過衣襟耳。瑗按：尾句有誤，不可強解，缺之可也。

　　○二首體裁相類，正意俱在第三句，借江之朝宗於海，欲人之尊奉乎君也。五、六詠江之景，七、八因江而感懷也。

承聞故房相公靈櫬自閬州啟殯歸葬東都有作二首房琯，河南

人，罷相，貶漢州刺史。廣德元年赴召，道病，卒於閬州。時權瘞於彼，後贈太尉

遠聞房太守不稱相而稱守，亦是書法。劉云：正是恨意。五字能言人所難言，改為「太尉」，誤矣[490]，歸葬陸渾山山在河南，起已盡題。

一德興王後，孤魂久客間「一德」，即「咸有一德」之一德。[491]謂房以一德事君，相業方成之後，遂遭謫貶。客死，久殯閬州，今方得歸，為可恨也。劉以上句謂為房玄齡之裔，[492]非是。

---

488 范成大《吳船錄》曾說：「舊圖云：『灩澦大如襆，瞿唐不可觸；灩澦大如馬，瞿唐不可下。』」見《全宋筆記》，第五編第7冊，卷下，頁75-76。

489 《集千家註批點補遺杜詩集》，卷十二，頁1002與1003。

490 《集千家註批點補遺杜詩集》，卷十二，頁1014。

491 《尚書・商書・咸有一德》有「伊尹作咸有一德」之句，見清・阮元校勘：《十三經注疏附校勘記》，卷八，頁165。

492 《集千家註批點補遺杜詩集》說：「豈元齡後耶？」（卷十二，頁1014）

孔明多故事《蜀志》：荀勖等定故丞相諸葛故事二十四篇以進。此喻房公奏議可為朝廷典故也，**安石竟崇斑**晉・謝安薨，加贈太傅。此喻房公死後追贈太尉也。上聯言屈抑於生前；下聯言褒崇於死後。公前〈過故斛斯校書莊〉云：「竟無宣室召，徒有茂陵求。」[493] 即此中兩聯之意也。

他日嘉陵淚自閬州赴河南道，必經嘉陵江，**仍霑楚水還**結言櫬經嘉陵，猶得撫棺一哭，後詩所謂「盡哀知有處」是也。

丹旋飛飛日言靈櫬之歸，**初傳發閬州**言起殯之處。

風塵終不解，江漢忽同流未靜風塵之擾，忽同流水而逝，當此亂世，可無斯人邪？

劍動新身匣趙曰：善本作「親身」，方有義。[494] 劉云：「新身」、「親身」皆不雅，必誤。[495] 瑗按：對下「故」字，作「新」是。恐是「身」字誤耳。暗用平津化劍事，喻言其死，**書歸故國樓**寓言歸葬。

盡哀知有處言櫬必經嘉陵，得一哭也，**為客恐長休**言櫬過嘉陵，哭君固有處所，而我之為客，恐長休已，如君之孤魂死於久客間，而不得生還也。

別常徵君

兒扶猶杖策見病後之態，**臥病一秋強**見病愈之時。

白髮少新洗，寒衣寬總長此聯上三字下二字，句貼「病」字。○四句，述己之懷也。

493　〈過故斛斯校書莊二首〉其一，見《杜工部集》，卷十三，頁569。

494　《九家集註杜詩》說：「趙云：師本作『親身』，方有義。」（卷二十七，頁1874）另外，《集千家註批點補遺杜詩集》亦曾云：「趙曰：善本作『親身』，方有義。」（卷十二，頁1016）

495　《集千家註批點補遺杜詩集》，卷十二，頁1016。

故人憂見及總結上四句，言常徵君憂己之病危也，**此別淚相忘**謂病不能哭別也。
各逐萍流轉彼此飄泊之嘆，**來書細作行**別後忽忘之思。○後四句，方言別意。

遣憤時郭子儀與回紇合兵破吐蕃，贈賚甚厚，府藏空竭，稅百官俸以給之

聞道花門將指回紇，**論功未盡歸**言猶求賞不已。
自從收帝里言破吐蕃而收京也，**誰復總戎機**言既藉回紇破賊收京之後，當攬其權，不然回紇亦蠻夷之類，能免蜂蠆之毒乎！
蜂蠆終懷毒喻回紇，**雷霆可震威**言天子當攬其權。
莫令鞭血地指禁中也。《漢書》：禁中，非刑人鞭血之地，**再濕漢臣衣**言既遭祿山吐蕃之禍，苟不攬回紇之權，又將不免其害也。

冬深

花葉隨天意此謂早霞有如花葉耳，故曰「隨天意」，**江溪共石根**二句言冬深之景。
早霞隨類影言其變態多端，其影隨類而呈現也。貼第一句。一、三用二「隨」字，句法意義相同，少陵往往有此病，亦當避之，**寒水各依痕**貼第二句。
易下楊朱淚，**難招楚客魂**冬深所感之情。
風濤暮不穩「暮」與「早」應，**捨棹宿誰門**所感之情在此。觀結聯，此篇當時有所適而泛江之作也。

將曉二首

石城除擊柝，鐵鎖欲開關。
鼓角悲荒塞，星河落曉山上三句言將曉之事，第四句言將曉之景。
巴人常小梗，蜀使動無還。

垂老孤帆色，**飄飄犯百蠻**「百蠻」，指上「巴」「蜀」。四句將曉所感之情。

軍吏回宮燭，舟人自楚歌將曉之事。

寒沙蒙薄霧，落月去清波將曉之景。

壯惜身名晚，衰慚應接多。

歸朝日簪笏，筋力定如何「筋力」，貼上「衰」「晚」。四句將曉所感之情。

　　○此上三篇，章法相類，皆前四句景、後四句情也。

又雪

南雪不到地，青崖霑未消見南方少雪。

微微向日薄，脉脉去人遙言雪少之狀。

冬熱鴛鴦病，峽深豺虎驕言雪少之害。趙云：雪少，故冬熱，而禽之浮弱者病；峽深，則冬凉，而獸之猛者驕。[496]

愁邊有江水，焉得北之朝結推開說，見己不忘君也。[497]○後四句比興。

送王侍御往東川放生池祖席

東川詩友合言王往東川之樂，**此贈怯輕為**言己無贈王之物。

況復傳宗近「傳宗」，謂傳詩家之宗派也。貼第一句，**空然惜別離**貼第二句。

梅花交近野言途中之景，草色向平池言放生池之景。

儻憶江邊臥，歸期願早知結欲王之念己而早還也。

496　《杜律趙註》作「見雪少，故冬熱，而禽之浮弱者病；峽深，而獸之猛暴者驕」
　　（卷下，頁168）。

497　《杜律趙註》「愁邊」兩句下說：「見不忘君。」（卷下，頁168）

懷錦水居止二首指成都草堂

軍旅西征僻，風塵戰伐多見賊之害國。

猶聞蜀父老，不忘去聲舜謳歌見民之思君。

天險終難立言蜀地險阻，盜賊終不能為害也。總結上四句，以為下句張本，柴門豈重過言不得重過錦水居止，為盜賊故也。

朝朝巫峽水，遠逗錦江波承上句而言。

　　○後三句，言懷錦水居止；前五句，見不得還錦水居止之由。

萬里橋西宅，百花潭北莊見草堂所在。

層軒皆面水，老樹飽經霜草堂近景。

雪嶺界天白，錦城曛日黃草堂遠景。○或曰：「水」言春，「霜」言秋，「雪」言冬，「日」言夏，未知是否？

惜哉形勝地「形勝」二字，總應上文，回首一茫茫結見懷之之意。

老病

老病巫山裏，稽留楚客中臨老抱病，久客殊方，其情可知。

藥殘他日裏貼「老病」，花發去年叢貼「稽留」。

夜足霑沙雨，春多逆水風即殊方之景，見旅況蕭索。

合分雙賜筆，猶作一飄蓬歎已不用於朝，而流落於野也。尾句應首聯。

雨

冥冥甲子雨，已度立春時二句憂之之詞。此起與〈人日〉詩相似。

輕箑煩相向，纖絺恐自疑形容春時寒熱不常之候，最是妙意，重在下句，謂方熱而復寒也。照題。

煙添繾有色，風引更如絲見雨之細。[498]

直覺巫山暮貼「冥冥」字，兼催宋玉悲謂當春時風雨悽然如秋也，故用宋玉事，與夏日〈納涼〉結句「歸路翻蕭索，陂塘五月秋」相類。[499]此猶微婉含蓄，情景躍如。

南楚

南楚青春異此句是骨子。「南楚」二字紀地，不□輕看，故以命題，暄寒早早分所異在此。

無名江上草，隨意嶺頭雲。

正月蜂相見，非時鳥共聞兩聯即景物以驗氣候之異。雖是混講，大約「江上」「嶺頭」貼「南楚」，「正月」「非時」貼「青春」。

杖藜防躍馬，不是故離群「躍馬」用公孫述事，言己為避亂而來南楚，非是故要離群索居也。

　　○前六句言南楚之景，結聯言客南楚之情。詳後四句，此詩當有所寄贈而作也。

子規

峽裏雲安縣，江樓翼瓦齊言客居之地，聞子規之地也。

兩邊山木合，終日子規啼上句言客居之景，見子規所啼之處也；下句方見題。

眇眇春風見，蕭蕭夜色淒「春」「夜」見子規所啼之時。二句情景慘然，見於言外。

客愁那聽此，故作傍人飛直言懷抱，總結上文。

498　《杜律趙註》「烟添」兩句下說：「見雨之細。」（卷下，頁171）

499　《杜工部集‧陪諸貴公子丈八溝携妓納涼晚際遇雨二首》作「歸路翻蕭颯，陂塘五月秋」（卷九，頁391）。

移居夔州郭

伏枕雲安縣，遷居白帝城_{見因病移居。}

春知催柳別，江與放船清_{見移居之時、景，貼第一句。}

農事聞人說，山光見鳥情_{殷璠撰《河嶽英靈集》，首列常建詩，愛其「山光悅}鳥性，潭影空人心」之句，⁵⁰⁰以為警策，不知其為少陵之緒餘也。

禹功饒斷石，且就土微平_{兩聯見移居之樂事，貼第二句。蓋未到夔而預言之耳。}

船下夔州郭宿，雨濕不得上岸別王判官

依沙宿舸船，石瀨月娟娟。

風起春燈亂_{下因上，}江鳴夜雨懸_{上因下。○四句言宿郭之時景。}

晨鍾雲外濕_{承上句「雨」字言，}勝地石堂煙_{承上句「晨」字言。二句見已不得}上岸別王判官之由。「石堂」，夔州佳處，後〈貽柳少府〉詩云「並坐石堂下，俛俯大江奔」是也。⁵⁰¹二句明白，不煩解說。趙疑有誤字，⁵⁰²亦求對偶之過耳。殊不知杜詩中聯亦往往有一、二字對偶不甚切者，不暇枚舉，遍考之自見。

柔櫓輕鷗外_{貼第一句。}趙指他舟言，⁵⁰³非是，含悽覺汝賢_{此頌王判官，憐己旅}況之蕭索也。

上白帝城_{漢‧公孫述僭據所築者，後為光武所誅}

城峻隨天壁，樓高更女墻_{言城之險，為結聯張本。}

---

500 唐‧常建：《常建詩‧題破山寺後禪院》，見《文淵閣四庫全書》，第1071冊，卷三，
　　頁433。

501 《杜工部集‧貽華陽柳少府》作「並坐石下堂，俛視大江奔」（卷六，頁216）。

502 《杜律趙註》於「晨鍾」兩句下說：「二句有誤字。」（卷上，頁69）

503 《杜律趙註》於「柔櫓」兩句下說：「言不如他舟之往來自由。」（卷上，頁69）

江流思夏后，風至憶襄王_{登城感古之情。}

老去聞悲角，人扶報夕陽_{登城傷時之情。}

公孫初恃險，躍馬意何長_{見險之不足恃也。應首聯。}

曉望白帝城鹽山

徐步移班杖，看山仰白頭_{起聯直敘。}

翠深開斷壁，紅遠結飛樓_{「翠」，言壁上之苔蘚；「樓」，言山上之雲氣。望山之景也。}

日出清江望，暄和散旅愁_{「日出」，應題「曉」字；「暄和」，含下「春」字。望山之興也。○六句，言望白塩山。}

春城見松雪，始擬進歸舟_{言欲乘時泛舟而往遊也。}

王十五前閣會

晨岸收新雨，春臺引細風_{言閣之景。}

情人來石上，鮮鱠出江中_{言會之事。}

鄰舍煩書札，肩輿強老翁_{貼「情人」。}

病身虛俊味，何幸飫兒童_{貼「鮮鱠」。}

憶鄭南玭_{「鄭南」，謂華州鄭縣之南。「玭」音「紫」，石似玉也。公嘗出牧華州，故憶之而賦}

鄭南伏毒寺，瀟灑到江心_{言寺在江中，見玭之所在。}

石影銜珠閣，泉聲帶玉琴_{見玭映帶之勝。}

風杉曾曙倚，雲嶠憶春臨_{言昔日遊寺玩玭之興與今日相憶之情。}

萬里蒼茫水，龍蛇只自深貼「江」字，與首聯相應，見今日隔遠，不得遊寺而玩珌也。「蒼茫」，一作「滄浪」，言滄浪之水徒為龍蛇深藏，不似鄭南江心之可到也，[504]非是。

奉寄李秘書文嶷二首援按：此詩大曆元年夏六月夔州作。秘書與公有親，時在雲安。公寄此詩，約其來會於夔。後八月，秘書果來夔。公有〈贈別〉五言古詩一首，讀者當參看。蓋汧國公李勉，宗室鄭惠王孫也，時為江西觀察使。秘書乃汧公之族子，時欲謁之，道必經夔，故約其早來也，觀後詩「北迴白帝棹，南入黔陽天」之句，[505]可見

避暑雲安縣言即今時固不可來，秋風早下來言至此時則宜早來。

暫留魚腹浦，同過楚王臺承第二句，言李來日當暫留於夔，相與同遊賞也。

猿鳥千崖窄言雲安之僻，如前所謂「兩邊山水合，終日子規啼」是也，[506]江湖萬里開言夔州之勝，如前所謂「禹功饒斷石，且就土微平」是也。[507]

竹枝歌未好公自註：〈竹枝歌〉，巴渝之遺音也，惟峽人善唱。[508]此言雲安之風俗亦不甚美，畫舸且遲迴承上三句，言雲安僻陋，不如夔州，何為尚且夷猶於彼而不早來邪？此又促之之意，與首聯相應。「遲迴」，猶徘徊也，夷猶不行之意。

行李千金贈此句言秘書啟行謁汧公也，衣冠八尺身此句稱秘書，後詩亦有「不

---

504 《杜詩趙次公先後解輯校》作「舊本作滄浪外，師民瞻本作滄浪水，是。……，蓋言滄浪之水徒為龍蛇之深藏，不似鄭南江心之可到」（己帙卷之八，頁1521）。

505 〈贈李十五丈別〉，見《杜工部集》，卷六，頁245。

506 〈子規〉，見《杜工部集》，卷十四，頁601。

507 〈移居夔州郭〉，見《杜工部集》，卷十四，頁603。

508 《杜工部集》無此諸字（卷十五，頁655）。另外，《王狀元集百家註編年杜陵詩史》於「竹枝」兩句下有「洙曰：〈竹枝歌〉，巴渝之遺音也，惟峽人善唱」諸字（卷二十五，頁843）。

聞八尺軀，常受眾目憐」之句。[509]

飛騰知有策，意度不無神稱秘書才器丰采之美，貼「八尺身」。

斑秩兼通貴，公侯出異人上句稱李為秘書；下句稱秘書為汧公宗室之子，貼「衣冠」，後詩亦有「汧公制方隅，迴出諸侯先」之句，[510]是「公侯」指汧公也。

玄成負文彩，世業豈沉淪漢・韋賢少子玄成，能文通經，仕至相位，後詩亦有「玄成美價存，子山舊業傳」之句。[511]結聯總上文。

熱三首

雷霆空霹靂，雲雨竟虛無見熱之由。[512]

炎赫衣流汗，低頭氣不蘇見熱之甚。[513]

乞為寒水玉，願作冷秋菰欲化物而不能。

何似兒童歲，涼風出舞雩追往事而不得。

　　○後兩聯皆承三、四言，以狀其熱之甚也。

瘴雲終不滅，瀘水復西來言雲水之不能為雨，見熱之由。

閉戶人高臥，歸林鳥却回言人物之避暑，見熱之甚。

峽中都似火見無處可逃，**江上只空雷**意猶首聯事、猶前詩起句。

想見陰宮雪，風門颯沓開公〈題省中壁〉曰「洞門對雪常陰陰」。[514]山谷曰：唐省中皆青壁畫雪。[515]結公蓋因熱而憶為拾遺之時也。

509　〈贈李十五丈別〉，見《杜工部集》，卷六，頁245。

510　〈贈李十五丈別〉，見《杜工部集》，卷六，頁245。

511　〈贈李十五丈別〉，見《杜工部集》，卷六，頁245。

512　《杜律趙註》於「雷霆」兩句下說：「見熱甚之由。」（卷下，頁175）

513　《杜律趙註》於「炎赫」兩句下說：「以人人見熱甚。」（卷下，頁175）

514　〈題省中院壁〉，見《杜工部集》，卷十，頁420。

515　《集千家註批點補遺杜詩集》，卷四，頁348。

○前結悲少不可再；此結悲位不得復。

朱李沉不冷，雕胡炊屢新即物以見熱。

將衰骨盡痛見老不禁熱，被暍味空頻見苦熱得病。「味」字貼首聯。

欻翕炎蒸景此句方說破熱，飄颻征伐人。

十年可解甲，為爾一霑巾

前四句，言己老病之苦熱；後四句，言征人久戰之苦熱。

晚晴

晚照斜初徹，浮雲薄未歸即雲日以見晚晴。

江虹明遠飲，峽雨落餘飛即江虹以見晚晴。蓋雨止而虹見，虹見而後晴。然晴中亦每有細雨飄灑，故曰「落餘飛」，非善賦者不能及此。或者以為既賦「晚晴」，又曰雨飛為不切，是拘促之見也。

鳧鶴終高去，熊羆覺自肥即鳥獸以見晚晴。蓋言鳥獸當此晚晴，得以自適；而己尚客他鄉，不自安也。

秋風客尚在承上聯看，方有意味，竹露夕微微「夕」貼起句「晚」字。此詩皆言晚晴之景，惟第八句言晚晴之懷耳。

宿江邊閣

暝色延山徑言將夜之景，貼「宿」字，高齋次水門見閣在江邊。

薄雲巖際宿貼「山」字，孤月浪中翻貼「水」字。○四句言宿江邊閣之景。「孤月浪中翻」與「月湧大江流」皆為警句。但此聯未免襲庾信「白雲巖際出，清月波中上」之句。楊誠齋謂「出」「上」二字勝矣。

鸛鶴追飛盡，豺狼得食喧。

不眠憂戰伐，無力正乾坤四句宿閣感時之情。

　　○體製與前詩同。舊註：「鸛鶴」以喻軍士；「豺狼」以喻盜賊。[516]然則前詩「梟鶴」蓋喻幽人；「熊羆」蓋喻將帥耳。

白鹽山

卓立群峯外言其高，蟠根積水邊言其大。

他皆任厚地貼「蟠根」，爾獨近高天貼「卓立」。

白牓千家邑，清秋萬估船言居民賈客集聚之盛，以見山之高大也。

詞人公自謂也取佳句，刻畫竟誰傳周顗刻畫無鹽，公因山名白鹽，遂託以喻己之詩。「刻畫」，謂己苦心作詩，求取佳句。「竟誰傳」，謂無人知其刻畫之苦心耳。然則劌目剔心，刃迎縷解，鉤章棘句，搯擢胃腎，豈獨孟郊也哉？以少陵之才，欲求句之佳，尚不能不費刻畫之力，則吾人之為詩，而鍛鍊敲推之功，其不可少也，審矣。

灩澦堆在夔州西蜀江中心，瞿塘峽口。冬水淺，則盡出；夏水長，則半沒。諺云：灩澦如象，瞿塘莫上；灩澦如馬，瞿塘莫下。[517]言其險絕，舟人常以此候之

巨石水中央見堆所在，江寒出水長言水淺時。

沉牛荅雲雨謂舟人往來沉牛而祭也，如馬戒舟航二句，言水漲時。「沉牛」「如馬」，借對。

516　《刻杜少陵先生詩分類集註》說：「『鸛鶴』比軍士，『豺狼』比盜賊。」（卷十九，頁2765）

517　范成大《吳船錄》曾說：「舊圖云：『灩澦大如襆，瞿唐不可觸；灩澦大如馬，瞿唐不可下。』此俗傳『灩澦大如象，瞿唐不可上』……」見《全宋筆記》，第五編第7冊，卷下，頁75-76。

天意存傾覆，神功接混茫言險絕，意精語壯。劉云：此坡賦之祖。⁵¹⁸
干戈連解纜，行止憶乖堂結寓飄泊之歎，言己因世亂而冒險來此也。

瞿塘懷古「瞿塘」，峽名

西南萬壑_{注言峽當衝要，}勍敵兩崖開_{言峽之形勢。}
地與山根裂_{貼第二句，}江從月窟來_{貼第一句。}
削成當白帝_{言峽之高，}空曲隱陽臺_{言峽之深。}
疏鑿功雖美_{郭璞〈江賦〉：「巴東之峽，夏后疏鑿。」⁵¹⁹此貼「懷古」，}陶鈞力
大哉<sub>結言疏鑿雖神禹之功，而形勢雄壯，則造化之力，非人之所能為也。題曰「懷
古」，則當專歸美於禹，而又推言於造化，所謂「百尺竿頭，更進一步」之法也。</sub>

陪栢中丞觀宴將士二首

極樂三軍士，誰知百戰場<sub>人但知今日宴飲之樂，而不知當時戰伐之危，非少陵
不能及此意。</sub>
無私齊綺饌_{言軍士，}久坐密金章_{言將帥。○二句貼「極樂」。}
醉客霑鸚鵡_{盃也。言陪宴者，}佳人指鳳凰_{瑟也。言侑觴者。}
幾時來翠節，特地引紅粧<sub>意與首聯相應，言今日之宴樂則樂矣。然回思百戰之
場、將士危亡之苦，蓋有令人慘然而悲者，固非狂歌痛飲之時也。何時特地引紅粧
而來此一醉乎？此要索栢中丞為主之詞也。「紅粧」，承佳人言。</sub>

繡段裝簷額_{「繡段」，樂工之額飾，舞者所用也，}金花貼鼓腰<sub>「金花」，樂器之
鼓飾，歌者所用也。</sub>

---

518 《集千家註批點補遺杜詩集》，卷十四，頁1174。
519 郭璞〈江賦〉作「若乃巴東之峽，夏后疏鑿」，見《文選》，卷十二，頁184。

一夫先舞劍貼第一句，百戲後歌樵貼第二句。「歌樵」，謂戲為樵歌之音也。

江樹城孤遠此句似為下句而設，若以為泛賦景物，頗覺撞突，與上下不相屬，雲臺使寂寥言當時出使無還者，如「乘槎斷消息，無處覓張騫」之意。[520]

漢朝頻選將，應拜霍嫖姚結承上聯，言時事，以稱柏中丞也。

〇前四句言鼓舞，以見宴飲之極樂；後四句言時事，以見將士之危亡。

覽鏡呈柏中丞

渭水流關內，終南在日邊故鄉之思。

膽消豺虎窟，淚入犬羊天世亂之感。

起晚堪從事，行遲更覺仙故為屈強之詞，以寫遲暮之歎。

鏡中衰謝色，萬一故人憐承上聯而正言之，「呈柏中丞」之意在此。趙云：衰謝之色，亦流離顛沛之久所致也。[521]

送十五弟侍御使蜀

喜弟文章進稱弟之才，添余別興牽敘己之情。

數盃巫峽酒，百丈牽船繩內江船此聯承上「別」字。

未息豺狼鬥傷世之亂，空催犬馬年歎己之老。

歸朝多便道，搏擊望秋天鷹隼至秋則搏擊，比喻御史之職也。後四句，言世亂而己老，己無能為，故望弟還朝，去小人、進君子以靖難也。

---

520 〈有感五首〉，見《杜工部集》，卷十六，頁725。

521 《杜律趙註》於「鏡中」兩句下說：「蓋此衰謝之色，亦流離顛沛之久所致之。」（卷上，頁70）

送李功曹之荊州充鄭御史判官重贈

曾聞宋玉宅，每欲到荊州言己久有遊荊之興。

此地生涯晚，遙悲水國秋。

孤城一柱觀，落日九江流中兩聯皆指荊州而言，為尾句張本，與首聯欲到之興，自不相妨也。

使者雖光彩，青楓遠自愁言李判官雖榮，而未免有他鄉遠別之愁也。

別崔渙因寄薛璩、孟雲卿公自注：內弟渙赴湖南幕職[522]

志士惜妄動，知深難固辭。

如何久磨礪，但取不磷緇兩聯皆下句解上句之意。

夙夜聽憂主，飛騰急濟時稱崔忠勇之義。

荊州遇薛孟，為報欲論詩言寄薛、孟之意。

巫峽弊廬奉贈侍御四舅別之澧朗

江城秋日落，山鬼閉門中敘弊廬寂寞之景，見客居知己之稀。

行李淹吾舅，誅茅問老翁言舅氏柱弊廬而話別也。

赤眉猶亂世見客居寂寞之由，應起聯，青眼只途窮言舅氏雖肯顧念，而亦不能振己之窮也，應次聯。

傳語桃源客，人今出處同「桃源」在朗州，故有此句，寓己隱居之志也，然實反言見己途窮而不得用耳。

雨

萬木雲深隱見雨之由，連山雨未開見雨之久。

風扉掩不定風扉因雨而開，水鳥過仍回水鳥因雨而樂。

鮫館如鳴杼鮫人不因雨而廢織，樵舟豈伐枚樵子却因雨而阻伐。

清涼破炎毒喜雨之情，衰意欲登臺覽雨之景。

雨晴

雨晴山不改或雨或晴，山形不改，晴罷峽如新既雨初晴，山色如新。

天路休殊俗「天路」指長安，言休故國而客他鄉，秋江思殺人言在他鄉而思故國。

有猿揮淚盡他鄉之感，無犬附書頻故國之思。

故國愁眉外，長歌欲損神總結中兩聯。

　　○惟起聯言雨晴之景，餘皆言雨晴所感之懷也。《玉露》謂：首聯言或雨或晴，山之體本無改變，然既雨初晴，則山之精神，煥然如新焉。朱文公〈寄胡藉溪〉詩云：「甕牖前頭翠作屏，晚來相對靜儀刑。浮雲一任閑舒卷，萬古青山只麼青。」胡五峯見之，以為有體無用，乃廣曰：「幽人偏愛青山好，為是青山青不老。山中雲出雨乾坤，洗出一番青更好。」文公用杜上句意，五峯用杜下句意，然杜只是寫物，二公皆以喻道。[523]瑗按：詩人之詞，雖曰寫物，亦不可謂全無意義、無比興也。

---

[523] 《鶴林玉露》「雨晴詩」作「言或雨或晴，山之體本無改變，然既雨初晴，則山之精神，煥然乃如新焉。朱文公〈寄籍溪胡原仲〉詩云：『甕牖前頭翠作屏，晚來相對靜儀刑。浮雲一任閑舒卷，萬古青山只麼青。』胡五峰見之，以為有體而無用，乃廣之曰：『幽人偏愛青山好，為是青山青不老。山中雲出雨乾坤，洗出一番青更好。』文公用杜上句意，五峰用杜下句意，然杜只是寫物，二公則以喻道」（卷六，乙編，頁221）。

垂白

垂白馮唐老衰謝之感，清秋宋玉悲時景之感。

江喧長少睡，樓迥獨移時謂少睡而起立，垂老之態也。

多難身何補，無家病不辭謂遭難而身病，悲秋之情也。

甘從千日醉，未許七哀詩排遣之詞，總結前意。

洞房

洞房環佩冷「冷」字，預含「風」字，玉殿起秋風。

秦地應新月，龍池滿舊宮謂月色滿宮。○四句即風月狀長安宮殿寂寞之景，為
下聯張本。一、二倒言，三、四極言。

繫舟今夜遠，清漏往時同喚前兩聯傷今追昔之意，起興懷思之由在此。[524]

萬里黃山北，園陵白露中又承上聯，言長安陵寢之寂寞。「萬里」，貼「遠」字。

　　○此詩蓋因月夜泛舟，因思長安而懷帝闕，以寓己流落之感耳。然「洞房」、
「玉殿」、「秦地」、「舊宮」、「黃山」、「園陵」字樣太多，本非佳句，但參錯開闔，
斡旋成章，悲慨之意，藹然言外，亦不失為作者。

宿昔

宿昔青門門名裏，蓬萊殿名仗數移宮中遊賞之樂。

花驕迎雜樹，龍喜出平池宮中景物之樂。

落日留王母，微風倚少兒宮中狎昵之樂，蓋指貴妃與祿山也。

宮中行樂秘，少有外人知總結上文。劉云：狎褻不凡，諷刺俱有。[525]

524　《杜律趙註》於「繫舟」兩句下說：「起興懷思之由在此。」（卷下，頁163）
525　「諷」，《集千家註批點補遺杜詩集》作「風」（卷十五，頁1215）。

能畫

能畫毛延壽漢·毛延壽善畫人形，能得其真，投壺郭舍人郭舍人善投壺，武帝常賜金帛。

每蒙天一笑，復似物皆春承上聯，言二子常蒙人君寵愛之榮。

政化平如水，皇恩斷若神。

時時用抵戲貼前四句，亦未雜風塵此詩借古以喻今，言漢武雖寵愛倡優技藝之人，而公平果斷之德，不能為其所惑，故尚不足以致亂也。若明皇既無漢武之德，而乃寵愛貴妃、祿山如此，烏能免開元、天寶之禍乎？

鬥鷄

鬥鷄初賜錦，舞馬既登牀明皇好為此戲。

簾下宮人出，樓前御柳長言宮人觀明皇之戲。

仙遊終一闋，女樂久無香。

寂寞驪山道，清秋草木黃四句言貴妃之事。

歷歷

歷歷開元事，分明在眼前指前詩所言明皇無道之事。

無端賊盜起，忽已歲時遷言明皇無道致亂之久。

巫峽西江外，秦城北斗邊。

為郎從白首，臥病數音朔秋天四句言己因亂而致流離之苦。

洛陽

洛陽昔陷沒，胡馬犯潼關<small>言祿山之亂。</small>

天子初愁思，都人慘別顏<small>言君民遭亂流離之苦。</small>

清笳去宮闕，翠蓋出關山<small>言胡既去而明皇出蜀以還京也。</small>

故老仍流涕，龍髯幸再扳<small>言明皇還京、百姓喜幸也。</small>

　　○前四句，言初亂之事；後四句，言亂定之事。

驪山

驪山絕望幸，花蕚罷登臨<small>明皇歲幸驪山，嘗建花蕚樓，為宴集之地。此言明皇既死而不復有臨幸之事也。</small>

地下無朝燭，人間有賜金。

鼎湖龍去遠，銀海鴈飛深<small>四句皆言明皇之死。「賜金」謂賞賫嬖佞之奢侈也。</small>

萬歲蓬萊日<small>謂崩於蓬萊殿中</small>，長懸舊羽林<small>漢有羽林軍。此言護陵寢者。</small>

提封

提封漢天下，萬國尚同心<small>借漢以比唐。</small>

借問懸車守，何如儉德臨<small>懸車守險，而不如修德；明皇則有賜金之侈。</small>

時徵俊乂入，莫慮犬羊侵<small>賢者在位，則邊釁不生；明皇但知嬖佞之愛。</small>

願戒兵猶火，恩加四海深<small>願戒兵戈而加恩於百姓，則萬國同心，邦本自固，險不必守，夷狄莫侵，而天下治矣。然加恩之道，亦惟脩德進賢而已矣。</small>

　　○自〈雨晴〉至此十章，皆以首二字名題，似是一時之作。後八章皆詠開元之事，頗有次第。瑗嘗謂：可與太白〈宮中行樂詞〉八章相表裏，而〈宿昔〉一章，

又絕類太白〈宮中行樂詞〉也。古之文人，亦多倣擬。如韓有〈平淮碑〉，[526] 柳有〈平淮雅〉，韓有〈進學解〉，柳有〈起廢荅〉，韓有〈送窮文〉，柳有〈韋中立論文〉，韓有〈張中丞傳敘〉，[527] 柳有〈段太尉逸事〉，[528] 韓〈送孟郊序〉用數十「鳴」字，[529] 柳作〈愚溪記〉用數十「愚」字，[530] 則少陵此八章擬太白〈宮中行樂詞〉而作，未可知也。太白作於明皇之前，故微婉其詞而諷之。少陵作於明皇之後，故直述其事而刺之。然其才力格調，可謂兩雄力相當者也。學者當並觀之。

吾宗公自注：衛倉曹崇簡[531]

吾宗老孫子，質朴古人風下皆承此句言。
耕鑿安時論，衣冠與世同美其安時處順。
在家常早起，憂國願年豐美其勸生憂國。[532]
語及君臣際，經書滿腹中美其通經知君臣大義。[533]

---

526 《韓昌黎文集校注》作〈平淮西碑〉（卷七，頁274）。另外，《五百家注昌黎文集》作〈平淮西碑奉敕撰〉，見《文淵閣四庫全書》，第1074冊，卷三十，頁452。

527 《韓昌黎文集校注》作〈張中丞傳後敘〉（卷二，頁42）。另外，《五百家注昌黎文集》亦作〈張中丞傳後敘〉，見《文淵閣四庫全書》，第1074冊，卷十三，頁250。

528 《柳河東集》作〈段太尉逸事狀〉，見《文淵閣四庫全書》，第1076冊，卷八，頁68。

529 《韓昌黎文集校注》作〈送孟東野序〉（卷四，頁136）。另外，唐・韓愈撰、李漢編《東雅堂昌黎集註》亦作〈送孟東野序〉，見《文淵閣四庫全書》，第1075冊，卷十九，頁288。

530 《柳河東集》作〈愚溪詩序〉，見《文淵閣四庫全書》，第1076冊，卷二十四，頁225。

531 《杜工部集》，卷十五，頁663。

532 《杜律趙註》於「畊鑿」四句下說：「三、四，美其安時處順；五、六，美其勤生憂國。」（卷中，頁112）據此，汪本「勸」字疑當作「勤」字。

533 《杜律趙註》於「語及」兩句下說：「此謂其通經術、知君臣大義，則又不但質朴也。」（卷中，頁112）

　　上三聯，皆謂其有古人質朴之風也。蓋質朴者，敦龐誠愨之謂，非鄙陋粗俗之謂也。柳子〈與楊京兆憑書〉一段，論無用之朴，學者合此詩而觀之，則知古人之所謂質朴者矣。

第五弟豐獨在江左，近三、四載寂無消息，覓使寄此二首

亂後嗟吾在幸己之不死，羈棲見汝難憫弟之流離。

草黃騏驥病貼「嗟吾在」，言世亂君子不得志也，沙晚鶺鴒寒貼「見汝難」，言歲暮兄弟不相見也。

楚設關城險言己所在，吳吞水府寬言弟所在。二句見相去之遠。

十年朝夕淚，衣袖不曾乾言久別哀思之情。題曰「三、四載」，此曰「十年」者，蓋相別者十年；而近無消息者三、四載耳。題之妙在於「近」字。

聞汝依山寺，杭州定越州言但聞弟寓居山寺，而未知其的在何州？「杭」「越」，江左之地，弟之所在也。「定」，乃疑辭，[534]「不知西閣意，肯別定留人」，[535]二「定」字同。

風塵淹別日，江漢失清秋言己久別之故、恨別之情。「江漢」乃己所寓之地。[536]「失」如「孟賁失其勇，儀秦失其辯」之「失」。[537]

影著啼猿樹，魂飛結蜃樓「猿」乃巴峽之物，貼「江漢」；「蜃」乃江左之物，貼「杭」「越」。「影著」者，言己身淹於江漢而不能去；「魂飛」者，言己惟神馳於

534 《杜律趙註》於「聞汝」兩句下說：「言但聞其寓山寺，而未知在何州？『定』，乃疑辭。」（卷中，頁112）另外，汪瑗於〈不離西閣二首〉其一「肯別定留人」句下也注說：「『杭州定越州』與此『定』字，疑詞也。」此可相互參看。

535 《杜工部集·不離西閣二首》，卷十六，頁705。

536 《杜律趙註》於「風塵」兩句下說：「『江漢』，乃己所寓之地。」（卷中，頁112）

537 「孟賁」，《東坡全集·潮州韓文公廟碑》作「賁育」，見《文淵閣四庫全書》，第1108冊，卷八十六，頁385。

杭越之間耳。二句言己思弟之情。

明年下春水，東盡白雲求江左在楚東盡之處。二句言己訪弟之情。考公明年，未嘗有下峽入越之事，此亦言其思欲見弟之意耳。

送田四弟將軍歸夔州，柏中丞命起居江陵節度使陽城郡王衛公幕

離筵罷多酒言己餞別之情，**起地發寒塘**言田發軔之處。劉云：多酒可，起地不可，起地發又不可。[538]

回首中丞座言奉柏中丞命，**馳牋異姓王**言起居陽城王。

燕辭楓樹日，鴈度麥城霜以二物喻田之遠別，時景俱在其中。

空醉山翁酒，遙憐似葛疆舊註：「山翁」，指晉·山簡，比柏中丞。「葛疆」，山簡愛將，比田將軍。[539]瑗按：「山翁」疑公自謂，與起句應，不必因用葛疆而必指山簡也。但既曰罷酒，又曰醉酒，亦不佳。

覆舟二首玄宗好神仙燒煉之術，黔陽貢丹砂等物，經峽覆舟，此詩紀其事而諷之

巫峽盤渦曉，黔陽貢物秋「巫峽」，見覆舟之地。「盤渦」，見覆舟之由。「貢物」，見覆舟之事。「秋」「曉」，見覆州之時。「黔陽」，見覆舟為何處之人也。十字紀事詳明，非泛作者。

丹砂同隕石，翠羽共沈舟言所貢之物而漂沒。

羈使空斜影，龍居謂水底悶積流言貢物之人而溺死。

篙工幸不溺，俄頃逐輕鷗言篙工善水，猶幸得生也。

538　《集千家註批點補遺杜詩集》，卷十五，頁1226。

539　《刻杜少陵先生詩分類集註》說：「蓋以『山翁』比中丞，而『葛疆』比田將軍也。」（卷二十一，頁3023）

竹宮時望拜，桂館或求仙。

姹女凌波日，神光照夜年「姹女」，見《丹書》，謂真汞也。餘三句皆借漢武求
仙之事以比玄宗。

徒聞斬蛟劍伙飛斬蛟渡江事，見《呂氏春秋》。澹臺滅明斬蛟渡河事，見酈元
《水經注》，無復爇犀船用晉‧溫嶠燃犀照水怪事。二句言使者無此勇術，故不
能刺蛟龍水怪，以免覆舟之患也。

使者隨秋色，迢迢獨上天意同前詩第三聯，詳「空斜影」「隨秋色」之句，蓋
使者併其尸而失之也。

峽口二首

峽口大江間，西南控百蠻見峽口為要衝之地，極控帶之廣也。

城欹連粉蝶，岸斷更青山見峽口為城郭之倚，有重山之遠也。

開闔當天險，防隅一水關見峽口為天設之險，乃關防之要也。

亂離聞鼓角，秋氣動衰顏言峽口所感之情，此篇大意即後篇起聯是也。

時清關失險言世治不必恃險，世亂戟如林言世亂險不足恃。

去矣英雄事言劉備未嘗恃險，荒哉割據心言公孫述險不足恃。○首聯有傷今之
意；三、四乃弔古之情。

蘆花留客晚，楓樹坐猿深即峽口之景，見旅況之懷。

疲薾煩親故，諸侯數賜金公自注：主人柏中丞，頻分月俸。[540]承上聯，言旅況
蕭條之中，不能自振而喜得知己之濟也。○五、六，自悲之詞；尾聯，自慰之詞。

《玉露》曰：詩用助語，字貴妥帖。如少陵此頷聯及「古人稱逝矣，吾道卜終

---

540 《杜工部集》無此諸字（卷十五，頁675）。然《九家集註杜詩》說：「末句一本公
　　自注云：主人柏中丞，頻分月俸。」（卷三十，頁2129）另亦可參《杜詩趙次公先
　　後解輯校》，戊帙卷之八，頁1093。

焉」，皆渾然妥帖。[541]

社日二首

九農成德業，百祀發光輝「九農」，見《左傳》。瑗按：社，土神。稷，穀神。
穀非土不生，故可稱「九農」。起言社神利民之大，故祭賽之盛也。
報効神如在，馨香舊不違貼「百祀」。○四句，言祀報社神之事。
南翁巴曲醉公自謂，以醉而歌巴渝之曲，**北鴈塞聲微**公秦人，時寓於夔，故有
南北之嘆，觀後篇次聯可見。
尚想東方朔，詼諧割肉歸結引古以寓己昔日在朝之事也。○後四句，言社日所
感之情景。

陳平亦分肉社日陳平分肉，事見《漢書》，**太史竟論功**陸機曰：社之日至，太
史占事。起引社日故實見意。
今日江南老，他時渭北童謂已生於渭北，老於江南，蓋因嘉節而致衰老之歎也。
歡娛看絕塞，涕淚落秋風言社日土人樂而己悲也。
鴛鷺回金闕，誰憐病峽中言同僚在朝而己流落，蓋因嘉節而寓功名之嘆也。○
瑗按：社有春秋二祀，此詩乃大曆元年秋夔州作；後篇第六句乃言秋社，固其宜
也。《月令》：鴻鴈春北而秋南。前篇第六句蓋謂北鴈既歸，而絕塞之聲已稀微矣，
是通言春社耳，讀者詳之。

---

541 《鶴林玉露》「詩用助語」作「詩用助語，字貴妥帖。如杜少陵云『古人稱逝矣，
　　吾道卜終焉』，又云『去矣英雄事，荒哉割據心』，……，皆渾然帖妥」（卷二，乙
　　編，頁145）。「古人」兩句，見《杜工部集·寄岳州賈司馬六丈、巴州嚴八使君兩
　　閣老五十韻》（卷十，頁455）。

江月

江月光如水應題，高樓思殺人對月感懷。

天邊長作客，老去一霑巾感懷之實。貼第二句。

玉露團清影月與露映，銀河沒半輪月為河掩。此聯貼第一句。

誰家挑錦字，燭滅翠眉顰暗用竇滔妻事，言當時織女月夜之悲，喻己客懷之寂寞也。

孤雁

孤雁不飲啄，飛鳴聲念群急於飛鳴不暇飲啄，見孤雁趁群之苦。

誰憐一片影貼「孤」字，相失萬重雲貼「群」字。

望盡似猶見貼「影」字，哀多如更聞貼「聲」字。

野鴉無意緒，鳴噪自紛紛蓋謂孤雁之鳴為失群，而野鴉之噪，真無謂也。

　　詩全寓意。○《玉露》曰：此詩與「獨鶴歸何晚，昏鴉已滿林」似興君子寡而小人多，君子淒涼零落，小人蹲沓喧競。其形容精矣。[542]

　　《老杜拾遺》云：鮑當〈孤雁〉詩「更無聲接續，空有影相隨」，孤則孤矣，豈若子美含不盡之意乎？[543]又司馬文正《詩話》云：當為河南府法曹，嘗忤知府薛映，因賦〈孤雁〉詩，所謂：「天寒稻梁少，萬里孤難進。不惜充君廚，為帶邊城信。」薛大稱賞，因號「鮑孤雁」。[544]

---

542 《鶴林玉露》「孤雁獨鶴」作「杜陵詩云：『孤雁不飲啄，飛鳴聲念羣。誰憐一片影，相失萬重雲。望斷似猶見，哀多如更聞。野鴉無意緒，鳴噪自紛紛。』又云：『獨鶴歸何晚，昏鴉已滿林。』以興君子寡而小人多，君子淒涼零落，小人噂沓喧競。其形容精矣」（卷四，甲編，頁61）。

543 《王狀元集百家註編年杜陵詩史》曾云：「師曰：鮑當〈孤雁〉詩云『更無聲接緒，空有影相隨』，孤則孤矣，豈若子美有『不飲啄』『念群』之語，孤之中乃有不孤之念。而『誰憐一片影，相失萬重雲』，又有不盡之意乎！」（卷二十二，頁766）

544 《溫公續詩話》說：「鮑當善為詩，景德二年進士及弟，為河南府法曹。薛尚書映

遣愁

養拙蓬為戶，茫茫何所開「開」貼「戶」字。

江通神女館，地隔望鄉臺「館」在巫山；「臺」在成都。此言開戶所見之遠景，見己流落所居之處也。

漸惜容顏老，無由弟妹來「來」字應上文，言骨肉之親，無由來此，共居蓬戶以養拙也，所遣之愁在此。

兵戈與人事「兵戈」言世亂，「人事」指五、六。人事之乖，兵戈之故也，**回首一悲哀**其愁蓋欲遣之而不能也。

十六夜翫月

舊挹金波爽貼「月」字，**皆傳玉露秋**貼「夜」字。

關山隨地濶樂府橫吹笛有〈關山月〉，故公月詩多用「關山」字，**河漢近人流**四句言翫月之所見者，而景在其中。

谷口樵歸唱，孤城笛起愁。

巴童渾不寐，半夜有行舟四句言翫月之所聞者，而情在其中。

瑗按：公〈初月〉詩起句曰：「光細弦欲上。」「細」，見「初」字意。〈月圓〉詩起句曰：「孤月當樓滿。」〈十五夜月〉詩起句曰：「滿目飛明鏡。」[545]見「圓」字意。「十五夜」亦月圓之時，故皆用「滿」字。此起句用「舊」字，見為「十六夜翫月」詩也。蓋月十五夜以前為新月，十六夜以後為舊月耳。公詩一字不苟，於此益信。學者隨口草草讀過，烏能知其味邪？

知府，當失其意，初甚怒之，當獻〈孤雁〉詩云：『天寒稻梁少，萬里孤難進。不惜充君庖，為帶邊城信。』薛大嗟賞，自是游宴無不預焉，不復以掾屬待之。時人謂之『鮑孤雁』。」見《歷代詩話》，頁275。

545 《杜工部集》作〈八月十五夜月二首〉（卷十五，頁665）。

江上

江上日多雨，蕭蕭荊楚秋_{下句承上「多雨」而言。}

高風下木葉，永夜攬貂裘_{下句承上「高風」而言，謂攬裘以禦寒也。趙謂臥不}安寢，[546]亦通。四句不以「風」對「雨」、「夜」對「秋」，而參錯開闔，頓挫鏗鏘，奚然可愛，視世之取青妃白，拘拘為兒童花柳之對者，烏足以語此？

勳業頻看鏡_{功名不遂而衰謝漸老之悲，}行藏獨倚樓_{流落他鄉而報主無由之歎。}昔人謂此聯為《杜集》中第一警句。

時危思報主，衰謝不能休_{承上聯而明言其意。}

　　○前四句，是言所感於夜者；看鏡倚樓，似是所為於曉者。趙注承前四句講，意謂：當此時此景臥不安寢，故攬裘起立、倚樓而看鏡耳。但「夜」非倚樓看鏡之時。容更詳之。

戲寄崔評事表姪蘇五表弟、韋大少府諸姪

隱豹深愁雨，潛龍故起雲_{本賦雨景，以下起上句耳。「隱豹」「潛龍」，謂有託}興亦可，謂無託興亦可。

泥多仍徑曲_{承上聯，言阻賢群之由，}心醉阻賢群_{「賢群」，倒文耳，指諸表}也。此聯言群賢之妙，乃己所心醉而愛敬者。今乃因雨久泥多，道路紆遠，遂阻而不來，能使我無悵望之私乎！

忍待江山麗_{謂晴也，}還披鮑謝文_{承上，言我之悵望如此，爾群賢安能恝然忍待}雨晴而後來論文耶？

高樓憶踈豁，秋興坐氤氳_{二句倒裝法，言己獨坐高樓之上，悲秋之興正濃，憶}爾群賢來為一踈散而披豁之也。此詩蓋因雨中欲促諸表之來訪己，故題之曰「戲」。

西閣雨望

樓雨霑雲幔，山寒著水城「山寒」，見雨之由；「著」字，見雨之久。

遲添沙面出，湍減石稜生即沙石以見雨望。

菊蕊淒疏放，松林駐遠情即松菊以見雨望，而情在其中。

滂沱朱檻濕意同起句，萬慮倚簷楹言雨望之所感，以足上「情」字。

　　○樓檻簷楹，貼「西閣」。餘皆「雨望」之情景也。

晚晴吳郎見過北舍

圃畦新雨潤，愧子廢鉏來畦潤廢鉏，見吳郎來訪己之情。上句貼「晴」字。

竹杖交頭柱，柴扉隔徑開柱杖開扉，見己迎吳郎之意。下句貼「北舍」。

欲棲群鳥亂貼「晚」字，未去小童催至晚而未去者，吳郎之情；見晚而催去者，童僕之職。「小童」，謂吳郎之僕也。

明日重陽酒，相迎自醱醅預約重迎之意，蓋為上聯未盡興而催去故也。

九日諸人集于林瑗按：前詩結聯乃九月八日作；此題曰〈九日諸人集于林〉，合前結之意，起句「明朝」之「明」字，疑當作「今」字。或以為亦八日所作，乃預約諸人之詞，則與題不合。容更詳之。諸人之集，吳郎在內

九日明朝是，相要舊俗非下句承上句而言，貼「九日」。

老翁難早出，賢客幸知歸上句為下句而起，貼「諸人集于林」。

舊採黃花賸貼「九日」，新梳白髮微貼「老翁」。

謾看年少樂指諸人羨慕之詞也，忍淚已霑衣意總承上，因人撫己，對景悲時，自傷之詞也。

　　《續齊諧記》：汝南桓景隨費長房遊，長房忽謂景曰：九月九日，汝家當有大

災，可速令家人作絳囊，盛茱萸繫臂，登高山，飲菊花酒，此禍可消。景如其言，至日登山，及暮而還，雞犬一時盡皆暴死，遂為九日登高之始。少陵「相要舊俗非」之句，蓋闢其說之不足信也。賦九日詩者，鮮能知此，可見少陵學術之正、窮理之精也。區區從事於雕蟲小技之末者，烏足以語是哉！

秋日寄題鄭監湖上亭三首秘書監鄭審有湖亭在峽州

碧草違春意起下「秋」字，沅湘萬里秋「沅湘」言湖亭所在。「秋」以見時。
池要山簡馬，月靜庾公樓「池」貼「湖」，「樓」貼「亭」。二句情景俱有。
磨滅餘篇翰，平生一釣舟二句述己失志之情。
高唐寒浪減貼「秋」字，髣髴識昭丘二句寓己遙望鄭湖亭之意。

新作湖邊宅見亭在湖上，還聞賓客過見鄭好客。
自須開竹徑，誰道避雲蘿貼「宅」字。
官序潘生拙，才名賈誼多言鄭位卑而才高，賓客過者，愛其才也。
捨舟應卜地，鄰接意如何託言己欲卜鄰之意，以見鄭監湖庭人品之勝。

暫住蓬萊閣言己昔日為拾遺也。公〈秋日夔府詠懷寄鄭監〉詩云「蓬萊漢閣連」，⁵⁴⁷則公嘗與鄭同朝矣。〈秋興八首〉云：「蓬萊宮闕對南山。」蓋「蓬萊」，殿名，故借以為朝廷宮闕之通稱耳。趙謂：指鄭監，⁵⁴⁸恐非，終為江海人言己今日之流落也。
揮金應物理，拖玉豈吾身「揮金」猶言掛冠也。二句參錯互言以見意。蓋謂己

---

547 《杜工部集》作〈秋日夔府詠懷奉寄鄭監審、李賓客之芳一百韻〉（卷十五，頁634）。

548 《杜詩趙次公先後解輯校》說：「『蓬萊閣』，言鄭監之為秘書監也。」（丁帙卷之六，頁822）

之分薄，非拖玉腰金之身，其暫住蓬萊而終歸江海者，乃物理之當然也。雖反言自慰之詞，實寓自悲之意。舊註謂積而不散與老不知退者，劉闢其非，[549]而又不明解其說，亦鶻突也。

羹煮秋蓴弱，盃迎露菊新。

賦詩分氣象，佳句莫頻頻四句言己欲與鄭監啜羹飲酒、對景賦詩，以盡卜鄰之興也。「分氣象」，謂鄭監湖亭景物之氣象，己若卜鄰，則得以分之耳。尾句「莫」字，要活看，是申言上句「賦詩」二字，謂倘得分占湖亭之氣象而賦詩，則佳句頻頻往來，豈莫不深為可樂也哉！趙謂：鄭監分我以賦詩之氣象，則佳句莫非頻頻有之乎？[550]意亦是而未盡明。

此上三章結意相承：一章言己遙望鄭監湖亭之意，二章言己欲卜鄰以見遙望之意，三章言往來飲酒賦詩之樂，以足卜鄰之事。此乃章法，一題而作數篇者，不可不知此意。

孟冬時公寓夔之西閣

殊俗還多事言人事，**方冬變所為**言天時。

破柑霜落爪，嘗稻雪翻匙「破柑」「嘗稻」，人事之多也，貼第一句。「霜」字實，「雪」字虛。

巫峽寒都薄，烏蠻瘴遠隨寒薄、瘴隨，天時之變也。惟寒薄，故瘴隨。貼第二句。

終然減灘瀨，暫喜息蛟螭冬初水涸，故灘瀨減而蛟螭息，不能起而為雲雨也。賦實景，寓比興。

---

549 《集千家註批點補遺杜詩集》說：「兩語實甚造詣。謂積而不散與老不知退者，皆非。下句更好。」（卷十五，頁1261）

550 《杜詩趙次公先後解輯校》說：「言鄭君賦詩，分得我吟詠之氣象，則佳句莫也頻頻有之乎？」（丁帙卷之六，頁823）

○此詩大意謂當初冬之候，雖客殊方，然有破柑嘗稻之多事，尚不寂寞也。雖有瘴厲遠隨，而且喜蛟螭暫息，亦足以慰於一時矣。

悶

瘴厲浮三蜀，風雲暗百蠻以風土見「悶」。
捲簾惟白水，隱几亦青山以山水見「悶」。[551]
猿捷長難見，鷗輕故不還以鳥獸見「悶」。[552]
無錢從滯客，有鏡巧催顏結以貧老喚回一詩之意，見所「悶」之實在此。

○無花柳而只山水，無朋友而唯猿鷗，以貧老之身客蠻蜀之地，其悶可知。詩中不言「悶」字，而句句是可悶之事，故題之曰「悶」。夫山水猿鷗本可翫之物，而今對之不樂者，蓋以貧老而客蠻蜀故耳。前詩憂中有樂，此詩樂中有憂。

雷

巫峽中宵動，滄江十月雷起聯紀地、紀時、紀事。「動」字，預含下「雷」字，亦是倒裝法。
龍蛇不成蟄，天地劃爭迴此聯言雷之氣勢，貼「十月」，語雅而壯。
却碾空山過，深蟠絕壁來此聯言雷之聲響，貼「巫峽」，語巧而穩。
何須妬雲雨，霹靂楚王臺結引事，有比興。巫山雲雨，朝朝暮暮，固其常也。然雷之開閉，自有定候；今不當動而動，豈非妬之也哉？

○「十月」二字，有《春秋》書法，非但與「中宵」作對而已。觀後詩結聯「巫山吁可怪，昨夜有奔雷」之句，[553]可見此詩為紀異之作，非徒然者。號為詩

---

551 《杜律趙註》於「捲簾」兩句下說：「三、四，以山水見『悶』。」（卷中，頁104）
552 《杜律趙註》於「猿捷」兩句下說：「五、六，以鳥獸見『悶』。」（卷中，頁104）
553 指下〈朝二首〉其二，然《杜律五言補註》作「巫山冬可怪，昨夜有奔雷」，「冬」字又與此引「吁」字相異。

史，豈不信哉！彼賦十月寒者，宜為識者之所譏也。

朝二首

清旭楚宮南，霜空萬嶺含以霜日言朝景。

野人時獨往，雲木曉相參以雲木言朝景。「野人」，公自謂也。「獨往」，謂往楚宮之南。

俊鶻無聲過，飢烏下食貪以禽鳥言朝景。有比興。

病身終不動，搖落任江潭結言朝情也。意承上聯，謂飢烏下食而貪，固為可鄙；俊鶻無聲而過，亦未為得也。豈若己雖遠客抱病，一任其搖落而終不動也哉！

浦帆晨初發觀此與前「獨往」句，蓋有所適，舟中之作也，郊扉冷未開言岸上居民。○客帆侵晨而早發，則冷可知；岸扉因冷而未開，則早可知。

村疎黃葉墜貼「郊」字，上因下，野靜白鷗來貼「浦」字，下因上。二句見朝景寂寞之無人。

礎潤休全濕，雲晴欲半迴雖礎潤而未全濕，既疑其晴；雲雖晴而又半迴，又疑其雨。二句見朝景陰晴之不定。

巫山冬可怪，昨夜有奔雷意承上聯，言巫山殊俗，冬夜有雷，其氣運大勢，尚不能準，而區區陰晴之不定，又何足怪哉？是引昨夜之事，以證今朝之事。夫雷非可怪，奔雷可怪；奔雷非可怪，冬夜奔雷為可怪也。「冬」字亦書法。

　　○「帆」音泛，退之〈寄李大夫〉詩云：「不枉故人書，無因帆江水。」[554]朱文公亦定作去聲，引杜此句為證。

晚

杖藜尋巷晚，炙背近墻暄起言晚歸幽居之興。

人見幽居僻，吾知拙養尊承上，言幽居獨樂之情。

朝廷問府主，耕稼學山村問朝廷於府主，亦未嘗忘君也，是豈好為幽居之僻者哉？學耕稼於山村，則未嘗無事也，是豈徒為拙養之尊者哉？

歸翼飛棲定，寒燈亦閉門「亦」字，與「歸翼」相喚。

　　○首聯言將晚；尾聯言既晚；中兩聯言晚晴，故題曰「晚」。○劉云：欲知朝廷，則問府主，是野人之意。但語朴，又可兩解為嫌。[555]瑗按：公〈望嶽〉古詩一聯云：「三歎問府主，曷以贊我皇？」取以互觀，則語意自明，不必兩解。

西閣夜

恍惚寒山暮，透迤白霧昏以山霧見夜。

山虛風落日，樓靜月侵門以風月見夜。下句見西閣。

擊柝可憐子，無衣何處村以「擊柝」見夜。二句一意，本謂：無衣擊柝之子，誠可憐憫，果何村之人邪？故設為詰之之詞，以寓歎之之意。

時危關百慮，盜賊爾猶存二句承上聯言，即擊柝之子以寓傷時之意。「爾」字，指「擊柝子」，謂時危之際，盜賊之盛如此，其流離死亡者多矣！爾擊柝之子，何幸而猶存邪！百慮之感，於是可見。

　　○前四句，西閣夜景；後四句，西閣夜情。

月圓

孤月當樓滿「滿」，貼「圓」字，寒江動夜扉「動」字，謂月光與水色相蕩。

---

555 《集千家註批點補遺杜詩集》，卷十六，頁1282。

委波金不定貼「動夜扉」，照席綺逾依貼「當樓滿」。○劉云：金波綺席，如此破碎，以為謬不可。[556]趙云：以金波、綺席拆開顛倒用之，乃詩家用古語之一法。[557]二句言月之色。

未缺空山靜，高懸列宿稀「宿」音秀。二句言月之形。「未缺」貼「圓」字。

故園松桂發，萬里共清輝因見月而起思鄉之情。「清輝」應首句「月」字。

中宵

西閣百尋餘言西閣之高，見寓宿之處，[558]中宵步綺疏言中宵起步，見不能寐。[559]「綺疏」，謂窗牖。

飛星過水白，落月動沙虛此步時所見者。[560]

擇木知幽鳥，潛波想巨魚此步時所感者。即物之得所，見己之失所。趙云：「知」與「想」，羨之之詞。[561]

親朋滿天地，兵甲少來書中宵不寐之情在此，以正意歸宿於結。少陵多有此體，讀者不可不知。

　　葛常之云：作詩在於煉字。如老杜「飛星過水白，落月動沙虛」，是煉中間一字。「地坼江帆隱，天清木葉聞」，是煉末後一字。「紅入桃花嫩，青歸柳葉新」，若非「入」與「歸」二字，則與兒童之詩何異？[562]

---

556 《集千家註批點補遺杜詩集》作「金波綺席，如甘破碎，以為不謬不可」（卷十六，頁1283），或是別本。

557 《杜律趙註》，卷下，頁166。

558 《杜律趙註》於「西閣」句下曾說：「言寓宿處。」（卷中，頁103）

559 《杜律趙註》於「中宵」句下曾說：「言不寐。」（卷中，頁103）

560 《杜律趙註》於「飛星」兩句下曾說：「二句，起步所見。」（卷中，頁103）

561 《杜律趙註》，卷中，頁103。

562 宋・魏慶之《詩人玉屑》「煉字」說：「作詩在於煉字。如老杜『飛星過水白，落月動沙虛』，是煉中間一字。『地折江帆隱，天清木葉聞』，是煉末後一字。……『紅入桃花嫩，青歸柳葉新』，若非『入』與『歸』二字，則與兒童之詩何異？葛

不寐

瞿塘夜水黑_{以所見見夜}，城內改更籌_{以所聞見夜}。

翳翳月沉霧，輝輝星近樓_{以星月見夜。○四句言夜深之景。下三句，俱承起句}「夜」字。

氣衰甘少寐，心弱恨容愁_{氣衰少寐，理勢自然，故曰「甘」；心弱容愁，時事}使然，故曰「恨」。

多壘滿山谷，桃源何處求_{深山窮谷，皆為盜賊所據，故無避地之處，不寐之由}在此。○後四句言不能寐之情。

鷗

江浦寒鷗戲_{「戲」，謂自饒，}無他亦自饒_{言不能無他而得自饒也。}

却思翻玉羽，隨意點春苗_{「却」字有力，從上文斡旋來。二句言不能無他之實。}

雪暗還須落，風生一任飄_{言不得自饒意，承上聯來。}

幾群滄海上，清影日蕭蕭_{借海鷗無他自饒之樂，以見浦鷗之不如也。}

○《玉露》曰：言浦鷗閑戲，使無他事，亦自饒美，奈何不免口腹之累，故閑戲未足，已思翻玉羽而點春苗，為謀食之計。雖風雪凌厲，有所不暇顧。末言海鷗之曠逸，清影翛然，不為泥滓所點染，非浦鷗所能及。以興士當高舉遠引，歸潔其身如海鷗，不當逐逐於聲利之場，以自取賤辱若浦鷗也。⁵⁶³

常之。」見《文淵閣四庫全書》，第1481冊，卷八，頁131。另外，宋‧阮閱《詩話總龜‧後集》作「作詩在於練字。如老杜『飛星過水白，落月動沙虛』，是練中間一字。『地坼江帆隱，天清木葉聞』，是練末後一字。……。『紅入桃花嫩，青歸柳葉新』，若非『入』與『歸』二字，則與兒童之詩何異？葛常之」，見《文淵閣四庫全書》，第1478冊，卷二十四，頁775。

563 《鶴林玉露》，「浦鷗」，卷五，甲編，頁87。

猿

裊裊啼虛壁，蕭蕭掛冷枝「裊裊」，聲也；「蕭蕭」，影也。當冬無可求給，故不免饑寒之艱難。

艱難人不免，隱見爾如知「爾」指猿，言猿能忍饑寒而不輕出，以見人有不如之意。

慣習元從眾，全生或用奇。

前林騰每及，父子莫相離言不可恃慣習之巧、全生之奇，輕出以取禍也。

　　○前四句，哀而美之也；後四句，戒而勉之也。

　　《玉露》曰：白樂天詩云「為問長安月，誰教不相離」，[564]「相」字下自注云：「思移切。」[565]乃知今俗作「厮」字者，非也。

黃魚

日見巴東峽，黃魚出浪新「日見」二字重看，言無時而不取也。三、四皆承此二字而言。

脂膏兼飼犬日取則多，故以飼犬，**長大不容身**日取則盡，故難長大。

筒箭捕魚器**相沿久**言風俗之所從來，貼「巴東峽」，**風雷肯為神**言不能變化，有比興。

泥沙卷涎沫貼「出浪」，**回首怪龍鱗**「怪」者，驚駭之意，貼「風雷」。

　　○此詩前惡巴俗極日取之慘，後惜黃魚無變化之才。然則君子之恥為人後者，可不以黃魚為戒，以神龍自奮也哉！

---

564 「相」，《白氏長慶集・山月問月》作「暫」，見《文淵閣四庫全書》，第1080冊，卷十六，頁182。

565 「移」，《鶴林玉露》「相字音厮」作「必」（卷五，甲編，頁78）。

白小

白小群分命，天然二寸魚言賦形之細微。

細微霑水族承上聯，貼「小」字，風俗當園蔬言其多而且賤。

入肆銀花亂，傾箱雪片虛「入肆」「傾箱」，言風俗以此貿易。「銀」「雪」，貼「白」字。

生成猶拾卵夏后氏拾卵，而鳳凰始去，言生成之卵，猶忍食之，況細微之水族乎！甚言斯人殘忍之心也，盡取義何如直言盡取為非義也。

　　○曰「風雷肯為神」，曰「細微霑水族」，歎二魚才質之凡弱；曰「長大不容身」，曰「盡取義何如」，責巴俗之殘忍。可謂有仁者愛物之心矣。

麂

永與清溪別恨之之詞，蒙將玉饌俱幸之之詞。

無才逐仙隱貼「別」字，不敢恨庖廚貼「饌」字。

亂世輕全物言害物之由。責之人者，輕全物，謂屠戮之慘，貼「庖廚」，微聲及禍樞言取禍之由。責麂者，微聲，貼不能仙隱。

衣冠兼盜賊，饕餮用斯須「饕餮」音叨決。結聯申第五句之意。後四句本欲入人事，亦未嘗離題，大意謂麂既不能隱，又遭亂世，所以不免於禍也，全篇一意。

劉云：三、四一意；五、六一意；結又一意。[566]不知如何看？

---

566 《集千家註批點補遺杜詩集》於「無才逐仙隱，不敢恨庖廚」下云「又是一意」；「亂世輕全物，微聲又禍樞」下云「又一意」；「衣冠兼盜賊，饕餮用斯須」下云「又一意」（卷十六，頁1288）。

鸚鵡

鸚鵡含愁思，聰明憶別離惟能聰明，故知憶別離；惟憶別離，故長含愁思。

翠衿渾短盡，紅嘴謾多知上句起下句耳。言翠衿既渾短盡，其顦頷亦甚矣。雖有紅嘴之多知，又何益於己之身邪！貼「聰明」。

未有開籠日，空殘宿舊枝「殘」，餘也。言未有開籠放歸之日，而舊宿之枝空餘剩耳，貼「別離」。上聯本當以「盡短」對「多知」，下聯本當以「枝」對「籠」，今乃倒裝而蹉對，蓋欲使文從字順而穩耳，非徒為押韻也。故公自負曰「賦詩新句穩，不覺自長吟」，[567]蓋詩莫貴乎穩，豈專在於區區對偶之精邪？世以「對偶精切」稱少陵者，是未為深知少陵者也。

世人憐復損，何用羽毛奇貼第三句，見不獨為多知所誤。

雞

紀德名標五言德之全美，詳見《韓詩外傳》，**初鳴度必三**言鳴有常度。《史記·曆書》曰：「雞三號，卒明。」注曰：「三號，三鳴也。言夜至雞三鳴則天曉，乃始為正月一日，言異歲也。」[568]蓋古人定正朔，亦取於雞鳴，以其有常也，故詩人以比不改度之君子。而《禮》有「初鳴」之戒；韓昌黎詩亦曰「雞三號，更五點」，[569]當雞之三號，適更之五點，則有常可知矣。杜語本自《史記》。劉云：非工部，則此語失笑，[570]未之考也。下聯正言無常 雞鳴本有常，而今無常，殊方氣候不齊故也。故雖雞有異，亦自無慚。山谷謂：古人於小詩，亦用意精深。[571]於此益信，使

---

567 〈長吟〉，見《杜詩詳注》，卷十四，頁1209。

568 《史記·曆書》（北京：中華書局，2005年），卷二十六，頁1255-1256。

569 《東雅堂昌黎集註·東方半明》，見《文淵閣四庫全書》，第1075冊，卷三，頁72。

570 《集千家註批點補遺杜詩集》，卷十六，頁1289。

571 《詩人玉屑》「用意精深」說「山谷曰：……。古人於小詩，用意精深如此」，見《文淵閣四庫全書》，第1481冊，卷六，頁105。

為少陵杜撰之語，豈可與五德作對邪？

殊方聽有異，失次曉無慚貼「鳴」字。

問俗人情似言蠻蜀人情反覆無常，亦如雞也，承上聯言，**充庖爾輩堪**「爾輩」指雞也，語有譏刺，昔人謂雞有五德，猶日淪而食之，以其所從來者近也。

氣交亭育際，巫峽漏司南言生育之繁，南方氣暖故也。氣候之偏，亦可見矣。

　　○此上詠物七首，皆有比興。鷗不免口腹之累，猿能忍饑寒之苦，黃魚無風雷之神，白小稟細微之命，麂無仙隱之才，鸚鵡被聰明之誤，雞似人情之異。其大旨如此。

寄杜位公自注：頃者與位同在故嚴尚書幕[572]

寒日經簷短見憶君之時，**窮猿失木悲**比為客之恨。

峽中為客恨流落之感，**江上憶君時**離別之感。

天地身何往，風塵病敢辭天地之大，群盜日盛，身欲何往？風塵之久，猶幸不死，病豈敢辭？貼客懷。

封書兩行淚，霑灑裛新詩貼「憶君」。

送鮮于萬州遷巴州「鮮于」，名靈，仲通之子。仲通與弟叔明，俱嘗為京兆尹

京兆先時傑，琳琅照一門言通、明兄弟之才美。

朝廷偏注意，接近與名藩言通、明兄弟之寵位。惟其有是才美，故致是寵位。此聯言靈世家之盛，為尾聯張本。

祖帳維舟數即事而情在其中，**寒江能石喧**即景而時在其中。二句惜別之詞。

---

572 《杜工部集》，卷十六，頁702。

看君妙為政，他日有殊恩言靈有為政之妙術，則朝廷自有殊異之恩典，如注意於「先時」之傑也。二句期望之詞。

西閣三度期大昌嚴明府同宿不到

問子能來宿，今疑索故要言既問訊於子，許我能來宿矣。今乃三度期約而不來，又疑其索故而要我也。二句責之之詞。

匣琴虛夜夜，手板自朝朝即琴板以見期嚴不到之意。

金吼霜鍾徹，花催蠟炬銷「今吼」，鍾鳴也；「花催」，炬燃也。「鍾徹」「炬銷」，謂期候更深、達曙而不見到也，貼「夜」字。劉云：其人必能琴，金吼霜鍾，興其音也，[573]非是。上「琴」「板」，亦託物以見意耳，其人豈必能琴與歌也哉？

早鳧江檻底，雙影謾飄颻即雙鳧之共樂，興己不得與嚴之共宿也，貼「朝」字。謂用王喬事亦可，謂不用亦可。

玉腕騮公自注：江陵節度衛公馬也[574]

聞說荊南馬，尚書玉腕騮二句互文。本謂：荊南尚書之馬乃玉腕騮之駿也。若無下句，則荊南馬亦不佳。

頓驂飄赤汗，踞蹐顧長楸言長楸之地不足以展其足，故曰「踞蹐」。二句稱馬之力。

胡虜三年入，乾坤一戰收即馬之功，以興衛公之功，且見時事。二句雄壯，方稱驊騮之詠。

舉鞭如有問，欲伴習池游用山簡事，寓功成身退之意。

　　○前四句詠馬；後四句本頌尚書，亦不離題。

573　《集千家註批點補遺杜詩集》，卷十六，頁1292。
574　《杜工部集》，卷十六，頁707。

瀼西寒望

水色含群動，朝光切太虛起與五、六皆言望中所覩之景物，見瀼西之佳。「朝」貼「寒」字，見望瀼西之時。

年侵頻悵望，興遠一蕭疎此與結聯言望瀼西之情。「年侵」又預言卜居之本意也。

猿掛時相學猶前所謂「慣習元從眾」也，[575]**鷗行炯自如**猶前所謂「無他亦自饒」也。[576]二句與前「猿捷長難見，鷗輕故不還」俱好。[577]

瞿塘春欲至，定卜瀼西居公明年三月，果遷居瀼西，則結聯非特漫為遣興之詞而已。

○首聯言景；頷聯言情；頸聯又言景；尾聯又言情，亦是一格。以頸聯移前，未嘗不可；但不如此反復悠揚、自然有味。況頷聯「望」字，乃是關鍵，以斡旋上下之景者也。

○《玉露》云：「鷗行炯自如」，形容甚妙。如〈召南〉大夫節儉正直，而退食委蛇；彼都人士，行歸於周，而從容有常，皆炯自如者也。[578]瑗按：《玉露》之說，不必少陵本意，其意亦佳，可謂善言詩者矣。

奉送十七舅下邵桂

絕域三冬暮紀地與時，見不可別，**浮生一病身**言無可賴，見不忍別。

感深辭舅氏謂因舅氏辭去，而感慨之深耳，**別後見何人**二句承上聯言。

縹緲蒼梧帝言舅氏所往之處。「梧帝」借音吾地，與「母鄰」假對，**推遷孟母**

---

575 〈猿〉，見《杜工部集》，卷十六，頁709。

576 〈鷗〉，見《杜工部集》，卷十六，頁709。

577 〈閟〉，見《杜工部集》，卷十六，頁733。

578 《鶴林玉露》「詠鷗」作「杜少陵詩云『鷗行炯自如』，形容甚妙。如〈召南〉大夫節儉正直，而退食委蛇；彼都人士，行歸于周，而從容有常，皆炯自如者也」（卷二，乙編，頁140）。

鄰謂推遷而去也，指舅母。二句承上聯言。

昏昏阻雲水，側望若傷神承上聯，言別後思望之情。

　　○此詩一聯承一聯而言，中兩聯不以舅氏舅母作對，而反覆抑揚，自有餘味。

送王判官

客下荊南盡，君今復入舟見已獨淹留於此而不得去也。

買薪猶白帝城名，**鳴櫓少沙頭**地名，承「入舟」句，言王雖猶買薪在此，但少頃之留耳。

衡霍生春早，瀟湘共海浮承上聯，言王終當度衡湘而去也。時、景在其中。

荒林庾信宅，為仗主人留結又承第二聯，言王尚在此荒涼之地，而未即去者，謂賴有主人之挽留故也。「主人」當時必有所指，非公自謂耳。

不離西閣二首「離」音利

江柳非時發臘近故也，**江花冷色頻**地偏故也。

地偏應有瘴風土之惡，**臘近已含春**「臘近」，謂臘之去已近也。氣候之早。○四句西閣之景。

失學從愚子，無家任老身公又有「失學從兒懶，長貧任婦愁」之句，[579]與此同。「任」，一作「住」，非是。

不知西閣意，肯別定留人公時欲離西閣，遷居赤甲、瀼西，故有此句。蓋亦託西閣而寓意於西閣之主人，言不知西閣之意，肯別人邪？定留人邪？故為詰之之詞，以寓諷之之意。「定卜瀼西居」之「定」，[580]決詞也。「杭州定越州」與此

579　〈屏跡二首〉，見《杜工部集》，卷十二，頁516。
580　「定卜瀼西居」乃〈瀼西寒望〉詩句，見《杜工部集》，卷十六，頁714。

「定」字，疑詞也。[581]○四句言西閣之情。

西閣從人別，人今亦故停起承前結而言，此章法也。若無前結，則亦無味。蓋
謂詰西閣而不應，故知從人之別矣。然人因西閣從人之別而不留，今亦特故不去，
則西閣亦無如人何也。禮當留而乃不留，故本欲去而故不去耳。前結此起，雖近戲
謔，所謂「言之者無罪，聞之者不怒」是已。

江雲飄素練，石壁斷空青舊注「空青」字：詩人無敢使，以近藥名，[582]故惟
李、杜僅見，李云「林烟橫積素，山色倒空青」，[583]與杜此聯，皆為佳句。

滄海先迎日曉景，**銀河倒列星**夜景。○中四句言西閣之景。

平生耽勝事，吁駭始初經「勝事」指中兩聯。

　　○詩雖二篇，意則互見。西閣固從人別，而人又不肯別，故題曰〈不離西
閣〉。所以「不離西閣」者，蓋為平生耽賞勝事，而況初經住此，豈可別邪？蓋西
閣雖不留，人亦自留耳。花柳雲石、先日早春皆勝事也。雖然題曰「不離」者，乃
所以深離之也。其西閣之主人聞之，亦可以自愧矣。

謁真諦寺禪師

蘭若山高處，煙霞嶂幾重「若」音惹。僧寺謂之「蘭若」。二句言寺在山之高
深處也。

---

581 「杭州定越州」乃〈第五弟豐獨在江左近三四載寂無消息覓使寄此二首〉詩句，
　　見《杜工部集》，卷十五，頁663。汪瑗於是詩其二「杭州定越州」句下也注云：
　　「『杭』『越』，江左之地，弟之所在也。『定』，乃疑辭，『不知西閣意，肯別定留
　　人』，二『定』字同。」

582 《集千家註批點補遺杜詩集》於「石壁斷空青」下說：「無敢使，以其近藥名故
　　之。」（卷十六，頁1303）

583 「林烟橫積素，山色倒空青」，〈早過漆林渡寄萬巨〉作「水色倒空青，林烟橫積
　　素」，見《李太白全集》，卷十四，頁696。

凍泉依細石，晴雪落長松二句言寺中之時景。

問法看詩望，觀身向酒慵借禪語以寫己情。

未能割妻子，卜宅近前峯言不能卜居，正見欲卜居也。

　　○前四句，言真諦寺；後四句，言謁禪師。

入宅三首大曆二年夔州作。○以下八首——是年春公遷居赤甲作

奔峭背赤甲，斷崖當白鹽以二山之形勢，見新遷之所在。

客居愧遷次言客居無定，春酒漸多添言朋友漸多。○二句見新遷之情。

花亞欲移竹後〈上巳日〉詩「花蘂亞枝紅」，[584]二「亞」字同，鳥窺新捲簾花亞欲移之竹，鳥窺新捲之簾。二句俱勝，見新遷之景。

衰年不敢恨，勝概欲相兼「勝概」總上六句。[585]

　　○前〈不離西閣〉，言為耽勝事；此遷居赤甲，言欲兼勝概。蓋以自寬之詞而寓流落不偶之意也。

亂後居難定，春歸客未還「亂」見遷居之由；「春」見遷居之時。情在其中。

水生魚復浦，雲暖麝香山言遷居之景，貼「春」字。

半頂梳頭白，過眉柱杖斑「半頂」見髮之少，「過眉」見杖之長。白頭柱杖，俱見臨老遷居之情。

相看多使者，一一問函關貼「亂」字。「問函關」，蓋欲望亂定而還歸耳，打轉前意。

宋玉歸州宅言遷居古跡之近，雲通白帝城言遷居控帶之遠。

584　《杜工部集》作〈上巳日徐司錄林園宴集〉，卷十七，頁754。

585　《杜律趙註》「衰年」兩句下說：「『勝概』字，總上六句所言，言藉此以自寬也。」
　　　（卷中，頁99）

吾人淹老病，旅食豈才名言遷居之情，貼第一句，謂：己徒抱老病旅食於此，而無宋玉之才名耳，反言以見意。

峽口風常急，江流氣不平言遷居之景，貼第二句。「氣不平」，謂灘瀨峻而波浪惡也。

只應與兒子，飄轉任浮生結見合室飄蓬之苦、衰病遷居之嘆也。

熟食日示宗文宗武公之二子也

消渴遊江漢言抱病遠客，**羈棲尚甲兵**言久客因亂。〇二句流落之歎。

幾年逢熟食，萬里逼清明「幾年」，見久客；「萬里」，見遠客。「逢熟食」，以事言；「逼清明」，以時言。下三字亦幾重復。〇二句感時之歎。

松柏邛山路「邛」，蜀中州名，作「邙」字，非是。此句言居民之上墓耳——清明之事也，**風花白帝城**即風花以見凄涼之景耳。二句承「清明」言。

汝曹催我老，回首淚縱橫結見示二子之意。

又示兩兒

令節成吾老「汝曹催我老」，[586]衣食之憂故也。「令節成吾老」，歲月之邁故也，**他時見汝心**劉云：他時見汝思親之心，謂身後寒食，語甚苦切。前一首已悲，此篇更不忍讀。[587]

浮生看物變，為恨與年深貼「令節」。

長葛書難得，江州涕不禁「長葛」「江州」，公弟妹所在。二句為下句起。

團圓思弟妹，行坐白頭吟公又有「喜多行坐白頭吟」之句。[588]後四句，言己因令節而思弟妹之情。

---

586 〈熟食日示宗文宗武〉，見《杜工部集》，卷十四，頁607。

587 「語」，《集千家註批點補遺杜詩集》作「言」（卷十六，頁1310）。

588 〈舍弟觀赴藍田取妻子到江陵喜寄三首〉，見《杜工部集》，卷十六，頁735。

晴二首

久雨巫山暗，新晴錦繡文欲賦新晴，先言久雨，是體二句下因上。後六句，皆承「新晴」而言。

碧知湖外草，紅見海東雲以草色雲光狀晴景。[589]

竟日鶯相和，摩霄鶴數羣以鶯歌鶴舞狀晴景。[590]

野花乾更落，風處急紛紛「乾」字，正貼「晴」字。結又以風花狀晴景，與三、四皆所謂「錦繡文」也。

啼烏爭引子，鳴鶴不歸林烏啼爭引子而出，鶴鳴不歸林而舞，喜晴故也。以烏、鶴狀晴景，猶前頸聯。

下食遭泥去貼「啼烏」，為爭引子而下食，故誤遭泥而去，**高飛恨久陰**貼「鳴鶴」，喜不歸林而高飛，恨昔日之久陰。○二句下二字，俱見「新晴」之「新」字意。

雨聲衝塞盡，日氣射江深此聯以雨止日出正言「新晴」。○上六句皆狀晴景。趙只以「日氣」句言晴；餘五句皆寫久雨，[591]非也。

回首周南客用太史之事，**驅馳魏闕心**用公子牟語。久客思鄉之意，憂國念君之心，結俱見之。

○前詩惟起句言久雨；餘七句皆言晴景。[592]後詩前六句皆言晴景；惟結聯言客懷。二詩俱佳，前詩尤勝。蓋二詩作於一時，後詩前四句亦不過前詩五、六之意耳。

---

589 《杜律趙註》「碧知」兩句下說：「以草碧、雲紅狀晴景。」（卷下，頁174）

590 《杜律趙註》「竟日」兩句下說：「以鶯、鶴狀晴景。」（卷下，頁174）

591 《杜律趙註》說：「後詩前五句皆寫久雨，只第六句言晴。」（卷下，頁175）

592 《杜律趙註》於〈晴〉兩首詩尾有「前詩以第一句見久雨；餘七句皆狀晴景」諸字（卷下，頁175）。

雨

始賀天休雨方喜其晴，還嗟地出雷又愁其雨。

驟看浮峽過，密作渡江來言雨之盛。

牛馬行無色用《莊子》語，貼「密」字，蛟龍鬭不開貼「驟」字。二句狀雨之盛。

干戈盛陰氣，未必自陽臺結言雨盛之由。陽臺翻案，議論正大，以陰對陽，鍛鍊精深。

卜居

歸羨遼東鶴，吟同楚執珪用丁令威與莊舃事，喻己抱病他鄉而不得歸之情。

永成遊碧海，著處覓丹梯二句本是留滯無還、遷次不定之歎，翻成一聯登臨麗語，少陵往往有之。○四句言卜居之情。

雲嶂寬江北，春耕破瀼西卜居之時、之事、之地、之景，二句俱見。

桃紅客若至，定似昔人迷承上聯言用桃源事，見卜居之勝。「昔」，一作「晉」，不若用「昔」字穩而有味。

杜律五言補註卷之三

杜律五言補註　卷之四
〔新安　汪瑗　玉卿　補註〕593

〔題瀼西賃屋五首〕[594]

此郊千樹橘，不見比封君《史》、《漢·貨殖傳》：蜀、漢、江陵千樹橘，其人
與千戶侯等。[595]此言土產無昔日之盛，亦見喪亂所致。

養拙干戈際，全生麋鹿群二句謂遭世亂越在草莽耳。

畏人江北草指夔江之北，前詩「雲嶂寬江北」是也，[596]旅食瀼西雲畏人不出，
欲養拙於干戈之際；旅食無常，故全生於麋鹿之羣。

萬里巴渝曲，三年實飽聞結承「旅食」，言流落之久遠。

　　○全篇言情；五、六情中有景。

綵雲陰復白，錦樹曉來清以雲樹狀草亭雨後之曉景而起興。

身世雙蓬鬢，乾坤一草亭「身世」，起下聯；「草亭」，打上聯。

哀歌時自短，醉舞為誰醒趙云：三言老無所成，四言貧無所歸。是以哀歌而不
能長，醉舞而不能醒也。[597]

細雨荷鋤立貼「陰」字，江猿吟翠屏貼「曉」字。

　　○首尾二聯，言景而情在其中；中兩聯，言情而景在其中。

壯年學書劍，他日委泥沙言學成而不為世用。

事主非無祿，浮生即有涯言小用而即與時乖。

高齋依藥餌言客中病，絕域改春華言老於客。

喪亂丹心破，王臣未一家結言世亂，以見學而不用、用而不大。久客老病，皆
由此耳。

　　○全篇言情。

594　原稿闕頁，今姑據〈目錄〉補此詩題。因闕頁故，而少一首。
595　《史記·貨殖傳》，卷一百二十九，頁3272；《漢書·貨殖傳》，卷九十一，頁3686。
596　《杜工部集·卜居》作「雲障寬江北」（十六，頁707）。
597　《杜律趙註》，卷中，頁100。

欲陳濟世策，已老尚書郎言欲濟世而已老，見時之不用已也。

不息豺虎鬥貼第一句，空慚鴛鷺行貼第二句。

時危人事急貼「豺虎」，風逆羽毛傷貼「鴛鷺」。

落日悲江漢，中宵淚滿牀結言客中哀傷之苦，為上文故也。

　　○全篇言情。

　　○此上五章：一章，言暮春之情景；二章，言瀼西之情景；三章，言草亭之情景；四章，言委學術於壯年；五章，言欲濟世而已老。此其大旨也。少陵一題數章，每各有意，雖不過此情此景，要必有所歸重也。若泛而觀之，則不見章法。前後三章，有「暮春」、「壯年」、「已老」等字，猶為易識。其中二章，如不深察，亦難辨也。蓋言瀼西，則槩舉此郊江北之遠景；言草亭，則畧舉錦樹翠屏之近景。讀者固不可泥，亦不可不知此意也。

得舍弟觀書，自中都已達江陵。今茲暮春月末，合行李到夔州。悲喜相兼，團圓可待，賦詩即事，情見乎詞

爾到江陵府貼「喜」，何時到峽州貼「悲」。

亂離生有別貼「悲」，聚集病應瘳貼「喜」。

颯颯開啼眼，朝朝上水樓貼「悲」。

老身須付託，白骨更何憂貼「喜」。

喜觀即到，復題短篇二首

巫峽千山暗言他鄉之景可悲，終南萬里春言故園之景可喜。二句又見弟觀今日自中都到夔州道路之遠、昔日契濶之懷也。

病中吾見弟他鄉抱病而見弟來，言今日悲中之喜，書到汝為人書到為人而又不至，言昔日喜中之悲。

意荅兒童問既到之喜，來經戰伐新未到之悲。

泊船悲喜後，欨欨話歸秦總結上文，有悲有喜。「泊船」，貼「巫峽」；「歸秦」，貼「終南」。

待爾嗔烏鵲，拋書示鶺鴒二句既言兆不足信、書不足憑而不到為可悲也。「書」，謂弟觀之書。

枝間喜不去貼「烏鵲」，原上急曾經貼「鶺鴒」。二句又言卜之以兆、度之以情而必到為可喜也。○四句託物比興，反覆有味。

江閣嫌津柳，風帆數驛亭未到之悲。

應論十年事，愁絕始惺惺既到之喜。

　　○鵲聲噪而行人至，宜喜之也。今則對客浪鳴，故反嗔之。柳色新而已堪折，宜愛之也。今則無人共賞，故反嫌之。「拋書示鶺鴒」，見信既來而人不來；「風帆數驛亭」，見時可到而船不到。前六句皆反覆言：弟未到時思憶之情也；結則言：既到之事。有悲有喜。

　　○前結話歸，未然之期；後結論事，既往之嘆。

懷灞上遊灞在長安

悵望東陵道言今日之望，平生灞上遊言昔日之遊。

春濃停野騎，夜宿敞雲樓舉「春」可知秋，舉「夜」以見日。二句貼「平生」。

離別人誰在，經過老自休貼「悵望」。

眼前今古意，江漢一歸舟眼前俯仰，便成今古。江漢之舟，果何時而得歸乎？結聯感慨，總承上文。

月

萬里瞿唐月言他鄉之月，則思故國之月可知。下皆承「月」字而言，春來六上弦每月有上弦、下弦，此詩作於暮春，而曰「六上弦」者，并下弦言之耳。

時時開暗室，故故滿青天二句言月色之光明，專言之也。

爽合風襟靜，當空淚臉懸二句言月夜之寂寞，情景俱備。

南飛有烏鵲，夜久落江邊結乃託物自喻，用曹孟德語，亦不離「月」字。

豎子至

櫨梨纔綴碧，梅杏半傳黃本欲賦「榛」，故先言他物未熟以紀時，見「榛」熟之早也。

小子幽園至，輕籠熟榛香見豎子所至之事，且見「榛」為己園之所有。此聯所謂十字句也。

山風猶滿把，野露及新嘗二句貼「熟榛」。

欹枕江湖客，提携日月長二句貼「輕籠」，言己臥病客此，豎子年年從幽園提携輕籠而至也，故曰「日月長」，蓋因榛以寫己久客之恨也。

園

仲夏流多水，清晨向小園言入園之時。

碧溪搖艇闊貼「多水」，且見園在溪外，朱果爛枝繁貼「小園」，見其中之所有。

始為江山靜，終防市井喧言關園之意。

畦蔬繞茅屋，自足媚盤飧言關園之利。

　　○八句賦事而景在其中。

歸自園而歸也

束帶還騎馬，東西却渡船又見入園之途，並兼水陸。

林中繞有地見菓林之密，園中之近景，**峽外絕無天**見巫峽之高，園外之遠景。

虛白高人靜，喧卑俗累牽意謂虛室生白，固古昔高人之靜，而今茅屋喧卑，乃不免俗累之牽。與前詩五、六照看。

他鄉閱遲暮，不敢廢詩篇承上聯，言雖留滯他鄉，長為俗累之牽，不及高人之靜，而學問之事，則不敢廢也。

舍弟觀歸藍田迎新婦送示二首

汝去迎妻子直言所往之事，**高秋念却回**預言念歸之期。

即今螢已亂言去時物，貼第一句，**好與鴈同來**言回時物，貼第二句。

東望西江永言己望弟之情，貼「念」字，**南遊北戶開**言弟所遊之處，貼「去」字。

卜居期靜處，會有故人杯結承上文，言弟當赴期早來，相與朋友銜杯而共樂也。

　　○後三聯，皆承「念却回」而言。

楚塞難為路戒其慎途，**藍田莫滯留**囑其早歸。

衣裳判「拚」同白露，鞍馬信清秋二句言秋景之惡，不可不冒之而必來也。

滿峽重江水，開帆八月舟言秋景之好，不可不乘之而早來也。

此時同一醉，應在仲宣樓「仲宣樓」，在荊州。結承上文，言弟當依時早來，相與兄弟醉酒而共樂也。

　　○後三聯，皆承「莫滯留」而言。

　　○二詩一意。但一章前六句以一去一來對講；二章惟起句言去，餘皆言來。體稍異耳。

夜雨詩以風雨對講，題曰「夜雨」，省文耳

小雨夜復密，迴風吹早秋曰「復」，則晝雨可知。

野涼侵閉戶「野涼」貼「風」字，「閉戶」貼「夜」字，**江滿帶維舟**「江滿」貼「雨」字，亦有「秋」字。《莊子》曰：「秋水時至。」[598]秋水盛大，故著「滿」字。「維舟」字，有含下出峽意也。

通藉恨多病，為郎忝薄遊既通藉而貴矣，又以多病而罷官，故曰「恨」。嘗為郎於朝矣，今幸「薄遊」於江湖，故曰「忝」，蓋反言以見不為世用耳。

天寒出巫峽，醉別仲宣樓承上「薄遊」而言，意同後詩首聯。「醉別」二字，頗有不平之意。

更題

只應踏初雪，騎馬發荊州題曰「更題」，乃一時之作，故此起，即承前詩尾聯而言，蓋謂待初冬而去荊州耳。

直怕巫山雨，真傷白帝秋此言所以欲去荊州之意。

群公蒼玉珮，天子翠雲裘二句氣象冠冕，本述愁苦之意，翻入綺麗之詞。

同舍晨趨侍，胡為淹此留「同舍」貼「群公」，「趨侍」貼「天子」。淹留，自嘆。「此」字，指前四句，言同舍諸公皆得趨侍於朝，而己獨胡為淹留於荊州邪？結聯十字，斡旋一篇之意，婉轉有味，該括無遺。古人謂一篇之詩，全在結聯，如截奔馬，信非名家老手不能也。「胡為」，怪歎之詞。「淹此留」，本謂「此淹留」，倒裝使字順而聲響耳。

　　○全篇言情。前四句亦借景以見情。

---

598 晉・郭象注：《莊子注・秋水》，見《文淵閣四庫全書》，第1056冊，卷六，頁82。

峽隘觀題，便見欲出峽之意

聞說江陵府前〈夜雨〉詩尾聯、〈更題〉詩首聯，但言欲出峽之意，不言所往之處，至此方言，可以互見，此章法也，**雲沙靜眇然**此句以「雲沙」見江陵之勝。**白魚如切玉，朱橘不論錢**以物產見江陵之勝。「玉」字，虛；「錢」字，實。**水有遠湖樹**此句以「湖樹」見江陵之勝，又為下句起也，**人今何處船**參前詩，蓋指弟觀往藍田而言。

青山各在眼，却望峽中天言彼此相望之情。

　　○前四句，言己欲往江陵之意；後四句，言弟不還巫峽之意。己欲去者，為峽隘之故；欲弟來者，為兄弟之樂。旨各有歸，無嫌於相悖也。

月

斷續巫山雨，天河此夜新上言往日無常之雨，下言此夜晴景之新。欲言晴，而必先言雨，少陵每每皆然。

若無青嶂月，愁殺白頭人承上「此夜新」言，見晴月之甚可愛也。

魍魎移深樹，蝦蟆動半輪「魍魎」，謂樹影；「蝦蟆」，謂月也。惟月輪動，故樹影移。「半輪」，望前之月。二句承上「月」字而言。

故園當北斗，直想照西秦因月而動故鄉之情也。

　　○《玉露》曰：作詩必以巧進、以拙成，故作字惟拙筆最難，作詩惟拙句最難。至於拙，則渾然天成，工巧不足言矣。以杜陵言之，如「兩邊山木合，終日子規啼」，「野人時獨往，雲木曉相參」，「喜無多屋宇，幸不礙雲山」，「在家常早起，憂國願年豐」，「若無青嶂月，愁殺白頭人」，「百年渾得醉，一月不梳頭」，「一逕野花落，孤村春水生」，此五言之拙者也。他難殫舉，可以類推。杜陵云「用拙存吾道」，夫拙之所在，道之所在也，詩文獨外是乎？[599]

599　《鶴林玉露》「拙句」說：「作詩必以巧進，以拙成。故作字惟拙筆最難，作詩惟拙

草閣

草閣臨無地近水故也，柴扉永不關愛月故也。

魚龍迴夜水，星月動秋山《水經》曰：魚龍以秋日為夜。《埤雅》謂龍秋分而降，則蟄寢於淵，故以秋日為夜。[600]少陵上句或暗用此意。

久霧晴初濕貼「夜」字，高雲薄未還貼「秋」字。

泛舟慚小婦，飄泊損紅顏下句，貼「小婦」。

○首聯，紀地而寓興；尾聯，紀事而寓情；中兩聯言景，時在其中。

月

併照巫山出，新窺楚水清見為他鄉之月。

羈棲愁裏見，二十四迴明「見」，貼「窺」字；「明」，貼「照」字。「羈棲愁裏」，見客巫楚也；「二十四迴」，見客兩年也。二句，因月而寫情。

必驗升沉體，如知進退情因月託興。若使今人作之，覽者必以為宋頭巾語，可見公無所不有。

句最難。至於拙，則渾然天全，工巧不足言矣。……。以杜陵言之，如『兩邊山木合，終日子規啼』，『野人時獨往，雲木曉相參』，『喜無多屋宇，幸不礙雲山』，『在家長早起，憂國願年豐』，『若無青嶂月，愁殺白頭人』，『百年渾得醉，一月不梳頭』，『一徑野花落，孤村春水生』，此五言之拙者也。……。他難殫舉，可以類推。杜陵云『用拙存吾道』，夫拙之所在，道之所存也，詩文獨外是乎？」（卷三，丙編，頁288-289）「兩邊」兩句，見《杜工部集・子規》（卷十四，頁601）；「野人」兩句，見〈朝二首〉（卷十六，頁721）；「喜無」兩句，見〈茅堂檢校收稻二首〉（卷十六，頁720）；「在家」兩句，見〈吾宗〉（卷十五，頁663）；「若無」兩句，見〈月三首〉（卷十四，頁618）；「百年」兩句，見〈屏跡二首〉（卷十二，頁516）；「一徑」兩句見〈遺意二首〉（卷十一，頁482）；「用拙」一句亦〈屏跡二首〉其一詩句。

600 《格致鏡原》「水族類」「龍」下說：「《埤雅》：酈元《水經》云：『魚龍以秋日為夜。』按：龍秋分而降，則蟄寢于淵，龍以秋日為夜，豈謂是乎？」見《文淵閣四庫全書》，第1032冊，卷九十，頁639。

不違銀漢落，亦伴玉繩橫「落」，謂月之沉也、退也；「橫」，謂月之升也、進也。「不違」「亦伴」，相喚應。舊注謂為公看月之久，[601]非是。

　　○全篇不言月而月自可見。

十七夜對月

秋月仍圓夜「仍」字，可見是望後之月。但今人作「十七夜月」詩，必不敢使「圓」字，江村獨老身上句託月起興，下句言客中對月之情。

捲簾還照客，倚杖更隨人「還」與「更」，貼「仍」字；「照」與「隨」，貼「月」字；「客」與「人」，貼「身」字。「捲簾」「倚杖」，乃貼題「對」字。十字委曲包涵。

光射潛虯動，明翻宿鳥頻三、四，言月之照人；五、六，言月之照物。

茅齋依橘柚，清切露華新結本詠月，言不獨照客隨人、射虯翻鳥而已，瀼西之茅屋柑林亦被其餘輝也。情興自在言外。

白露當與前〈園〉、〈歸〉二詩參看

白露團柑子園中之物，清晨散馬蹄入園之時。

圃開連石樹園中之景，船渡入江溪入園所經。不以「騎馬」「渡船」作對，開闔幹旋，亦自有味。

憑几看魚樂，迴鞭急鳥棲歸園之時。

漸知秋實美貼「柑」字，幽徑恐多蹊言採者眾也。

---

601 《杜詩趙次公先後解輯校》說：「末句正言看月徹夜之時候。」（己帙卷之一，頁1250）

孟氏公後有〈過孟倉曹兄弟〉詩，當參看，則可以知孟氏之為人矣

孟氏好兄弟，養親惟小園下皆是所以好處，此其大者。

承顏胝手足，坐客強盤飧。

負米夕葵外，讀書秋樹根三、五見養親之實，四見好客，六見好學。

卜鄰慚近舍，訓子覺先門結用孟母教子擇鄰事。上見己愛孟氏之意，下又以教子之賢，歸功孟氏之母。「先門」，指孟氏為孟母之後。○「負米」，用子路事。「夕」，一作「力」。劉云：「力葵」固不可解，「夕葵」亦晦。[602] 瑗按：「夕葵」對「秋樹」，是。但不可曉。嘗疑其為峽中之地名耳，無關子路事，蓋偶用「負米」二字耳。若使子路事，當作「百里外」，豈因草書而誤作「夕葵」也邪？姑誌其疑，以竢博雅。

秋峽

江濤萬古峽以江峽起興，見遠客之處，肺氣久衰翁「肺氣」屬金，見感秋之老病。

不寐防巴虎，全生狎楚童物害人情，兩語最苦。「巴」「楚」，貼「峽」字。

衣裳垂素髮貼「衰翁」，門巷落丹楓言客居秋景之寂寞。

常怪商山老，兼存翊贊功結引古人，以見己意。

日暮

牛羊下來久，各已閉柴門起四字，《詩經》全語。以物歸、門閉見日暮。

風月自清夜，江山非故園即景寫情。

---

602 《集千家註批點補遺杜詩集》，卷十七，頁1366。

石泉流暗壁，草露滴秋根以暗流、秋露見夜景。石壁、草根本連屬字，分拆開
闔，使雅健耳。

頭白明燈裏，何須花燭繁即事寫情。

〇清夜風月，本可樂也，為非故園而不樂，故曰「自」。明燈繁燭，本可喜
也，為頭已白而不喜，故曰「何須」。趙云：天地間景物，非有所厚薄於人。惟人
當意適時，即景與心融，情與景會，而景物之美，若為我設。一有不慊，則景自
景、物自物，漠然與吾不相關。故公詩多用一「自」字，如「風月自清夜」「寒城
菊自花」「故園花自發」之類甚多。[603]

月

四更山吐月，殘夜水明樓「殘夜」，貼「四更」；「水明樓」，貼「山吐月」，東
坡稱此為絕唱。

塵匣元開鏡，風簾自上鉤上，比月明；下，言玩月。匣鏡字，虛；簾鉤字，實。

兔應疑鶴髮，蟾亦戀貂裘兔妬己之髮白，反言以見其老；蟾愛己之裘煖，反言
以見其寒。二句借月寫情。「鶴」字，虛；「貂」字，實。

斟酌嫦娥寡，天寒奈九秋與己客居無奈何之意也。

瑗按：結是承上句來，言蟾亦畏寒，戀我之貂裘也。我為嫦娥而斟酌之，當此
九秋寒天而寡居，果奈何哉？蓋謂無奈此九秋之天寒何也？雖近戲謔，然不褻不
俗，意微婉而詞頓挫，含蓄不盡之味。「奈」，趙作「耐」，[604]則意味短淺，夫人能言
之矣。

---

603 《杜律趙註・遣懷》作「天地間景物，非有所厚薄於人。惟人當意適時，則景與心
融，情與景會，而景物之美，若為我設。一有不慊，則景自景、物自物，漠然與我
不相干。故公詩多用一『自』字，如『故園花自發』『風月自清夜』之類甚多」
（卷上，頁57）。「寒城」句，見《杜工部集・遣懷》，卷十，頁438；「故園」句，
見《杜工部集・憶弟二首》，卷十，頁415。

604 《杜詩趙次公先後解輯校》作「天寒耐九秋」（丁帙卷之六，頁834）。

　　《筆談》謂：詩第二字側入謂之正格，如「鳳曆軒轅紀」之類。第二字平入謂之偏格，如「四更山吐月」之句。唐名輩詩多用正格，如少陵詩用偏格者十無二三。[605] 瑗按：少陵五言八句律詩六百二十一首，平入者則四分之一而不足；五言排律一百二十二首，平入者則三分之一而有餘；七言八句律詩一百六十一首，則平側幾半；七言排律四首，俱是平入。《筆談》之說，非也，學者幸毋惑焉。

曉望

白帝更聲盡言將曉所聞者，陽臺曉色分言曉望所見者。

高峯寒上日，疊嶺宿霾雲日上、雲霾見曉色分。

地坼江帆隱所見者，天清木葉聞所聞者。「隱」、「聞」二字是眼。

荊扉對麋鹿，應與爾為群結即前「全生麋鹿群」之意，[606]言曉望所感之情。

九月一日過孟倉曹兄弟

藜杖侵寒露，蓬門啟曙煙起見過孟之早。[607]

力稀經樹歇言在途事，應弟一句，[608]老困撥書眠言入門事，應第二句。[609]○此聯見己衰老。

秋覺追隨盡應二、三，來因孝友偏總承上文，言己衰老，秋倦追隨，今乃侵寒來過，蓋為孟氏兄弟孝友，故不覺其偏愛耳。

605　《夢溪筆談》作「詩第二字側入謂之正格，如『鳳曆軒轅紀，龍飛四十春』之類。第二字平入謂之偏格，如『四更山吐月，殘夜水明樓』之類。唐名賢輩詩多用正格，如杜甫律詩用偏格者十無一二」，見《文淵閣四庫全書》，第862冊，卷十五，頁794。

606　〈暮春題瀼西新賃草屋五首〉，見《杜工部集》，卷十四，頁610。

607　《杜律趙註》於「藜杖」句下說：「見過之甚早。」（卷中，頁100）

608　《杜律趙註》於「力稀」句下說：「言在途時，應第一句。」（卷中，頁100）

609　《杜律趙註》於「老困」句下說：「言入門後，應第二句。」（卷中，頁100）

清談見滋味，爾輩可忘年_{孟氏之貧，少陵之高，俱可見也。}

　　○觀前〈孟氏〉詩，則後四句實非虛譽。

過客相尋

窮老真無事，江山已定居_{本敘無營得所之樂，而歎恨之意，自在言外。}

地幽忘盥櫛_{「地幽」，貼「定居」。「忘盥櫛」，貼「老無事」。又見客既至時，方}從事於盥櫛也，客至罷琴書_{「客至」，應題，為下聯張本。「罷琴書」，言陪客，}又見客未至時有琴書之樂。_{[610]獨樂琴書，窮無事也。}

挂壁移筐果，呼兒問煮魚_{「果」，山物；「魚」，江物。移果煮魚，以供客饌。}「挂壁」，見居隘；「呼兒」，見無僕。俱貼「窮」字。

時聞繫舟楫，及此問吾廬_{見「過客相尋」者眾。「時聞」，貼「客至」；「吾}廬」，貼「定居」。「舟楫」，又見客從水道，而已廬近江也。

　　○此詩曲盡幽居客至之事，情詞備至，但後用二「問」字為嫌。

孟倉曹步趾領酒醬二物滿器見遺老夫

楚岸通秋屐，胡牀面夕畦_{上言緣岸而來，下言既來而坐。「秋」「夕」寓時，}「畦」「岸」寓景。

藉糟分汁滓_{言孟遺酒，}甕醬落提攜_{言孟遺醬。}

飯糲添香味_{得醬之益，}朋來有醉泥_{得酒之益。}

理生那免俗，方法報山妻_{結寓貧拙之歎。}

---

610 《杜律趙註》於「客至」句下說：「見客未至時，有琴書之樂。」（卷中，頁101）

課小豎鉏斫舍北果林枝蔓荒穢淨訖移牀三首

病枕依茅棟，荒鉏淨果林起以移牀鉏荒對講。

背堂資僻遠，在野興清深見移床之意，貼第一句。

山雉防求敵，江猿應獨吟見鉏荒之意，貼第二句。

洩雲高不去，隱几亦無心「雲在意俱遲」，[611]猶有意於雲也，此又進一步。

　　○全篇敘事而情景俱在。

眾壑生寒早杪秋之景，長林捲霧齊曉晴之景。

青蟲懸就日動物樂於晴者，朱果落封泥植物熟於秋者。○四句言荒蔓既除之
景。惟荒蔓既除，故寒氣早通，長林捲齊，日色得映於林中、果實得落於地下也。

薄俗防人面，全身學馬蹄「人面」，用子產語；「馬蹄」，用《莊子》篇。前詩
惟欲防猿鳥之咶，恐敗清興耳；此詩欲防人心之險，思以全身，意益悲切。

吟詩坐回首，隨意葛巾低結言在林，則得自適，人不必防，而身可全矣。○四
句言移牀之意。

籬弱門何向，沙虛岸只摧見門向江，惟沙虛岸摧，故籬弱也。「何向」二字，
設為問之之詞。

日斜魚更食，客散鳥還來即魚鳥之樂，見己之忘機。

寒水光難定含「月」字，秋山響易哀含「風」字。

天涯稍曛黑貼「日斜」，倚杖更徘徊三結畧同，皆言自適之意。

　　○一章，泛言僻野；二章，言曉晴；三章，言日暮。此敘景之章法也。一章，
言無心；二章，言隨意；三章，以徘徊結之。此敘情之章法也。一章，言隱几而
坐；三章，言倚杖而立；中言岸巾而回首，則在坐立之間。此敘事之章法也。規矩
森然，非苟作者，然未嘗深究心於《三百篇》者，則不足以語此。

---

611 〈江亭〉，見《杜工部集》，卷十一，頁484。

溪上

峽內淹留客，溪邊四五家起見久客孤村。

古苔生迮地，秋竹隱疏花見溪邊寂寞之景而不可久居。

塞俗人無井，山田飯有沙見峽內艱苦之事而不可久居。

西江使船至，時復問京華欲審故鄉之亂否而旋歸也。

　　○或曰：頷聯有比興，與「美花多映竹」、「寒花隱亂草」等句，[612]皆非徒賦景物者比。

中夜

中夜江山靜，危樓望北辰言中夜不寐，起望故鄉耳。秦在楚北，故曰「北辰」，不必比君。

長為萬里客，有愧百年身承上言望故鄉之情。

故國風雲氣，高堂戰伐塵承上言為客之由。「高堂」，夔州地名。公詩「中有高堂天下無」是也。[613]

胡羯指安祿山負恩澤，嗟爾太平人言太平百姓遭其害也。承上言，見肇亂之由。是時祿山已死，而歸咎於祿山者，蓋開元天寶之亂，纏綿固結而不可解者，實自祿山始，故公詩每歎世亂，往往及之。

搖落

搖落巫山暮，寒江東北流起言客中時景之寂寞，下皆言客中所感寂寞之情。

612　〈奉陪鄭駙馬韋曲二首〉有「美花多映竹」之句（見《杜工部集》，卷十，頁425）；〈薄暮〉有「寒花隱亂草」之句（卷十二，頁542）。

613　《杜工部集・夔州歌十絕句》作「中有高唐天下無」（卷十六，頁737）。

煙塵多戰鼓傷時，為下報主張本，**風浪少行舟**即事，貼「寒江」。

鵝費羲之墨歎無益之費，**貂餘季子裘**悲久客之貧。

長懷報明主，**臥病復高秋**結言有志不遂。「高秋」，打轉首聯。○按〈壯遊〉詩云「七齡書大字，有作成一囊」[614]，則弟五句所言蓋紀實耳，非如今人之漫引故實而遣興者比，此所以為詩史也。

九日二首

舊日重陽日，**傳盃不放盃**追思往事。

即今蓬鬢改，**但愧菊花開**傷時。

北闕心長戀，**西江首獨迴**下申上句。「西江」指夔。○「北闕」「西江」紀地，以見相去之遠；「長戀」「獨迴」紀情，以見相思之切。為下聯張本。

茱萸賜朝士，**難得一枝來**申明上聯，蓋因時而歎己流落在外耳。○後六句，悲今不如往。

舊與蘇司業，**兼隨鄭廣文**言共樂之人。

採花香泛泛，**坐客醉紛紛**三言其樂之事。

野樹歆還倚，**秋砧醒却聞**貼「醉」字。○四句不以「樹」對「花」、「醒」對「醉」；分拆開闔而用之。公每有此格，亦避兒童對也。

歡娛兩冥寞，**西北有孤雲**總結上文。○歡不可復得矣。公哭友詩多使「雲」字，蓋用淵明〈停雲〉篇也。

　　○前詩首聯追往日之歡娛，後六句皆歎今日之寂寞；後詩尾聯歎今日之寂寞，前六句皆追往日之歡娛。此章法也。

---

614 《杜工部集·壯遊》作「九齡書大字」（卷六，頁237）。

季秋江村

喬木村墟古，疎籬野蔓懸以村墟籬舍見寂寞。

素琴將暇日，白首望霜天以彈琴眺望見寂寞。

登俎黃柑重，支牀錦石圓以薄食苟寢見寂寞。

遠遊雖寂寞，難見此山川結總上文，以「寂寞」二字喚起一篇之意，尾句又故為自慰之詞，翻見寂寞之恨也。若無上句，則中兩聯鮮有不視為歡娛之事矣。

　　○「將」，送也，猶言銷暇日，用《詩》「遠於將之」之「將」。[615]

季秋蘇五弟纓江樓夜宴崔評事韋少府姪三首前有〈戲寄崔評事表姪蘇五表弟韋少府諸姪〉一首[616]

峽險江驚急，樓高月迴明言江樓之景，下因乎上。

一時今夕會，萬里故鄉情言夜宴之情，因此憶彼。

星落黃姑渚，秋辭白帝城又言景，貼「夕」字。此聯下三字的對。

老人因酒病，堅坐看君傾又言情，貼「會」字。上言己之不能飲，下言諸君之能飲。

明日生長好，浮雲薄漸遮起便有比。

悠悠照邊塞，悄悄憶京華寓情。

清動盃中物，高隨海上查寓興。

不眠瞻白兔，百過落烏紗寓恨。

　　此詩全篇詠月，而寓情於景、借景賦情。

---

615 《詩·國風·邶風·燕燕》有「之子于歸，遠于將之」之句，見清·阮元校勘：《十三經注疏附校勘記》，卷二之一，頁298。

616 《杜工部集》作〈戲寄崔評事表姪蘇五表弟韋大少府諸妷〉（卷十六，頁725）。

對月那無酒，登樓況有江「江」「樓」「酒」「月」四字作眼目。

聽歌驚白鬢「歌」，指所聞者。「白鬢」，貼「月」字，笑舞拓秋窻「笑舞」者，樂之甚也。「秋窻」，貼「樓」字。

樽蟻添相續「相續」者，情之深也。「樽蟻」，貼「酒」字，沙鷗並一雙「鷗」，指所見者。「沙鷗」，貼「江」字。

盡憐君醉倒，更覺片心降結承第五句。上言諸君之能飲，下言己之不能飲。

　　○篇各不同，章法自見。

送孟倉曹赴東京選前有〈贈孟氏〉及〈過孟氏兄弟〉詩可參看[617]

君行別老親，此去苦家貧言忍別老親而行，乃為苦家貧而去也。足下句，以見上句之非不孝。

藻鏡留連客見知銓衡，江山憔悴人言藻鏡留連之客，乃江山憔悴之人也。足下句，以見上句之益可喜。

秋風楚竹冷，夜雪鞏屬楚梅春此言別時景物，以見彼此牢落之懷。

朝夕高堂念，應宜綵服新應首聯，祝其得官早歸，以慰親心也。

憑孟倉曹將書覓土婁舊莊「土婁」，河南地名

平居喪亂後，不到洛陽岑久別舊莊之由。

為歷雲山問，無辭荊棘深託訪舊莊之意。

北風黃葉下舊莊荒涼之景，南浦白頭吟舊莊思念之情。

十載江湖客，茫茫遲暮心言久客以見久別舊莊、臨老思念之意，總結上文。

　　○四韻，皆下句因上句。

---

617 《杜律五言補註》詩題作〈孟氏〉與〈九月一日過孟倉曹兄弟〉。

耳聾

生年鶡冠子，歎世鹿皮翁引二隱士以自喻。「生年」，見老。「歎世」，又致老之由。

眼復幾時暗，耳從前月聾眼將暗，耳已聾，皆老狀也。下四句皆獨言耳聾，故以命題。

猿鳴秋淚缺，雀噪晚愁空聲無所聞，故情無所感。

黃落驚山樹，呼兒問朔風忽見葉落，始疑其風。

〇四句不言耳聾，而耳聾自見，情景俱在，可謂善賦耳聾者矣。

小園

由來巫峽水，本自楚人家以楚人而居楚地宜也，我亦有園於此何哉？意見中兩聯。

客病留因藥，春深買為花留此園者，為客病而植藥也；買此園者，為春深而栽花也。以「花」「藥」言園之春景。

秋庭風落果，瀼岸雨頹沙以「風」「雨」言園之秋景。

問俗營寒事，將詩待物華「寒事」，謂收果脩岸，貼五六；「物華」，謂藥盛花開，貼三四。「問俗」，則欲學楚人之所為；「將詩」，則欲以之遣春愁而娛客病也。或曰：上句言今歲之冬事，下句又言來歲之春事耳，[618]亦通。

　　瑗按：領聯固是倒文，本上三字、下二字句法。「留」與「買」字，指園而言也。趙謂：本是因留藥、為買花，倒一字，故為矯異耳。[619]然「為買花」，可；「因留藥」，語雖順而不切於園，似與客因留藥價之意相類矣。公「身無卻少壯，跡有

---

618 《刻杜少陵先生詩分類集註》說：「姑問風俗以治禦冬之事，且吟詩自遣用待明年之物華爾。」（卷二十，頁2803-2804）

619 《杜律趙註》，卷中，頁102。

但羈棲」，⁶²⁰本是「身却無少壯，跡但有羈棲」耳，此倒一字法也。若此聯不貼「園」解，則左右縱橫，字字可倒，如「藥因留病客，花買為深春」、「春深花為買，客病藥因留」、「藥留因客病，花買為春深」、「花為深春買，藥因病客留」。公「綠垂風折笋，紅綻雨肥梅」一聯亦可縱橫倒讀。⁶²¹此因為微婉頓挫之詞，其蓋肇於迴文之詩也歟，故宋多有八句迴文詩，然亦未見其妙，不若間用一聯倒語，為可嘉也。

夜

絕岸風威動，寒房燭影微_{以風燭見夜景，一遠一近。}
嶺猿霜外宿，江鳥夜深飛_{以猿鳥見夜景，一靜一動。}
獨坐親雄劍_{下因上，}哀歌歎短衣_{上因下。}
煙塵繞閶闔，白首壯心違_{四句言寂寞慷慨之情，感於夜者也。}

奉送韋中丞之晉赴湖南_{韋之晉為衡州刺史}

寵渥徵黃漸，權宜借寇頻_{引黃霸、寇恂以比韋。}
湖南安背水_{言湖南百姓，得韋為刺史而安，為背水耳。但「背水」字不可解。劉云：背水如依山，⁶²²}峽內憶行春_{韋嘗守峽中郡，故曰「憶行春」。}
王室仍多難，蒼生倚大臣_{言時方多難，如韋輩甚為百姓所倚賴者。}
還將徐孺榻，處處待高人_{結勸其下賢，非謾用故事者比。}

---

620 「身無」兩句，見《杜工部集・春日梓州登樓二首》，卷十二，頁527。

621 〈陪鄭廣文遊何將軍山林十首〉，見《杜工部集》，卷九，頁386。

622 《集千家註批點補遺杜詩集》，卷十七，頁1411。

聞惠子過東溪 一作〈送惠二歸故居〉，此詩見《洪駒父詩話》，⁶²³舊《集》

無之

惠子白驢瘦，歸溪惟病身「驢」，一作「駒」。歎其貧而且病。

皇天無老眼，空谷滯斯人歎其不為世用。「空谷」，用《詩·白駒》篇語。⁶²⁴

崖蜜松花熟，山杯竹葉春「春」，一作「新」。二句因言東溪之幽事，亦見惠子
之貧也。本謂「松花蜜」、「竹葉盃」，倒文耳。

柴門了生事，黃綺未稱臣總結上文，言惠子能安貧而不願仕也。

自瀼西荊扉且移居東屯茅屋四首

白鹽危嶠北，赤甲古城東舉二山以見東屯茅屋之所在，與前遷居赤甲〈入宅〉
起聯同意。⁶²⁵

平地一川穩，高山四面同山川之勝。

煙霜淒野日，秔稻熟天風景物之勝。

人事傷蓬轉，吾將守桂叢結因移居而致飄零之歎，欲為定居之謀也。按：公自
去冬寓夔之西閣，又遷赤甲，又遷瀼西，今又遷東屯，未及一年而四遷居，真可
傷也。

東屯復瀼西，一種住青溪。

---

623 《洪駒父詩話》「杜甫送惠二詩」則說：「劉路左車為予言，嘗收得唐人雜編時人詩
冊，有〈送惠二歸故居〉詩云：『惠子白駒瘦，歸溪惟病身。皇天無老眼，空谷滯
斯人。崖蜜松花白，山杯竹葉新。柴門了生事，黃綺未稱臣。』真子美語也。白駒
或作驢字。」見《宋詩話輯佚》，卷下，頁425。

624 《詩·小雅·白駒》有「皎皎白駒，在彼空谷」之句，見清·阮元校勘：《十三經
注疏附校勘記》，卷十一之一，頁434。

625 〈入宅三首〉其一有「奔峭背赤甲，斷崖當白鹽」兩句，見《杜工部集》，卷十四，
頁603。

來往兼茅屋貼第一句，**淹留為稻畦**貼第二句。

市喧宜近利公自注：西居近市。[626]貼「瀼西」，**林僻此無蹊**貼「東屯」。

若訪衰翁語，須令贐客迷承「林僻」而言。「衰翁」，公自謂。公遷居瀼西，結云「桃紅客若至，定似昔人迷」，[627]蓋在彼則稱彼勝，在此則稱此勝，意各有所在也。

道北馮都使指東屯之北鄰，頗欠自主，**高齋見一川**見與馮相隔而近。

子能渠細石指馮高齋之景，**吾亦沼清泉**言己茅屋之景。「渠」「沼」用實字為眼，如「弟子貧原憲，諸生老伏虔」，[628]「貧」「老」二字，本實而虛用之也。

枕帶還相似，柴荊即有焉承上聯，言彼此幽居相類。下句有「吾亦愛吾廬」之意。[629]

斫畬應費日，解纜不知年承「柴荊」而言，嘆久客於此而不得歸也。

牢落西江外，參差北戶間言己茅屋所在，一遠一近。

久遊巴子國，臥病楚人山言己久居於此，且客且病。

幽獨移佳境，清深隔遠關言移居得所。

寒空見鴛鷺，迴首想朝班即所見而感懷。

　　○一章獨言東屯，二章兼言瀼西，三章喜其有鄰，四章悲其在野。

---

626 《杜工部集》，卷十六，頁719。

627 〈卜居〉，見《杜工部集》，卷十六，頁707。

628 〈寄岳州賈司馬六丈、巴州嚴八使君兩閣老五十韻〉，見《杜工部集》，卷十，頁454。

629 《陶淵明集校箋·讀山海經》，卷四，頁388。另亦可參《陶淵明集·讀山海經》，見《文淵閣四庫全書》，第1063冊，卷四，頁508。

題柏大兄弟山居屋壁二首公有〈寄柏學士林居〉、〈題柏學士茅屋〉七

言二詩。[630]「柏大兄弟」，其子姪也，故起句及之

叔父朱門貴稱其閥閱，郎君玉樹高稱其人品。「朱」「玉」，借對。

山居精典藉稱其博學，文雅涉風騷稱其才華。

江漢終吾老，雲林得爾曹言柏大兄弟足以銷己之客愁，指人品而言。

哀絃繞白雪，未與俗人操言柏大兄弟獨對己以為知音，指才學而言。

野屋流寒水，山籬帶白雲以水雲見幽僻。

靜應連虎穴，喧已去人群以人虎見幽僻，一反一正言。

筆架霑窗雨，書籤映隙曛以陰晴見幽僻。○六句皆貼山居茅屋。

蕭蕭千里馬，箇箇五花文本一事翻為兩句兩意。「千里」喻人品之駿逸。「五花

文」喻其有才華也。

　　○前詩惟三、四言山居之幽事，餘皆稱其人才也；後詩惟結聯稱其人才，餘皆

言山居之幽景也。

東屯北崦謂東屯之北崦耳

盜賊浮生困，誅求異俗貧指東屯北崦村人而言。二句上因下，三、四蕭索之由

為此。

空村惟見鳥，落日未逢人二句只是一意。公〈柳司馬至〉排律一聯云「幽燕惟

鳥去，商洛少人行」，[631]與此相似。

步蹙風吹面言獨行，看松露滴身言獨立。○二句見「未逢人」。

---

630 〈寄柏學士林居〉，見《杜詩詳注》，卷十八，頁1568；《杜工部集》作〈栢學士茅

　　屋〉（卷十六，頁730）。

631 「惟」，《杜詩詳注》作「唯」（卷二十一，頁1824）。

遠山迴白首，戰地有黃塵「遠山」，指「北崦」;「戰地」，貼「盜賊」。回首之間，只有黃塵，與「惟見鳥」同意，亦見「未逢人」也。不言「誅求」者，舉此以見彼，省文耳。

夜二首

白夜月休弦謂下弦也，見一月將盡，**燈花半委眠**見一夜將盡。

虩山無定鹿，落樹有驚蟬「擇木知幽鳥，潛波想巨魚」言中宵物之得所，見己不如物;[632] 此聯言夜深物之失所，見物同於己。少陵往往託物比興，隨時隨景，變化無方，語皆入妙。

暫憶江東鱠欲歸不能，**兼懷雪下船**無人可訪。○上聯見徒同微物失所之苦;此聯見不及古人適志之高。

蠻歌犯星夜，重覺在天邊暗用張騫事，以見己漂泊之遠。

城郭悲笳暮，村墟過翼稀以所聞、所見言夜。

甲兵年數久，賦斂夜深歸上句是起下句，惟甲兵之久，故賦斂之勤。此聯蓋即人歸之遲以見夜，而感慨係之矣。

暗樹依巖落，明河繞塞微。

斗斜人更望，月細鵲休飛四句皆言夜深之景。尾句又暗用曹孟德詩以寓己無依之歎也。

　　○前詩起句著「月」字，餘皆暗言月夜之情景;後惟尾句著「月」字，餘皆暗言月夜之情景。此章法也。然前詩起句言「白夜」，第七句又言「星夜」;後詩第二句言「翼稀」，尾句言「鵲飛」。豈故為此重疊以相照應邪?抑偶然邪?

---

632 〈中宵〉，見《杜工部集》，卷十六，頁711。

茅堂檢校收稻二首

香稻三秋末，平田百頃間言收稻之時。

喜無多屋宇，幸不礙雲山言茅堂之景。

御裌侵寒氣本謂「寒氣侵」，倒文耳。上因下，嘗新破旅顏下因上。○二句言衣食自足之樂。本言「收稻」，「御裌」帶言耳。「寒氣」，貼「三秋」。

紅鮮終日有，玉粒未吾慳後〈還東屯〉詩曰「除芒子粒紅」，[633]「玉粒」言白，蓋稻有紅、白二種，兼言之見其多也。結承上句，應首聯。

稻米炊能白言飰之美，秋葵煮復新言蔬之美。詠稻而及葵者，以類相從，非泛也。

誰云滑易飽貼「秋葵」，老藉軟俱勻貼「稻米」。

種幸房州熟，苗同伊闕春「房州」，屬夔；「伊闕」，屬河南。二句見異鄉之種無異於故鄉，故為客中自慰之詞耳。不然，前〈溪上〉之詩何云「山田飯有沙」？[634]

無勞映渠盌，自有色如銀甚形容其米色之白也。○後四句，專言「稻米」。

秋野五首

秋野日疏蕪，寒江動碧虛以蕪野、寒江見秋意。

繫舟蠻井絡蠻蜀分野，上應井絡，貼「江」字，卜宅楚村墟貼「野」字。○二句，遠客之歎。

棗熟從人打利不私之於己，葵荒欲自鋤勞不施之於人。葵、棗皆宅邊之所有者，觀公〈呈吳郎〉「堂前撲棗任西鄰」之詩，[635]則此聯非如今詩人無是事而為是言者也。

633 〈暫往白帝復還東屯〉，見《杜工部集》，卷十六，頁728。

634 《杜工部集》，卷十五，頁665。

635 《杜工部集》作〈又呈吳郎〉（卷十四，頁623）。

盤飧老夫食，分減及溪魚見宅近江，又見不獨「棗熟從人打」而已，復以及人之心而及物也，則下所謂「難教一物違」者，豈虛語哉？

易識浮生理，難教一物違趙云：以達生處己，以遂性待物。[636]
水深魚極樂，林茂鳥知歸應弟二句。[637]
吾老甘貧病，榮華有是非應第一句。上句因下句，言「甘貧病」者以此。[638]
秋風吹几杖，不厭北山薇「几杖」，貼「病」字。「薇」，貼「貧」字。「北山」，指北崦。「不厭」者，亦為「榮華有是非」也。結申上聯之意。

禮樂攻吾短，山林引興長言己被禮法之士繩其短者，乃為山林引興之長也。
掉頭紗帽側，曝背竹書光。
風落收松子，天寒割蜜房。
稀疎小紅翠，駐屐近微香

後六句，皆言「山林引興長」之實，乃懶散優游之事也。夫懶散優游，固非禮法之宜。苟得其道，則掉頭曝背，與曲肱而枕者一也；側帽讀書，與被衣鼓琴者一也；收松割蜜，與飯糗茹草者一也；踏紅繞翠，與傍花隨柳者一也，又何背於名教之樂地也哉？然杜甫猶自以為短而畏禮法之所繩，其檢身可知矣。彼猖狂縱肆，大言不慚，而曰禮樂豈為我輩設哉？是則晉人之妄而已矣。此詩驟讀起句，似腐儒常談，今人所謂宋頭巾語耳，與下篇不相類，及細玩之，方知為翻一篇之旨，可謂用意精深而立法森嚴矣。苟泛觀之，則起句一漫語耳。趙謂：杜詩不易讀，此類是也。舊說以首聯二句對講；三、四應第一句；後二聯應第二句。亦通。

---

636 《杜律趙註》，卷中，頁105。
637 《杜律趙註》於「水深」兩句下作「此聯應第二句」（卷中，頁105）。依此，汪注「弟」應作「第」。
638 《杜律趙註》於「吾老」兩句下作「五、六應第一句。上句因下句，言『甘貧病』以此」（卷中，頁105）。

遠岸秋沙白，連山晚照紅此言晚景。

潛鱗輸駭浪，歸翼會高風以魚潛、鳥歸見晚。「輸」「會」二字俱勝。

砧響家家發，樵聲箇箇同以搗衣、伐木見晚。

飛霜任青女「青女」，霜神，見《淮南子》，為下句起耳，賜被隔南宮漢・樂崧直南宮，家貧無被，帝聞而嘉之，詔給被。⁶³⁹結以客中晚宿之寒，見去朝之久也。

身許麒麟畫言少年自許，年衰鴛鷺同言晚年得官。或以為指今流落於野，與鳥獸為群，亦通。

大江秋易盛秋水之盛，空峽夜多聞夜雨之多。或曰指猿。

迤隱千重石貼峽中，帆留一片雲貼江上。○四句，皆見蠻景之惡。

兒童解蠻語，不必作參軍用晉參軍郝隆事。結以兒女盡化為蠻語，見客蜀之久也。○始焉許身之大，晚得一官之微而復流落於蠻蜀之久，其悲可知矣。

　　○一章言己客於楚，親人而愛物也。二章言己深諳人情物理，故甘貧賤而不厭山林也。三章言山林幽興之長。四章言去朝之悲。五章言滯蠻之恨。此其大畧也。

秋清

高秋蘇肺氣言秋爽而病愈，白髮自能梳頭可自梳。

藥餌憎加減藥可不服，門庭悶掃除門可自掃。

杖藜還客拜可以酬客，愛竹遣兒書可以作詩。

十月江平穩，輕舟進所如可以泛舟。

　　○下七句皆承起句言病愈之事。

---

⁶³⁹《後漢書・藥崧傳》說：「藥崧者，河內人，天性朴忠。家貧為郎，常獨直臺上，無被，枕杜，食糟糠。帝每夜入臺，輒見崧，問其故，甚嘉之，自此詔太官賜尚書以下朝夕餐，給帷被皁袍，及侍史二人。」（卷四十一，頁1411）據此，「樂」字當為「藥」字之誤。

瞿塘兩崖

三峽傳何處，雙崖壯此門_{上句故為詰詞以起下句，下句正言。一問一答之體。}

入天猶石色_{見崖之高}，穿水忽雲根_{見崖之深}。

猱玃鬚髯古_{以物見崖之高}，蛟龍窟宅尊_{以物見崖之深}。

羲和冬馭近，愁畏日車翻_{結又以礙日見崖之高。此詩作於九日，故曰「冬馭近」。}

暝

日下四山陰，山庭嵐氣侵_{以山陰嵐氣見「暝」。}

牛羊歸徑險，鳥雀聚枝深_{以物之歸藏見「暝」。}

正枕當星劍，收書動玉琴_{以人之欲睡見「暝」。}

半扉開燭影，欲掩見清砧_{以燒燭擣衣見「暝」。}

　　〇三、四貼「山」字。後四句貼「庭」字。結聯「開」「掩」二字，自相開闔。「燭影」不曰「搖」，而曰「開」；「清砧」不曰「聞」，而曰「見」。蓋欲務去陳言耳。

雲

龍以瞿塘會，江依白帝深_{賦雲而言龍與江者，蓋山川乃雲之所自出，而雲又從龍者也。龍會聚於瞿唐，江深依於白帝，此雲之所以盛歟！或曰：下句承上句，併言龍之會處耳，亦通。}

終年常起峽，每夜必通林_{言雲盛而不絕。}

收穫辭霜渚_{以稻盛比雲}，分明在夕岑_{以日色比雲}。

高齋非一處，秀氣豁煩襟_{結頌雲之隨處而可愛也。〇劉云：若無題字，實自難}

看。[640]瑗按：荀子〈雲賦〉通篇暗言，惟尾句著一「雲」字；[641]此詩通篇不言「雲」，惟尾句著「秀氣」二字。少陵之作，豈無所本邪？

晨雨

小雨晨光內，初來葉上聞〈歸去來辭〉曰：恨晨光之熹微。[642]雨之色，惟晨光內見之；雨之聲，惟木葉上聞之，其小可知。

霧交纔灑地，風逆旋隨雲必合霧而纔灑，旋迎風而遠飄，形容其小，與前「煙添纔有色，風引更如絲」句法相似。[643]

暫起柴荊色，輕霑鳥獸群曰「暫」曰「輕」，皆見其小。

麝香山一半，亭午未全分惟大雨能驟落驟止，而小雨多不陰不晴。結聯形容極妙。「亭午」，與起句「晨」字相照。

獨坐二首

竟日雨暝暝言雨之久，**雙崖洗更清**雨後之景。

水花寒落岸，山鳥暮過庭獨坐所見之景——花落鳥還，亦以雨故。

煖老須燕玉，充饑憶楚萍。

胡笳在樓上，哀怨不堪聽四句獨坐所感之情。○瑗按：五、六本謂：玉氣雖溫潤而不可以煖老，萍實雖可食而不足以充饑。今思此二物以為饑寒之計，見其貧也。「楚萍」用楚王渡江得萍實事；獨「燕玉」無所考，趙注：引「燕趙多佳人，

640　《集千家註批點補遺杜詩集》，卷十八，頁1430。

641　《歷代賦彙》，卷六，頁25。

642　《陶淵明集校箋》，卷五，頁453。

643　〈雨〉，見《杜詩詳注》，卷十四，頁1247。

美者顏如玉」，以為《孟子》所謂「七十非帛不煗」之意。[644] 失之遠矣。《左傳》曰：燕暨齊平，燕人賂以瑤甕、玉櫝、斝耳。[645] 豈公但借此「燕」字，與下對邪？雖莫詳所出，而意則當從予解為是。姑識其說，以竢博雅。

白狗斜臨北，黃牛更在東「白狗」「黃牛」，皆峽名，紀地勢，為下聯張本。峽雲常照夜「峽」字，緊承上聯，江日會兼風夜常多雨，晴亦有風，見峽中風土之惡。○四句雨中獨坐所感之景，而情在其中。

灑藥安垂老，應門試小童劉云：閒趣有味。[646]

亦知行不逮，苦恨耳多聾結乃德不加脩而年日益邁之歎，貼「老」字。○四句雨中獨坐所感之情，而事在其中。

雨四首

微雨不滑道，斷雲疎復行以「雲」「雨」對起。

紫崖奔處黑，白鳥去邊明貼「雲」。○「江碧鳥逾白，山青花欲燃」，[647] 同此機軸。

秋日新霑影，寒江舊落聲貼「雨」。

柴扉臨水碓，半濕擣香秔結言對雨擣秔之樂。

　　○此章兼言「雲」。

---

644 《杜詩趙次公先後解輯校》說：「古詩云：『燕趙多佳人，美者顏如玉。』故摘『燕玉』兩字以對『楚萍』。待燕玉之人而暖，則《孟子》所謂『七十非人不暖是也』。」（戊帙卷之九，頁1132）

645 《春秋左氏傳》「昭公七年」說：「暨齊平，齊求之也。……。燕人歸燕姬，賂以瑤甕、玉櫝、斝耳，不克而還。」見清・阮元校勘：《十三經注疏附校勘記》，卷四十四，頁2047。

646 《集千家註批點補遺杜詩集》「曬藥安垂老」下說「五字有味」；又「應門試小童」下有「閒趣有商畧」諸字（卷十八，頁1433）。

647 〈絕句二首〉，見《杜工部集》，卷十三，頁558。

江雨舊無時昔日江雨之多，**天晴忽散絲**今日晴雨之細。

暮秋霑物冷，今日過雲遲貼第二句。

上馬迴休出，看鷗坐不辭既上馬復回而不出，惟看鷗獨坐而不辭，蓋寫微雨之景而寓避喧愛靜之意。

高軒當灩澦，潤色靜書幃結言對雨讀書之樂。

　　○此章專言雨。

物色歲將晏，天隅人未歸起歎時可歸而人未歸。

朔風明淅淅，寒雨下霏霏貼「物色」。

多病久加飯，衰容新授衣貼「人」字。

時危覺凋喪，故舊短書稀結歎因世亂而離索久。

　　○此章言情而帶雨。

楚雨石苔滋，京華消息遲起見因久雨而感懷。

山寒青兕叫，江晚白鷗饑即物以見久雨之苦。

神女花鈿落，鮫人織杼悲借事以見久雨之苦。

繁憂不自整，終日灑如絲結見感懷而因久雨。

　　○此章言雨而帶情。

　　○大意前二章微雨之喜；後二章苦雨之悲。

返照

返照開巫峽，寒空半有無言返照開明而有無當半。

已低魚復縣名**暗**返照之無，**不盡白鹽**山名**孤**返照之有。

荻岸如秋水，松門似畫圖以景物光輝之勝，見返照之有。

牛羊識童僕，既夕應傳呼以牛羊既夕而歸，見返照之無。

○「返照」之詩，此為絕唱。此篇之妙，次句盡之，下文不過詳言耳。吾知後有作者，不可及也。

向夕

畎畝孤城外，江村亂水中起言田舍之所在，下皆言田舍之景、之事也。

深山催短景貼「城外」，喬木易高風貼「村」。○二句下因上，以氣候之殊異見「向夕」，日景為深山而催短，風聲為喬木而易高，其荒涼可知。

鶴下雲汀近貼「水中」，雞栖草屋同貼「村」。○二句上因下，以禽鳥之歸宿見「向夕」。

琴書散明燭，長夜始堪終結言既夕之事也。居田舍之野僻，對夕景之荒寂，苟不假琴書以消憂，其何以終此長夜邪？

大曆二年九月三十日

為客無時了言為客之久，有莫知所終之意，讀之令人慨然，悲秋向夕終「悲秋」二字，是一篇主意，下六句皆言秋之可悲也。「向夕」，見悲秋之時。

瘴餘夔子國，霜薄楚王宮當秋而瘴多。「霜薄」，見氣候之暖。

草敵虛嵐翠，花禁冷蕊紅當秋而草翠花紅，蓋暄暖所致。下謂：花能禁冷，故蕊紅，以見不甚冷也。「冷蕊」二字不連，與「冷蕊疏枝半不禁」所用「冷蕊」不同。[648]

年年小搖落，不與故園同當秋而花草小變，皆與故園不同。

---

648 〈舍弟觀赴藍田取妻子到江陵喜寄三首〉，見《杜工部集》，卷十六，頁735。

十月一日

有瘴非全歇，為冬亦不難言瘴暖而冬易度。

夜郎溪日暖，白帝峽風寒言雖有風寒而日却暖，以申上聯之意。上三字、下二字句，句法與前詩三四相類，但倒裝耳。

蒸裏如千室，燋糖幸一桴「蒸裏」「燋糖」，夔俗之節物也。

茲辰南國重，舊俗自相歡承上聯言。

　　○前四句，言夔之風土；後四句，言夔之風俗。其詩與後〈徘諧體二首〉相同。尾句「自」字要重看，言楚俗自相遺饋、自相歡悅而已，獨牢落無與往來者也，觀後詩題曰「遣悶」可見。

戲作俳諧體遣悶二首

異俗吁可怪，斯人難並居以「俗」與「人」對起。

家家養烏鬼，頓頓食黃魚貼「異俗」句。

舊識難為態，新知已暗疏貼「斯人」句。

治生且耕鑿，只有不關渠耕田鑿井以治生，見己與異俗之不同；安貧力食以守靜，何必與斯人而相並。

　　○舊說「烏鬼」有四：曰鸕鶿；曰豬；曰烏野神；曰烏蠻鬼。[649]胡苕溪、劉須溪皆從沈存中《筆談》定為鸕鶿，[650]是矣。「養」字，上聲。

---

649 《漁隱叢話》曾說：「『家家養烏鬼』之句，余觀諸公詩話，其說蓋有四焉。《漫叟詩話》以『豬』為烏鬼；《蔡寬夫詩話》以『烏野神』為烏鬼；《冷齋夜話》以『烏蠻鬼』為烏鬼；沈存中《筆談》、《緗素雜記》以『鸕鶿』為烏鬼。」（卷十二，前集，頁249-250）

650 首先，宋・沈括《夢溪筆談》說：「士人劉克博觀異書，杜甫詩有『家家養烏鬼，頓頓食黃魚』，世之說者，皆謂夔峽間至今有鬼戶，乃夷人也，其主謂之鬼主。然不聞有烏鬼之說。又鬼戶者，夷人所稱，又非人家所養。克乃按《夔州圖經》稱峽中謂鸕鶿為烏鬼。蜀人臨水居者，皆養鸕鶿，繩繫其頸，使之捕魚，得魚則倒提出

西歷青羌坂，南留白帝城公自注：頃歲，自秦涉隴，從同谷縣出遊蜀，留滯於巫山也。[651]

於菟虎也侵客恨，粔籹餅也作人情。

瓦卜傳神語，畬田費火聲四句承第二句，言異俗之可怪者也。

是非何處定，高枕笑浮生異俗之非，自在言外；浮生之歎，應第一聯。此與前結併所謂「遣悶」之詞也。

　　○「於菟」，音烏圖；「粔籹」，音巨汝。「作」，去聲，即俗「做」字。

從驛次草堂復至東屯二首

峽裏歸田客，江邊借馬騎起言復至東屯。

非尋戴安道，似向習家池承上聯，引事以為結聯張本。下一「似」字，見亦非也。

山險風煙合，天寒橘柚垂言途中之景物，應首聯。

築場看歛積，一學楚人為言至東屯之事，應三四。

短景難高臥，衰年強此身言衰年居不能安。

山家蒸栗煖，野飯射麋新言山家食自可飽。

之，至今如此。予在蜀中，見人家養鸕鷀使捕魚，信然，但不知謂之烏鬼耳。」見《文淵閣四庫全書》，第862冊，卷十六，頁796；另亦可參《諸家老杜詩評》，見《杜甫詩話六種校注》，卷一，頁17。其次，《漁隱叢話》曾說：「余嘗細考四說，謂鸕鷀為烏鬼，是也。其謂猪與烏野神、烏蠻鬼為烏鬼者，非也。余官建安，因事至北苑焙茶，扁舟而歸，中途見數漁舟，每舟用鸕鷀五六，以繩繫其足，放入水底捕魚，徐引出取其魚。目覩其事，益可驗也。」（卷十二，前集，頁253-254）第三，《集千家註批點補遺杜詩集》也說：「余嘗細考其說：沈以為鸕鷀者，是也。」（卷十八，頁1439）

651 「遊」，《杜工部集》作「游」（卷十六，頁732）。

世路知交薄，門庭畏客頻言懶與朝士相接，貼「衰年」。

牧童斯在眼，田父實為鄰言喜與野人相狎，貼「山家」。

　　○前篇言復至東屯之事，後篇言既至東屯之樂。

暫往白帝復還東屯

復作歸田去，猶殘穫稻功起言復還東屯之事。

築場憐穴蟻，拾穗許村童貼「穫」字，有公恕之心。

落杵光輝白，除芒子粒紅貼「稻」字，有喜幸之意。

加餐可扶老，倉廩慰飄蓬結以自慰之詞，總收上文；而衰老飄泊之歎，自見於言外。

刈稻了詠懷

稻穫空雲水，川平對石門稻既空而望自豁遠。

寒風疎草木，旭日散雞豚貼「空」字。○四句言「刈稻了」，有景有事。

野哭初聞戰，樵歌稍出村「初」字，見戰尚莫知所終；「稍」字，見不出村者尤眾。

無家問消息，作客信乾坤四句言詠懷，一人一己。

有歎 公自注：傳蜀官軍自圍普遂[652]

壯心久零落，白首寄人間衰老之歎。

天下兵常鬥，江東客未還亂離之悲。

652 《杜工部集》無此諸字（卷十六，頁704）。《九家集註杜詩》有「傳蜀官軍自圍普遂」諸字（卷三十一，頁2202）。

窮猿號雨雪，老馬望關山託物比興。

武德開元際，蒼生豈重攀亂極思治。

白帝城樓

江度寒山閣，城高絕塞樓。

翠屏宜晚對，白谷會深遊四句言城樓雖荒僻，而佳境尚可娛也。

急急能鳴鴈暗用《莊子》事，輕輕不下鷗暗用《列子》事。二句賦所見而寓比興。

夷陵峽名春色起，漸擬放扁舟結寓出峽之意，非是貼上「遊」字。

夜宿西閣曉呈元二十

城暗更籌急夜之所聞，樓高雨雪微曉之所見。

稍通綃幕霽言「曉」，遠帶玉繩稀言「夜」。○「綃幕」虛，「玉繩」實。

門鵲晨光起言「曉」，檣烏宿處非言「夜」。○「門鵲」實，「檣烏」虛。

寒江流甚細，有意待人歸結即所見而寓意，亦貼「曉」。

西閣口號呈元二十一

山木抱雲稠，寒空繞上頭。

雲崖纔變石，風幔不依樓四句，西閣之景。

社稷堪流淚，安危在運籌。

看君話王室，感動幾銷憂四句，呈元之情。

○前結見己思歸之切，此結見元憂世之大。

奉送卿二翁統節度鎮軍還江陵「卿二翁」，姓崔，乃公之舅氏也

火旗還錦纜，白馬出江城候別軍容之盛。

嘹唳吟笳發，蕭條別浦清臨別淒涼之悲。

空寒巫峽樹，落日渭陽情既別朝暮之思。

留滯嗟衰疾，何時見息兵因別感時之歎。

白帝樓

漠漠虛無裏，連連睥睨侵。

樓光去日遠，峽影入江深四句登樓所見之景。

臘破思端綺，春歸待一金。

去年梅柳意，還欲攬邊心四句登樓所感之情。

人日

元日到人日，未有不陰時用東方朔《占書》語意。

冰雪鶯難至，春寒花較遲。

雲隨白水落，風振紫山悲冰雪、春寒、雲落、風振皆陰氣所致。

蓬鬢稀疏久，無勞比素絲因新春而歎老也。

江梅

梅蕊臘前破，梅花年後多以「花」「蕊」對起。

絕知春意早貼蕊破，最奈客愁何貼花多。

雪樹元同色貼臘前，江風亦自波貼年後。

故園不可見，巫岫鬱嵯峨因梅而思故園、悲異域也。

庭草

楚草經寒碧，春庭入眼濃_{上句起下句耳。}

舊低收葉舉，新掩捲芽重_{舊葉舉，新芽重——枯槁復蘇之意。}

步履宜輕過_{言勿蹙損}，開筵得屢供_{言可賞翫。○四句皆承第二句言。}

看花隨節序，不敢強為容_{言對景而不樂也。賦庭草而曰看花，蓋花草通稱耳。}

巫山縣汾州唐使君弟宴別，兼諸公攜酒樂相送，率題小詩，留於屋壁

臥病巴東久，今年強作歸_{言已久客得歸之情。}

故人猶遠謫，茲日倍多違_{獨指唐弟。}

接宴身兼病，聽歌淚滿衣_{唐弟之宴，諸公之攜，已之悲戚，俱在其中。}

諸公不相棄，擁別惜光輝_{此指諸公。}

春夜峽州田侍御長史津亭留宴得筵字

北斗三更席_{言宴之久}，西江萬里船_{言來之自。}

杖藜登水榭_{貼「津亭」}，掃翰宿春天_{貼「春」字。}

白髮須多酒，明星惜此筵_{言已年老愛酒而惜易曉也，貼第一句。}

始知雲雨峽，忽盡下牢邊_{「下牢」，峽州地名。言已從夔州峽而至峽州也，貼第二句。}

泊淞滋江亭_{屬江陵府}

紗帽隨鷗鳥，扁舟繫此亭_{歎因漂泊而至此。}

江湖深更白，松竹遠還青喜至江亭而得勝覽。

一柱全應近，高唐莫再經喜近江陵而去巫峽。

今宵南極外，甘作老人星甘受飄泊而無恨。

　　○首聯正言以見意，結聯反言以見意。

乘雨入行軍六弟宅時杜位為江陵行軍司馬

曙角凌雲罷，春城帶雨長見是曉雨。

水花分塹弱，巢燕得泥忙雨後之景。

令弟雄軍佐稱「弟」，見為行軍，凡材污省郎自愧嘗為省郎。

萍漂忍流涕，衰颯正中堂見己因漂泊至此，而得與弟會也。

上巳日徐司錄林園宴集

鬢毛垂領白，花蕊亞枝紅傷年老而對花也。「花蕊」，貼「林園」。

欹倒衰年廢，招尋令節同悲力衰而赴召也。「招尋」，貼「宴集」；「令節」，貼
「上巳」。○二聯一意，鬢白即「衰年」之事，花紅即「令節」之景。

薄衣臨積水，吹面受和風言祓除之樂，承「令節」言。

有喜留攀桂，無勞問轉蓬「攀桂」，借用《淮南》語意。言己且喜宴集淹留於徐
氏之園，而又何勞問漂泊之苦邪？蓋為自慰之詞，益見自悲之意也，承「招尋」言。

宴胡侍御書室公自注：李尚書之芳、鄭秘監審同集歸字韻[653]

江湖春欲暮言春將殘而不可不醉也，墻宇日猶微言日未落而可以盡醉也。

---

653 「秘」，《杜工部集》作「祕」（卷十七，頁753）。

闇闇書藉滿見「日猶微」，輕輕花絮飛見「春欲暮」。

翰林名有素，墨客興無違雖稱李、鄭與胡，己亦在內。

今夜文星動，吾儕醉不歸總結上文，言逢良辰、遇知己而不醉不歸也。

南征

春岸桃花水，雲帆楓樹林言南征之時與景。

偷生長避地，適遠更霑襟言南征之由與情。

老病南征日，君恩北望心歎老病南征而不得北返。

百年歌自苦，未見有知音歎南征寥落而知己者稀。

地隅

江漢山重阻，風雲地一隅言江陵之深僻。

年年非故物，處處是窮途言為客之久困。

喪亂秦公子，悲涼楚大夫引王粲、屈原以自喻。

平生心已折，行路日荒蕪敘平生折挫以自悲。

夢

道路時通塞，江山日寂寥此敘亂離之狀。「時」「日」，泛言其久。

偷生唯一老，伐叛已三朝實敘亂離之久。「偷生」，亂離所致。

雨急青楓暮，雲深黑水遙稱楚之景，每以楓者，起自《楚辭・招魂》。「黑水」，近長安。二句為下聯張本。

夢歸歸未得，不用楚辭招上句指長安；下句因敘楚景，而借用《楚辭》以見意也。

暮春陪李尚書、李中丞過鄭監湖亭泛舟得過字_{公前在夔有}

〈秋日寄題鄭監湖上亭三首〉⁶⁵⁴

海內文章伯，湖邊意緒多_{稱二李過鄭湖之意而頌美存焉。}

玉樽移晚興，桂楫帶酣歌_{言遊湖之久。}

春日繁魚鳥，江天足芰荷_{言湖景之勝。}

鄭莊賓客地，衰白遠來過_{敘己過鄭湖之意而感慨寓焉。《漢書》：鄭莊置驛，請}
謝賓客。⁶⁵⁵_{此過鄭監湖亭故云然。}

和江陵宋少府暮春雨後同諸公及舍弟宴書齋

渥洼汗血種，天上麒麟兒_{二句稱弟，為下聯張本。或謂：稱宋與諸公，}⁶⁵⁶_{非是。}

才士得神秀，書齋聞爾為「才士」，指宋與諸公。「爾」，亦指弟，應首聯，起
下聯，謂聞爾——弟，得與諸才士相與為樂也。作「聞」字是，與尾句「始知」相
應。劉作「同」字，⁶⁵⁷非也。

棣花晴雨好，綵服暮春宜_{二句，借晴景以寓兄弟之好。}

朋酒日歡會，老夫今始知_{結乃譏其弟日與才士為樂而不見招，與五、六相應，}
見與他人為樂而不知兄弟之樂也。

　　前四句，頌其得朋友之樂；後四句，譏其失兄弟之樂。

---

654 《杜工部集》，卷十五，頁648-649。

655 《漢書・鄭當時傳》說：「鄭當時字莊，陳人也。……。當時以任俠自喜。……。
孝景時，為太子舍人。每五日洗沐，常置驛馬長安諸郊，請謝賓客。」（卷五十，
頁2323）

656 《刻杜少陵先生詩分類集註》曾說：「『天上麒麟』，如諸公，皆神秀之士。」（卷二
十，頁2846）

657 《集千家註批點補遺杜詩集》說：「『聞』字，不可解，必『同』字也。」（卷十八，
頁1509）

夏日楊長寧宅送崔侍御、常正字入京探韻得深字

醉酒楊雄宅，升堂子賤琴言己與崔、常宴別於楊長寧宅也。楊雄比楊之才，子賤比楊之政。

不堪垂老鬢，還對欲分襟二句言己垂老，不忍與崔、常遠別也。

天地西南遠指江陵**，星辰北斗深**指京都。二句紀地，見遠別。

烏臺俯麟閣「烏臺」，指崔侍御；「麟閣」，指常正字。唐改秘書省為「麟閣」，**長夏白頭吟**自謂。二句紀人，見老別。後四句，足上三、四之意。

　　○瑗按此與前〈章梓州水亭〉詩乃一題而敘數人，學者不可不知此法。但前詩以人敘於後四句；此詩以人敘於前四句。首尾開闔照應，隨文勢而斡旋也。

江邊星月二首

驟雨清秋夜言晝雨夜晴，以起下文**，金波耿玉繩**「金波」，謂月；「玉繩」，謂星。

天河元自白，江浦向來澄言非因星月而清白，益以見星月之清白。

映物連珠斷貼「星」**，緣空一鏡升**貼「月」。

餘光憶更漏「餘光」，總言星月；「更漏」，貼夜字**，況乃露華凝**見夜之久。「華」字，與「光」字應。

江月辭風纜，江星別霧船夜久則星月落去，故曰辭纜，別船也。

雞鳴還曙色，鷺浴自晴川上聯言將曉，此正言曉也。

歷歷竟誰種言星**，悠悠何處圓**言月。

客愁殊未已，他夕始相鮮因星月而感懷也。

　　○三、四言曉矣。後四句復言星月客愁，追憶往日耳。

舟月對驛近寺

更深不假燭，月朗自明船<small>貼「舟月」。</small>

金剎青楓外<small>貼「近寺」</small>，朱樓白水邊<small>貼「對驛」。</small>

城烏啼眇眇，野鷺宿娟娟<small>月夜之景。</small>

皓首江湖客，鈎簾獨未眠<small>月夜之懷。「簾」，舟上之簾也。</small>

舟中

風餐江柳下，雨臥驛樓邊。

結纜排魚網，連檣並米船<small>四句言舟之所近，而情景俱在。</small>

今朝雲細薄，昨夜月清圓<small>上句即曉景。下句追言夜景，打轉前四句。</small>

飄泊南庭老，祇應學水仙<small>「南庭老」，公自謂也。「南庭」，猶北地謂之北庭。</small>

終年飄泊江湖，故有水仙之歎。

　　○舊註：「結」，音「繫」，引《漢書》張釋之跪為王生結襪，注「結」讀作「繫」。[658]瑗按：《漢書》亦只當如字。[659]讀「結」字意義自明，何必讀作「繫」哉？

江漢

江漢思歸客，乾坤一腐儒<small>言久客飄泊，為腐儒無堪故也。二句語勢相喚，非是</small>平講。

---

658 《集千家註批點補遺杜詩集》說：「鄭曰：『結』字，音『係』，出《漢書》張釋之跪為王生結襪。注『結』讀曰『係』。」（卷十八，頁1524）另外，《漢書‧張釋之傳》說：「王生者，善為黃老言，處士。嘗召居廷中，公卿盡會立，王生老人，曰『吾韤解』，顧謂釋之：『為我結韤！』釋之跪而結之。……。師古曰：『結讀曰係。』」（卷五十，頁2312）

659 汪瑗認為：《漢書》也只是視「結」當如「繫」字，而讀作「繫」音。

片雲天共遠，永夜月同孤_{貼客字，景在其中。}

落日心猶壯，秋風病欲蘇_{言客懷，時在其中。}

古來存老馬，不必取長途_{結見腐儒之不當棄也。}田子方見老馬於道，問其御曰：「此何馬？」曰：「公家畜也，疲而不用，故出之。」子方喟然歎曰：「少盡其力，老棄其身，仁者不為。」束帛贖之。窮士聞之，知歸心焉。齊桓公伐孤竹，春往冬返，迷惑失道。管仲曰：「老馬之智可用也。」乃放老馬而隨之，遂得道。少陵此結，蓋即管仲之事，而翻案用之，用子方之意耳，謂雖無取長途之智，亦不當擯棄也。東坡代滕達道疏云：「自念舊臣，譬之老馬，雖筋力已衰，不堪致遠，而經涉險阻，粗識道路。」《玉露》以為用此結之意，⁶⁶⁰殊不知此結之意，蓋翻管仲事，非正用管仲事也。

遠遊

江闊浮高棟，雲長出斷山_{言江山之寥廓。}

塵沙連越嶲，風雨暗荊蠻_{言風塵之晦冥。}

鴈矯銜蘆內，猿啼失木間_{託物比興。}

弊裘蘇季子，歷國未知還_{詩意在此。}

重題_{公前有〈哭李尚書之芳〉排律十韻，此又哭之，故曰「重題」}

涕泗不能收_{見「重哭」，}哭君餘白頭_{重哭在此，即前詩「相知成白首，此別間}

---

660 《鶴林玉露》「老馬」則下說：「《韓子》：『管仲、隰朋從桓公伐孤竹，春往而冬反，迷惑失道。管仲曰：『老馬之智可用也。』乃放老馬而隨之，遂得道焉。』杜陵詩云：『古來存老馬，不必取長途。』用此事也。東坡代滕達道疏云：『自念舊臣，譬之老馬，雖筋力已衰，不堪致遠，而經涉險阻，粗識道路。』又用杜詩意。」（卷六，乙編，頁223-224）

黃泉」之意也。[661]

兒童相顧盡，宇宙此生浮上言不忍其死，下言人之不能不死，即人之生死無常，益見其可哀也。

江雨銘旌濕，湖風井逕秋即風雨蕭索之景，見哭李悽慘之情。

還瞻魏太子，賓客減應劉公自注：公歷禮部尚書，薨於太子賓客。[662]結蓋即魏文帝為太子時，與應瑒、劉楨相友之事，比李之薨於官，而哀情自可見也。

獨坐詩言倚杖眺望之事，而題曰「獨坐」者，眺望而歸，獨坐之時所作也

悲秋回白首，倚杖背孤城下言倚杖眺望，不過申上句之意耳。

江斂洲渚出，天虛風物清此言秋景之可悲，貼回首。

滄溟服衰謝，朱紱負平生此言情懷之可悲，貼白首。

仰羨黃昏鳥，投林羽翮輕即鳥歸巢之易，見己歸家之難也。

哭李常侍嶧二首

一代風流盡，脩文地下深世言顏回、卜商死為地下脩文郎。

斯人不重見，將老失知音上聯歎其死，下聯歎其死不可再見，一意而反覆言之耳。

短日行梅嶺，寒山落桂林言其襯自廣而歸也。[663]賦景寓情。

長安若箇畔，猶想映貂金長安故人有想李者，有不想李者，俱在諷內。嗚呼！故人朝死而暮忘交情者多矣，誦此不亦赧然於心乎？少陵於故人之死，必有詩而哭之，知己之深者，又重哭之。觀其《集》，尚有追憶流涕於數十年之後者，可謂篤

661　〈哭李尚書之芳〉，見《杜工部集》，卷十七，頁767。

662　「於」，《杜工部集》作「于」（卷十七，頁768）。

663　「襯」，當作「櫬」。

於故舊者矣。○瑗按：公〈哭李尚書〉排律，結亦有「王孫若簡邊」之句。[664]「若簡」，當時俗語也。楊誠齋云：詩固有以俗為雅，然亦須經前輩鎔化乃可因承。如李之「耐可」、杜之「遮莫」、唐人「裏許」、「若許」之類是也。唐人寒食詩不敢用「餳」字，重九詩不敢用「餻」字，半山老人不敢作梅花詩，彼固未敢輕引里母田父，而坐之平王之子、衛侯之妻之側也。[665]

青鎖陪雙入追言昔日同朝，**銅梁阻一辭**「銅梁」，蜀中縣名。李嘗過蜀而公未得送也。

風塵逢我地言昔銅梁之阻，實為風塵之故，見不得把臂而別也，貼第二句，**江漢哭君時**言昔陪於青鎖，今哭於江漢，又不得撫棺而哭也，貼第一句。

次第尋書札李寄公書，**呼兒檢贈詩**公贈李詩。○二句見不得撫棺而哭，亦惟尋書檢詩、收拾遺跡，不忘舊好而已。昔日往還之情，今日幽明之隔，俱在言外。「次第」「呼兒」假對，曾茶山「次第翻經集，呼兒理在亡」本此。

發揮王子表，不愧史臣詞李乃宗室之子，故稱「王子」。《漢書》有〈王子候表〉。[666]此言李之德業，當為史臣發揮於表記之中而無愧也。

　　○前詩歎今逝之詞，後詩多追往之詞。

　　○瑗按：尾句「詞」一本亦作「辭」。蓋「辭」字古通用，此篇雖謂之用重韻可也。可見用韻，古人不拘，豈獨古詩與排律而已哉？

664　〈哭李尚書之芳〉，見《杜工部集》，卷十七，頁768。

665　《鶴林玉露》「以俗為雅」作「楊誠齋云：『詩固有以俗為雅，然亦須經前輩鎔化，乃可因承。如李之『耐可』、杜之『遮莫』、唐人『裏許』、『若簡』之類是也。唐人寒食詩不敢用『餳』字，重九詩不敢用『餻』字，半山老人不敢作梅花詩，彼固未敢輕引里母田父，而坐之平王之子、衛侯之妻之側也。』」（卷三，丙編，頁285）。

666　《漢書》有〈王子侯表〉（卷十五，頁427）。據此，「候」當作「侯」。

宴王使君宅題二首

漢主追韓信，蒼生起謝安言時方用武畧之事。

吾徒自飄泊，世事各艱難歎己與王俱不遇也。下聯因上聯。

逆旅招邀近，他鄉意緒寬。

不才甘朽質，高臥豈泥蟠二聯皆下因上，反言自慰自謙之詞，以寓飄泊艱難之恨也。

汎愛容霜鬢，留歡卜夜闌言王憐己之老而留宴之深也。

自吟詩送老貼「霜鬢」，相勸酒開顏貼「留歡」。○此聯上三字、下二字句。

戎□□何地，鄉園獨在山貼「客」字，下因上。

江湖墮清月貼□……闌□……，□□任扶還貼「留歡」與「相勸」。

久客

羈旅知交態，淹留見俗情起聯見題。

衰顏□□□，□□最相輕上聯猶含蓄，此則直斥之□……謂淵明之去聯，不為折□……。

□□□□粲總結上文，傷時哭賈生為尾句起。

狐□□□□，□□正縱橫傷時為此。公不以□……恨，而以天下之□……矣。其詞亦多怨調，此□……將欲移居公安縣□……。

移居公安山□

南國晝多霧，北風天正□……。

□□□□□，身遠宿雲端言移居道路之苦。

山鬼□□□，□□□□□言夜宿山館寂寞之事。

雞鳴問前館，世亂□□□……情。

官亭夕坐，戲簡顏少府「顏」乃公安尉也。

南國調寒杵，西江浸日車。

客愁連蟋蟀，□□□□葭一、三，既夕所聞之景；二、四，向夕所見之景，「客愁」言情。

不返青絲鞚，□燒夜燭花二句一情一景，語勢相喚。○六句，貼「官亭夕坐」。情景參錯互言。

□□□地主，細細酌流霞結乃戲簡顏少府之意也。

公安縣懷古

野曠呂蒙營，江深劉備城見所懷之古迹，二句對起。

寒天催日短貼「野曠」，風浪與雲平貼「江深」。○二句申言野曠、江深之景。

灑落君臣契貼「劉備」，孔明帶講，飛騰戰伐名貼「呂蒙」。○二句申言劉備、呂蒙之事。

維舟倚前浦，長嘯一含情結言經過感懷不盡之意。

公安送李二十九弟晉肅李賀之父入蜀，余下沔鄂時公欲往岳陽

正解柴桑纜柴桑里，在江州，與沔鄂相近，此公自謂，仍看蜀道行言晉肅。○二句言彼此所向之方，為下聯張本。

檣烏相背發晉肅入蜀，而已下沔鄂，故二舟相背而發，[667]**塞鴈一行鳴**即鳴鴈以寫兄弟惜別之情。[668]「烏」字，虛；「鴈」字，實。

南紀連銅柱「南紀」，漢水也，下沔鄂所泛。「銅柱」，在南海，漢・馬援所立，[669]

西江接錦城自蜀以西，皆可謂之西江，入蜀所泛。「錦城」，指成都府。○二句又申言彼此所經之地，為下聯張本。

憑將百錢卜，飄泊問君平漢・嚴君平賣卜成都，日得百錢則止。此謂己久**飄**泊，欲以百錢憑晉肅往為己卜，何時而可免耳，此自歎之詞也。李白〈送友人入蜀〉詩結云：「升沉應已定，不必問君平。」[670]李、杜二公晚年皆為流離之子，其所言之不同如此，亦可想見二公之為人。

泊岳陽城下

江國踰千里，山城僅百層言岳陽之形勝。

岸風翻夕浪，舟雪灑寒燈言泊舟之時景。

留滯才難盡，艱危氣益增上二字自悲，下三字自負。陳后山「留滯常思動，艱危却悔來」祖此。[671]

圖南未可料，變化有鯤鵬用《莊子》語，喻己才氣之不衰，而飛騰尚有日，世俗何為因己之留滯艱危而遂相輕也邪？固所以自負，亦所以警人。

---

667 《杜律趙註》於「檣烏」句下說：「晉肅入蜀，而已下沔鄂，故二舟相背而發。」（卷上，頁70）

668 《杜律趙註》於「塞鴈」句下說：「托鴈鳴以寫兄弟惜別之情。」（卷上，頁70）

669 《杜律趙註》於「南紀」句下說：「『南紀』，漢水也，下沔鄂所泛。『銅柱』，在南海，後漢・馬援所立。」（卷上，頁70）

670 〈送友人入蜀〉，見《李太白全集》，卷十八，頁839。

671 「危」，陳師道《後山集・寒夜》作「虞」，見《文淵閣四庫全書》，第1114冊，卷五，頁555。

纜船苦風，戲題四韻，奉簡鄭判官

東岸朔風疾直言「風疾」，以起下文，天寒鷁鵠呼言鳥苦風，因以自喻。

漲沙霾草樹，舞雪渡江湖以「漲沙」、「舞雪」見苦風。

吹帽時時落，維舟日日孤以「吹帽」、「維舟」見苦風。下貼「纜船」。

因聲置驛外，為覓酒家壚《漢書》：鄭莊置驛，請謝賓客。[672]此簡鄭判官，故
云然。

　　○前六句貼「纜船苦風」，結聯戲簡鄭判官，與前〈官亭夕坐，戲簡顏少府〉
詩同格。

登岳陽樓

昔聞洞庭水，今上岳陽樓「今」、「昔」二字開闔。

吳楚東南坼，乾坤日夜浮此極言洞庭幅員連亘之廣。「坼」與「浮」，句中眼
也。[673]貼第一句。

親朋無一字，老病有孤舟此極言客中離索寂寞之悲。

戎馬關山北時吐蕃犯京，[674]上聯因此，憑軒涕泗流後四句，登樓所感之情。

　　○舊說此篇為岳陽樓詩百代之絕唱，殆與洞庭爭雄。[675]三、四尤勝，惟孟浩然
臨洞庭所賦「氣蒸雲夢澤，波撼岳陽城」一聯，[676]足以相敵，餘人終不逮也。

672　《漢書・鄭當時傳》，卷五十，頁2323。

673　《杜律趙註》於「吳楚」兩句下說：「此極言洞庭幅員連亘之廣。『坼』與『浮』，
　　句中眼也。」（卷下，頁138）

674　《杜律趙註》於「戎馬」兩句下說：「時吐蕃犯京邑。」（卷下，頁138）

675　《集千家註批點補遺杜詩集》說：「氣壓百代，為五言雄渾之絕。……《唐子西語
　　錄》云：『過岳陽樓，觀子美詩，不過四十字耳。氣象閎放，涵蓄深遠，殆與洞庭
　　爭雄。』」（卷十九，頁1567）此外，《唐子西文錄》，參見《歷代詩話》（北京：中
　　華書局，2001年），頁447。

676　《孟浩然集・臨洞庭》，見《文淵閣四庫全書》，第1071冊，卷三，頁455。

陪裴使君登岳陽樓

湖闊兼雲霧，樓高屬晚晴上言湖之陰景，下言樓之晴景。

禮加徐孺子，詩接謝宣城上言裴待己之厚，下言裴才名之高。

雪岸叢梅發，春泥百草生上言雪中之景物，下言雨後之景物。

敢違漁父問，從此更南征「漁父」，公自喻也。此詩蓋欲去岳陽而往潭州，故有此結。

宿青草湖

洞庭猶在目，青草續為名見二湖之相連。

宿漿依農事，郵籤報水程「漿」，所以棹舟者也。謂己之舟，停漿依岸，上之農家而宿耳；「籤」，所以傳候者也。謂岸上郵亭之吏，執籤以報己之水程耳。二句初抵湖邊之事。

寒冰爭倚薄，雲月遞微明二句既宿湖後之景。

湖鴈雙雙起，人來故北征言鴈若知己欲北歸而未能，特故北飛以相惱也。[677]蓋即所見以寓意耳。

宿白沙驛

水宿仍餘照，人煙復此亭曰「仍」曰「復」，則前此旅宿之久可見。

驛邊沙舊白不變之景，湖外草新青一時之景。

萬象皆春氣，孤槎自客星言萬物逢春，皆有生意，而己獨泛孤舟，為顛頷客也。或曰：上貼三四，下貼首聯，亦通。

隨波無限好，的的近南溟承「孤槎」而反言遊泛之樂，以寓飄泊之感也。

---

677 《杜律趙註》於「寒冰」四句下說：「言鴈若知己欲北歸而未能，故北飛以相惱也。」（卷上，頁73）

湘夫人祠

蕭蕭湘妃廟，空墻碧水春。

蟲書玉佩蘚，燕舞翠帷塵四句見祠廟之寂寞。

晚泊登汀樹，微馨借渚蘋二句言登岸謁廟之情。

蒼梧恨不淺，流淚在叢筠《博物志》：舜死，湘妃以淚染竹成斑。[678]此引本事以寫湘妃之恨，而又因以自寓弔古之意也。

祠南夕望即湘夫人祠

百丈牽江色，孤舟泛日斜「孤舟」，承上句；「日斜」，貼「夕」字。

興來猶杖屨，目斷更雲沙言登岸望遠。曰「猶」曰「更」，與前詩應，見為重望也。

山鬼迷春竹暗用《楚辭‧山鬼篇》「余處幽篁兮終不見天」之意，[679]湘娥倚暮花二句敘事以寫夕望之景。

湖南清絕地，萬古一長嗟「清絕」，總指上文所言之景；「長嗟」，言己弔古無窮之意也。

登白馬潭屬潭州

水生春纜沒，日出野船開言春曉開船之景。

宿鳥行猶去，花叢笑不來見船開迅速之意。

678 《博物志》（臺北：金楓出版有限公司）說：「堯之二女，舜之二妃，曰湘夫人。舜崩，二妃啼，以淚揮竹，竹盡斑。」（卷八，頁153）

679 宋‧洪興祖：《楚辭補注‧九歌章句‧山鬼》（臺北：頂淵文化事業有限公司，2005年），頁80。

人人傷白首，處處接金盃。

莫道新知要，南征且未迴<small>四句開船所感之情。</small>

歸鴈

聞道今春鴈，南歸自廣州<small>見鴈歸之地。</small>

見花辭漲海，避雪到羅浮<small>見鴈來去之時。</small>

是物關兵氣，何時免客愁<small>「兵氣」，言殺氣也，秋冬則南來，春夏則北去，故曰「關兵氣」，借言以見「客愁」也。</small>

年年霜露隔，不過五湖秋<small>言鴈避霜露而不過五湖，以見廣州之暖；而鴈有得所之樂，客無免愁之時也。</small>

野望

納納乾坤大，行行郡國遙<small>二句氣象宏濶，已盡野望之妙。</small>

雲山兼五嶺，風壤帶三苗。

野樹侵江濶，春蒲長雪消<small>此皆野望所見，兼巨細遠近而言之。乾坤之大，郡國之遙，俱可見矣。</small>

扁舟空老去，無補聖明朝<small>野望所感之情。</small>

入喬口<small>公自注：長沙北界</small>⁶⁸⁰

漠漠舊京遠，遲遲歸路賒<small>言故鄉迢遞而歸路阻隔。</small>

<small>680　《杜工部集》，卷十八，頁783。</small>

殘年傍水國，落日對春華<small>言老客他鄉而對景傷懷。</small>

樹蜜早蜂亂，江泥輕燕斜<small>承「春華」言，有「萬象皆春氣，孤槎自客星」之意。⁶⁸¹</small>

賈生骨已朽，悽惻近長沙<small>因地近長沙，故借賈生以自寓也。</small>

銅官渚守風

不夜楚帆落，避風湘渚間<small>上句因下句。</small>

水耕先浸草，春火更燒山<small>二句「湘渚」之俗，因守風而書所見。</small>

早泊雲物晦，逆行波浪慳<small>上因下，貼首聯。</small>

飛來雙白鶴，過去杳難攀<small>鶴乘風而愈迅，故因所見以羨之。此結與前〈宿青草湖〉結相類。</small>

發潭州

夜醉長沙酒<small>夜宿之興</small>，曉行湘水春<small>曉發之景。</small>

岸花飛送客，檣燕語留人<small>承第二句，託物比興以見發潭州之寂寞也。</small>

賈傅才何有，褚公書絕倫<small>賈誼謫長沙；褚遂良左遷潭州都督。⁶⁸²</small>

名高前後事，回首一傷神<small>趙云：因去潭，而賈之才、褚之書，名高前後，一時未免遷謫於此，已亦以旅寓而來，故「回首一傷神」也，自負不淺。⁶⁸³</small>

　　《玉露》曰：詩莫尚乎興。蓋興，因物感觸，言在於此而意寄於彼，非若比賦之直言其事也。故興得兼比賦，比賦不得兼興。如杜陵：「岸花飛送客，檣燕語留

<small>681 〈宿白沙驛〉，見《杜工部集》，卷十八，頁781。</small>

<small>682 《杜律趙註》於「賈傅」句下說：「賈誼謫長沙。」又於「褚公」句下說：「褚遂良左遷潭州都督。」（卷上，頁76）</small>

<small>683 《杜律趙註》，卷上，頁76。</small>

人。」蓋因飛花語燕，傷人情之薄，言送客留人，止有燕與花耳。此賦也，亦興也。若「感時花濺淚，恨別鳥驚心」，則賦而非興矣。[684]

雙楓浦

輟棹青楓浦，雙楓舊已摧因停舟於雙楓浦，而即枯楓以比興也。

自驚衰謝力，不道棟梁材二句託為樹言。「衰謝」，指樹之摧，非公自謂。

浪足浮紗帽，皮須截錦苔言截其皮可為冠耳。

江邊地有主，暫借上天迴言此樹既在江邊，必有地主，欲借以為槎，而乘之以上天也。

　　○後三聯，皆承第二句言。

衡州送李大夫勉赴廣州

斧鉞下青冥，樓船過洞庭言李受君命而赴廣。

北風隨爽氣，南斗避文星言不惟專武柄，抑且擅文場也。

日月籠中鳥，乾坤水上萍《玉露》曰：此自歎之詞耳。蓋拘束以度日月，若鳥在籠中，漂泊泛於乾坤，若萍浮水上。本是形容凄涼之意，乃翻作壯麗之語。[685]

684　《鶴林玉露》「詩興」作「詩莫尚乎興，聖人言語，亦有專是興者。如『逝者如斯夫，不舍晝夜』，『山梁雌雉，時哉時哉』，無非興也，特不曾檃括協韻爾。蓋興者，因物感觸，言在於此，而意寄於彼，玩味乃可識，非若賦比之直言其事也。故興多兼比賦，比賦不兼興，古詩皆然。今姑以杜陵詩言之，〈發潭州〉云：『岸花飛送客，檣燕語留人。』蓋因飛花語燕，傷人情之薄，言送客留人，止有燕與花耳。此賦也，亦興也。若『感時花濺淚，恨別鳥驚心』，則賦而非興矣」（卷四，乙編，頁185）。

685　《鶴林玉露》「籠鳥水萍」作「此自歎之詞耳。蓋拘束以度日月，若鳥在籠中，漂泛於乾坤間，若萍浮水上。本是形容凄涼之意，乃翻作壯麗之語」（卷一，丙編，頁251）。

王孫丈人行李勉，鄭惠王之曾孫，應第四句，垂老見飄零應五、六。

　　○前四句稱李；五、六自歎；結又稱李，而嘆己以總之，冀其見憐之意也。

江閣臥病，走筆寄呈崔盧兩侍御

客子庖廚薄，江樓枕席清二句言客居淡薄寂寞也。「枕席」，貼「臥」字。下句明言病。

衰年病祇瘦，長夏想為情二句言因老病苦熱有所思也。

滑憶彫胡飯，香聞錦帶羹所思在此。「彫胡」，菰米；「錦帶」，芹類，或以為吐綬鷄，[686]未詳孰是。

溜匙兼暖腹，誰欲致盃罌結言羹飯之美，無人而為致之耳。

　　○此詩因缺庖廚之資而有索於二公也。

潭州送韋員外迢牧韶州

炎海韶州牧，風流漢署郎言韋今出守之牧，乃昔日在朝之郎也。

分符先令望言韋出牧，為舊有名，貼第一句，同舍有輝光公嘗為郎，故用同舍，貼第二句。

白首多年疾，秋天昨夜涼二句即「秋風病欲蘇」之意。[687]公自謂也。

洞庭無過鴈，書疏莫相忘結言別後之情，謂己雖無書，而韋則不可忘己也。

686　《王狀元集百家註編年杜陵詩史》云：「王彥輔中散云：『錦帶』，吐綬鷄也。」（卷三十一，頁1133）另外，《集千家註批點補遺杜詩集》也說：「彥輔曰：『錦帶』，吐綬雞也。」（卷十九，頁1617）

687　〈江漢〉，見《杜工部集》，卷十五，頁661。

潭州留別杜員外院長　韋迢作

江畔長沙驛，相逢纜客船起言相逢之處。

大名詩獨步稱杜才名之盛，小郡海西偏歎己出牧之遠。

地濕愁飛鵩，天炎畏跕鳶貼第四句。

去留俱失意，把臂共潸然結言留別之情。

早發湘潭寄杜員外院長　韋迢作

北風昨夜雨，江上早來涼江上夜雨、曉晴之景。

楚岫千峯翠，湘潭一葉黃江上曉來、雨後之景。

故人湖外客，白首尚為郎歎杜不遇之情。

相憶無南鴈，何時有報章欲杜報書之意。

　　○此詩全是和少陵送詩後四句之意。

酬韋韶州見寄

養拙江湖外言己在野，朝廷記憶踈言己去朝。

深慙長者轍言韋枉別，重得故人書言韋寄書。○四句言不得於君而見憐於友也。

白髮絲難理歎己之老，新詩錦不如稱韋所寄之詩。

雖無南過鴈，看取北來魚衡陽有回鴈峯，相傳鴈自此而回，蓋鴈不過衡陽；而瀟湘北流，故公借以寓意。「鴈」「魚」皆指書言。

　　○此詩全是和韋寄詩後四句之意。觀此上四篇，往來反復，詞旨互見，可見古人和詩，必答其意，非若今人為次韻所拘也。

樓上

天地空搔首，頻抽白玉簪<small>寫躊躇之狀，見愁悶之懷。下承「搔首」二字。</small>

皇輿三極北<small>君國之憂</small>，身事五湖南<small>流落之歎。</small>

戀闕勞肝肺<small>思君之切，貼第二句</small>，論材愧杞柟<small>愧身不才，貼第三句。</small>

亂離難自救，終是老湘潭<small>貼第四句。後三聯，皆「搔首」所感之情也。</small>

秋晚長沙蔡侍御飲筵送殷參軍歸澧州覲省

佳士欣相識<small>見己識殷之始</small>，慈顏望遠遊<small>見殷歸澧之由。</small>

甘從投轄飲<small>見蔡好客之甚</small>，肯作置書郵<small>見殷欲去之速。</small>

高鳥黃雲暮，寒蟬碧樹秋<small>即晚秋之景，見送別之明。</small>

湖南冬不雪，吾病得淹留<small>結即風土之美見己久客之情，蓋因殷之歸，而感己之不得歸也。</small>

舟中夜雪有懷盧侍御弟

朔風吹桂木<small>言雪大之由</small>，大雪夜紛紛<small>下皆言夜雪。</small>

暗渡南樓月<small>月色而暗度，見雪之大也</small>，寒深北渚雲<small>雲氣之寒深，見大而多也。</small>

燭斜初近見<small>近視而後見搖燭之影，初灑之微也</small>，舟重竟無聞<small>重而不聞打蓬之聲，既積之厚也。○四句雖皆言夜雪，要之，三、五貼「夜」字邊意多；四、六貼「雪」字邊意多。</small>

不識山陰道，聽雞更憶君<small>結見懷盧之意，言不能如子猷之訪戴，但聽雞不寐而憶之耳。「聽雞」疑借用劉琨中夜聽雞起舞事，以見懷盧不寐之意也。</small>

對雪

北雪犯長沙，胡雲冷萬家二句言雪之盛。此乃作雪之方、邊塞多雪之地，故曰「北雪」「胡雲」。

隨風且間葉言與木葉相間，作「開」字，非，[688]**帶雨不成花**「花」「葉」，借對。○四句言「對雪」。

金錯錢也囊垂罄，銀壺酒易賒言貧而興高。

無人竭浮蟻酒也，**有待至昏鴉**言與人共酌以盡此興，故待之久也。「浮蟻」「昏鴉」，假對。○四句，對雪之情。趙註為反詞，言家貧酒不易賒，故無人相送而空待之久也。容更詳之。《石林詩話》：詩禁體物語，學詩者類能言之。歐公守汝陰，與客賦雪詩，舉此令，往往坐客閣筆。退之兩篇，力欲去此弊，雖冥搜奇譎，亦不免「縞帶」「銀盃」之句。少陵「暗度南樓月，寒深北渚雲」，初不避「雲」「月」字。若「隨風且間葉，帶雨不成花」，則退之兩篇，殆無以過之。[689]

送趙明府之縣杜陵縣也

連城為寶重，茂宰得才新起美趙之才德。

山雉迎舟楫，江花報邑人此暗用魯恭馴雉、潘岳種花事，以美其之縣也。

---

688 《杜律趙註》於「隨風」句下說：「言與木葉相間，作『開』，非也。」（卷下，頁169）

689 《漁隱叢話》作「詩禁體物語，此學詩者類能言之。歐公守汝陰，與客賦雪詩於聚星堂，舉此令，往往坐客閣筆。……。退之兩篇，力欲去此弊，雖冥搜奇譎，亦不免『縞帶』『銀杯』之句。杜子美『暗度南樓月，寒深北渚雲』，初不避『雲』『月』字。若『隨風且開葉，帶雨不成花』，則退之兩篇，殆無以過之也」（卷二十九，前集，頁583-584）。韓愈《東雅堂昌黎集註・詠雪贈張籍》有「隨車翻縞帶，逐馬散銀盃」之句，見《文淵閣四庫全書》，第1075冊，卷九，頁164。「暗度」兩句，見《杜工部集・舟中夜雪有懷盧十四侍御弟》，卷十八，頁796；「隨風」兩句，見《杜工部集・對雪》，卷十八，頁796。

論文翻恨晚，臥病却愁春敘己情以贈趙。

惠愛南翁悅，餘波及老身言以仁澤溉衰病之人也。

歸鴈二首

萬里衡陽鴈，今年又北歸曰「又」，則去年歸可知；鴈歲一歸，而人則久客，此詩之所以作也。

雙雙瞻客上，一一背人飛公在南而鴈北飛，故曰「背人飛」。此言鴈初別之時。

雲裏相呼疾，沙邊自宿稀此言鴈歸途中之苦。

繫書無浪語「繫書」，用蘇武事，愁寂故山薇繫書之言，只此無他，浪語也。

欲雪違胡地《月令》：八月九月，鴻鴈來。曰「欲雪」者，胡地雪早故也。此紀去年之來時，先花別楚雲《月令》：正月，候鴈北。正月春花未有，故曰「先花」。此紀今年之去時。

却過清渭影「清渭」，近北，貼「胡」，高起洞庭群貼「楚」。

塞北春陰暮貼「胡」，江南日色曛貼「楚」。此聯與首聯同，有地有時。

傷弓流落羽，行斷不堪聞結言道途流落之危，以自喻也。

　　○此題「歸鴈」，前三聯皆先言來之時之地，而後言去之時之地。若今人，必以為倒施矣。

奉酬寇侍御錫見寄四韻復寄寇

往別郇瑕地紀別之地，於今四十年紀別之久。

來簪御府筆，故泊洞庭船觀結聯時，寇當有出巡南方之命，故此聯云。

詩憶傷心處，春深把臂前言得寇寄詩，却憶往別之處，而今則相期春深一把臂

也。趙曰:「把臂」,言往別郇瑕之時。瑗按:此詩作於三月。趙說,非。上句結上文,下句起下文耳。

南贍按百越,黃帽待君偏結承上文,言聞寇將南巡,而已相待之久也。公〈發劉郎浦〉詩結云「白頭厭伴漁人宿,黃帽青鞋歸去來」,[690]注謂:「黃帽」,箬冠也;[691]〈別董頲〉詩結云「當念著白帽,采薇青雲端」,[692]則「黃帽」「白帽」皆隱士之所著者。此「黃帽」句,亦公自謂耳。舊引《漢書》鄧通濯船為黃頭郎事,謂刺船之郎皆著黃帽,[693]非是。

江閣對雨有懷行營裴端公裴虬時為道州刺史,同平臧玠之亂

南紀風濤壯,陰晴屢不分下句因上句。

野流行地日,江入度山雲此聯承第二句言。趙云:流潦滿道,而日照其中,雨過而晴也。度山之雲,下與江接,晴而又雨也。此與〈白露〉詩「圃開連雨樹,船渡入江溪」、〈秦州雜詩〉「月明垂葉露,雲逐渡溪風」句法相類。[694]

層閣憑雷殷去聲,**長空面水紋**此聯言江閣對雨之景。

雨來銅柱北,應洗伏波軍結言對雨懷裴之情。蓋以馬援征蠻,比裴之討寇。「銅柱」,應「南紀」,公前〈送李晉肅〉詩云「南紀連銅柱」是也。[695]

---

690 《杜工部集》,卷八,頁325。

691 《王狀元集百家註編年杜陵詩史》云:「沈曰:『黃帽』,乃箬冠。」(卷三十,頁1099)

692 《杜工部集》,卷八,頁328。

693 《杜詩趙次公先後解輯校》說:「『黃帽』字,《前漢》:鄧通,蜀郡南安人也。以濯船為黃頭郎。顏師古注曰:濯船,能插濯行船也。土勝水,其色黃,故刺船之郎皆著黃帽。」(己帙卷之四,頁1409)

694 《杜律趙註》作「流潦滿道,而日照其中,雨過而晴也。度山之雲,下與江接,晴而又雨也。此語〈白露〉詩『圃開連石樹,舩渡入江溪』句法相類」(卷下,頁173-174)。「語」,當作「與」。

695 〈公安送李二十九弟晉肅入蜀余下沔鄂〉,見《杜工部集》,卷十七,頁771。

暮秋將歸秦，留別湖南幕府親友

水濶蒼梧野，天高白帝秋即暮秋之景，見己欲歸之時。

途窮那免哭，身老不禁愁發貧老之歎，見己難歸之情。

大府才能會，諸公德業優稱幕府之親友，見其居得志之際。

北歸衝雨雪，誰憫弊貂裘總結上文，蓋明言其有望於諸公振己路資之費也。趙云：視他人心欲干之，而不能言者不同，然亦可歎。⁶⁹⁶

過洞庭湖

鮫室圍青草，龍堆隱白沙。

護堤盤古木，迎棹舞神鴉。

破浪南風正，回檣畏日斜一、二、三，述湖中之景物；四、五、六，見過湖之時景。

湖光與天遠，直欲泛仙槎結總上文，見湖景之勝與泛湖之興也。「泛仙槎」，謂用事亦可，謂不用事亦可。

杜律五言補註卷之四_終

---

696 《杜律趙註》作「此不能無望於諸公，視他人心欲干之，而口不能言者不同，然亦可嘆矣」（卷上，頁77）。

附錄

《安徽省歙縣志·人物·汪瑗傳》：[1]

　　汪瑗，字玉卿，叢睦人。邑諸生，博雅工詩，見服于弇州、歷下。著有《巽麓草堂詩集》、《李杜合注》、《楚辭註解》諸書。

《安徽省歙縣志·詩林·汪瑗傳》：[2]

　　汪瑗，字玉卿，叢睦坊人。為諸生，博雅工詩，與弇州、滄溟友善。所著有《巽麓艸堂詩集》、《楚辭註解》。

1　清·靳治荊、吳苑等纂修：《安徽省歙縣志》（臺北：成文出版社有限公司，1985年），見《中國方志叢書·華中地方·第713號》，據清·康熙年間刊本影印，卷九，頁967。

2　清·張佩芳修、劉大櫆纂：《安徽省歙縣志》（臺北：成文出版社有限公司，1975年），見《中國方志叢書·華中地方·第232號》，據清·乾隆三十六年刊本影印，卷十四，頁1016。

引用暨參考書籍

〔唐〕杜甫撰；〔宋〕王洙編次：《杜工部集》（影宋本），臺北：臺灣
　　　學生書局，1967年。

〔宋〕趙次公注；（今人）林繼中輯校：《杜詩趙次公先後解輯校》，
　　　上海：上海古籍出版社，1994年。

〔宋〕郭知達集註：《九家集註杜詩》，見《文瀾閣四庫全書》，《杜詩
　　　叢刊》，臺北：臺灣大通書局，1974年。

〔宋〕王十朋集註：《王狀元集百家註編年杜陵詩史》，景民國二年貴
　　　池劉氏玉海堂景宋刊本，《杜詩又叢》，京都：中文出版社，
　　　1977年。

〔宋〕闕名集註：《分門集註杜工部詩》，上海涵芬樓借南海潘氏藏宋
　　　刊本，《杜詩叢刊》，臺北：臺灣大通書局，1974年。

〔宋〕魯訔編次、蔡夢弼會箋：《草堂詩箋（千家注杜詩）》，臺北：
　　　廣文書局，1971年。

〔宋〕黃希原注、黃鶴補注：《補注杜詩》，見《文淵閣四庫全書》，
　　　臺北：臺灣商務印書館，1986年。

〔宋〕黃鶴集注、蔡夢弼校正：《杜工部草堂詩箋補遺》，景古逸叢書
　　　景宋刊本，《杜詩又叢》，京都：中文出版社，1977年。

〔宋〕劉辰翁批點、〔元〕高楚芳編：《集千家註批點補遺杜詩集》，
　　　〔明〕嘉靖己丑靖江王府刊本，臺北：臺灣大通書局，1974
　　　年。

〔元〕趙汸註：《杜律趙註》，〔明〕萬曆十六年新安吳氏七松居藏
　　　本，《杜詩叢刊》，臺北：臺灣大通書局，1974年。

〔明〕邵寶集註：《刻杜少陵先生詩分類集註》，〔明〕萬曆廿三年吳
　　　周子文刊本，《杜詩叢刊》，臺北：臺灣大通書局，1974年。

〔明〕汪瑗：《杜律五言補註》，〔明〕萬曆四十二年新安汪氏刊本，
　　　臺北國家圖書館藏。

〔明〕汪瑗：《杜律五言補註》，〔明〕萬曆四十二年新安汪氏刊本，
　　　《杜詩叢刊》，臺北：臺灣大通書局，1974年。

〔清〕黃生撰：《杜工部詩說》，京都：中文出版社，1976年。

〔清〕仇兆鰲注：《杜詩詳注》，臺北：里仁書局，1980年。

〔清〕吳瞻泰：《杜詩提要》，〔清〕乾隆間羅挺刊，《杜詩叢刊》，臺
　　　北：臺灣大通書局，1974年。

蕭滌非主編；張忠綱終審統稿：《杜甫全集校注》，北京：人民文學出
　　　版社，2013年。

〔漢〕司馬遷撰：《史記》，北京：中華書局，2005年。

〔漢〕班固撰、〔唐〕顏師古注：《漢書》，北京：中華書局，2002年。

〔宋〕范曄、〔唐〕李賢等注：《後漢書》，北京：中華書局，2003年。

〔唐〕李延壽：《北史》，北京：中華書局，2003年。

〔元〕劉應李原編；詹有諒改編、郭聲波整理：《大元混一方輿勝
　　　覽》，見《宋元地理志叢刊》，成都：四川大學出版社，2003
　　　年。

〔明〕李賢等撰：《大明一統志》，西安：三秦出版社，1990年。

〔清〕穆彰阿、潘錫恩等纂修：《大清一統志》，見《續修四庫全
　　　書》，上海：上海古籍出版社，2008年。

〔清〕顧祖禹撰；賀次君、施和金點校：《讀史方輿紀要》，北京：中
　　　華書局，2005年。

〔晉〕郭象注：《莊子注》，見《文淵閣四庫全書》，臺北：臺灣商務
　　　印書館，1986年。

〔晉〕張華；唐久寵導讀：《博物志》，臺北：金楓出版有限公司。

〔晉〕陶潛撰：《陶淵明集》，見《文淵閣四庫全書》，臺北：臺灣商
　　　務印書館，1986年。

〔晉〕陶潛撰；龔斌校箋：《陶淵明集校箋》，臺北：里仁書局，2007
　　　年。

〔梁〕蕭統編；〔唐〕李善注：《文選》，北京：中華書局，2005年。

〔梁〕徐堅等：《初學記》，見《唐代四大類書》，北京：清華大學出
　　　版社，2003年。

〔唐〕孟浩然撰：《孟浩然集》，見《文淵閣四庫全書》，臺北：臺灣
　　　商務印書館，1986年。

〔唐〕王維撰；〔清〕趙殿成箋注：《王右丞集箋注》，見《文淵閣四
　　　庫全書》，臺北：臺灣商務印書館，1986年。

〔唐〕李白著；〔清〕王琦注：《李太白全集》，北京：中華書局，
　　　1999年。

〔唐〕常建：《常建詩》，見《文淵閣四庫全書》，臺北：臺灣商務印
　　　書館，1986年。

〔唐〕岑參撰；廖立箋注：《岑嘉州詩箋注》，北京：中華書局，2004
　　　年。

〔唐〕韓愈撰；〔宋〕魏仲舉集注：《五百家注昌黎文集》，見《文淵
　　　閣四庫全書》，臺北：臺灣商務印書館，1986年。

〔唐〕韓愈撰；李漢編；〔宋〕廖瑩中集註：《東雅堂昌黎集註》，見
　　　《文淵閣四庫全書》，臺北：臺灣商務印書館，1986年。

〔唐〕韓愈撰；〔清〕馬其昶校注；馬茂元編次：《韓昌黎文集校
　　　注》，臺北：頂淵文化事業有限公司，2005年。

〔唐〕白居易：《白氏長慶集》，見《文淵閣四庫全書》，臺北：臺灣
　　　商務印書館，1986年。

〔唐〕柳宗元：《柳河東集》，見《文淵閣四庫全書》，臺北：臺灣商
　　　務印書館，1986年。

〔宋〕王安石：《臨川文集》，見《文淵閣四庫全書》，臺北：臺灣商
　　　務印書館，1986年。

〔宋〕沈括：《夢溪筆談》，見《文淵閣四庫全書》，臺北：臺灣商務
　　　印書館，1986年。

〔宋〕蘇軾：《東坡全集》，見《文淵閣四庫全書》，臺北：臺灣商務
　　　印書館，1986年。

〔宋〕蘇軾：《東坡詞》，見《文淵閣四庫全書》，臺北：臺灣商務印
　　　書館，1986年。

〔宋〕黃庭堅：《山谷集》，見《文淵閣四庫全書》，臺北：臺灣商務
　　　印書館，1986年。

〔宋〕黃庭堅：《山谷外集》，見《文淵閣四庫全書》，臺北：臺灣商
　　　務印書館，1986年。

〔宋〕陳師道：《後山集》，見《文淵閣四庫全書》，臺北：臺灣商務
　　　印書館，1986年。

〔宋〕阮閱：《詩話總龜》，見《文淵閣四庫全書》，臺北：臺灣商務
　　　印書館，1986年。

〔宋〕葛立方：《韻語陽秋》，見《文淵閣四庫全書》，臺北：臺灣商
　　　務印書館，1986年。

〔宋〕釋惠洪：《冷齋夜話》，見《文淵閣四庫全書》，臺北：臺灣商
　　　務印書館，1986年。

〔宋〕釋惠洪：《石門洪覺範天廚禁臠》，見《四庫全書存目叢書》，
　　　臺南：莊嚴文化事業有限公司，1997年。

〔宋〕葉夢得：《石林詩話》，見《文淵閣四庫全書》，臺北：臺灣商
　　　務印書館，1986年。

〔宋〕曾幾：《茶山集》，見《文淵閣四庫全書》，臺北：臺灣商務印
　　　書館，1986年。

〔宋〕洪興祖：《楚辭補注》，臺北：頂淵文化事業有限公司，2005年。

〔宋〕胡仔：《漁隱叢話》，臺北：廣文書局，1967年。

〔宋〕吳曾：《能改齋漫錄》，臺北：木鐸出版社，1982年。

〔宋〕陳善：《捫蝨新話》，見《全宋筆記》，鄭州：大象出版社，
　　　2012年。

〔宋〕羅大經撰：《鶴林玉露》，北京：中華書局，2005年。

〔宋〕魏慶之：《詩人玉屑》，見《文淵閣四庫全書》，臺北：臺灣商
　　　務印書館，1986年。

〔宋〕洪邁：《容齋四筆》，見《容齋隨筆》，上海：上海古籍出版
　　　社，1998年。

〔宋〕陸游撰；李劍雄、劉德權點校：《老學庵筆記》，北京：中華書
　　　局，2005年。

〔宋〕范成大：《吳船錄》，見《全宋筆記》，鄭州：大象出版社，
　　　2012年。

〔宋〕朱熹：《四書章句集註》，臺北：鵝湖月刊社，2010年。

〔宋〕朱熹：《四書或問》，見《文淵閣四庫全書》，臺北：臺灣商務
　　　印書館，1986年。

〔宋〕朱熹：《四書或問》，見《文津閣四庫全書》，北京：商務印書
　　　館，2006年。

〔宋〕黎靖德編：《朱子語類》，見《文淵閣四庫全書》，臺北：臺灣
　　　商務印書館，1986年。

〔宋〕孫奕：《示兒編》，見《文津閣四庫全書》，北京：商務印書
　　　館，2006年。

〔宋〕嚴羽著；郭紹虞校釋：《滄浪詩話校釋》，臺北：里仁書局，
　　　1987年。

〔宋〕魏慶之：《詩人玉屑》，見《文淵閣四庫全書》，臺北：臺灣商
　　　務印書館，1986年。

〔宋〕何谿汶：《竹莊詩話》，見《文淵閣四庫全書》，臺北：臺灣商
　　　務印書館，1986年。

〔元〕方回選評；李慶甲集評校點：《瀛奎律髓彙評》，上海：上海古
　　　籍出版社，2005年。

〔明〕康海撰：《武功縣志》，見《文淵閣四庫全書》，臺北：臺灣商
　　　務印書館，1986年。

〔明〕康海撰：《對山集》，見《文淵閣四庫全書》，臺北：臺灣商務
　　　印書館，1986年。

〔明〕韓邦奇撰：《苑洛集》，見《文淵閣四庫全書》，臺北：臺灣商
　　　務印書館，1986年。

〔明〕韓邦靖撰：《朝邑縣志》，見《文淵閣四庫全書》，臺北：臺灣
　　　商務印書館，1986年。

〔明〕汪瑗：《楚辭集解》，見《四庫全書存目叢書》，臺南：莊嚴文
　　　化事業有限公司，1997年。

〔明〕方弘靜：《素園存稿》，見《四庫全書存目叢書》，臺南：莊嚴
　　　文化事業有限公司，1997年。

〔明〕李時珍：《本草綱目》，北京：人民衛生出版社，2005年。

〔明〕潘之恆撰：《亙史》，見《四庫全書存目叢書》，臺南：莊嚴文
　　　化事業有限公司，1995年。

〔清〕錢謙益：《列朝詩集小傳》，見《明代傳記叢刊》，明文書局。

〔清〕吳景旭著：《歷代詩話》，北京：京華出版社，1998年。

〔清〕《御定全唐詩》，〔清〕康熙四十二年御定，見《文淵閣四庫全
　　　書》，臺北：臺灣商務印書館，1986年。

〔清〕靳治荊、吳苑等纂修:《安徽省歙縣志》,見《中國方志叢書‧華中地方‧第713號》,康熙年間刊本影印,臺北:成文出版社有限公司,1985年。

〔清〕張佩芳修、劉大櫆纂:《安徽省歙縣志》,見《中國方志叢書‧華中地方‧第232號》,乾隆三十六年刊本影印,臺北:成文出版社有限公司,1975年。

〔清〕陳元龍:《格致鏡原》,見《文淵閣四庫全書》,臺北:臺灣商務印書館,1986年。

〔清〕陳元龍:《歷代賦彙附索引》,南京:鳳凰出版社,2004年。

〔清〕閔麟嗣:《黃山志定本》,見《續修四庫全書》,上海:上海古籍出版社,2003年。

〔清〕阮元校勘:《十三經注疏附校勘記(上)(下)》,臺北:大化書局,1982年。

《明實錄附校勘記》,臺北:中央研究院歷史語言研究所校印,1964-1966年。

郭慶藩編輯:《莊子集釋》,臺北:大明王氏出版公司,1975年。

丁福保輯:《歷代詩話續編》,北京:中華書局,2001。

郭紹虞輯:《宋詩話輯佚》,臺北:華正書局,1981年。

逯欽立輯校:《先秦漢魏晉南北朝詩》,北京:中華書局,1998年。

何文煥輯:《歷代詩話》,北京:中華書局,2001年。

鄭慶篤等編著:《杜集書目提要》,濟南:齊魯書社,1986年。

張忠綱等編著:《杜集敘錄》,濟南:齊魯書社,2008年。

張忠綱編注:《杜甫詩話六種校注》,濟南:齊魯書社,2002年。

陳麗桂校注:《新編淮南子》,臺北:國立編譯館,2002年。

文學研究叢書·古典詩學叢刊 0804015

杜律五言補註校注

校注者　　蔡志超

責任編輯　邱詩倫

特約校稿　林秋芬

發 行 人　陳滿銘

總 經 理　梁錦興

總 編 輯　陳滿銘

副總編輯　張晏瑞

編 輯 所　萬卷樓圖書股份有限公司

排　　版　林曉敏

印　　刷　百通科技股份有限公司

封面設計　斐類設計工作室

發　　行　萬卷樓圖書股份有限公司

　　　　　臺北市羅斯福路二段 41 號 6 樓之 3

　　　　　電話 (02)23216565

　　　　　傳真 (02)23218698

　　　　　電郵 SERVICE@WANJUAN.COM.TW

大陸經銷　廈門外圖臺灣書店有限公司

　　　　　電郵 JKB188@188.COM

香港經銷　香港聯合書刊物流有限公司

　　　　　電話 (852)21502100

　　　　　傳真 (852)23560735

ISBN 978-986-478-000-6

2016 年 8 月初版

定價：新臺幣 460 元

如何購買本書：

1. 劃撥購書，請透過以下郵政劃撥帳號：

　　帳號：15624015

　　戶名：萬卷樓圖書股份有限公司

2. 轉帳購書，請透過以下帳戶

　　合作金庫銀行 古亭分行

　　戶名：萬卷樓圖書股份有限公司

　　帳號：0877717092596

3. 網路購書，請透過萬卷樓網站

　　網址 WWW.WANJUAN.COM.TW

大量購書，請直接聯繫我們，將有專人為

您服務。客服：(02)23216565 分機 10

如有缺頁、破損或裝訂錯誤，請寄回更換

國家圖書館出版品預行編目資料

杜律五言補註校注 / 蔡志超著 .-- 初版.-- 臺

北市 ： 萬卷樓, 2016.08

　　面 ；　　公分.--

ISBN 978-986-478-000-6(平裝)

1.（唐）杜甫 2.唐詩 3.詩評

851.4415　　　　　　　　　　　105007207